SARAH McCARTY
Placer salvaje

Editado por HARLEQUIN IBÉRICA, S.A.
Núñez de Balboa, 56
28001 Madrid

© 2008 Sarah McCarty. Todos los derechos reservados.
PLACER SALVAJE, N° 2 - 24.1.13
Título original: Sam's Creed
Publicada originalmente por Harlequin Enterprises, Ltd.
Este título fue publicado originalmente en español en 2009

Todos los derechos están reservados incluidos los de reproducción, total o parcial. Esta edición ha sido publicada con permiso de Harlequin Enterprises II BV.
Todos los personajes de este libro son ficticios. Cualquier parecido con alguna persona, viva o muerta, es pura coincidencia.
® Harlequin y logotipo Harlequin son marcas registradas por Harlequin Books S.A.
® y ™ son marcas registradas por Harlequin Enterprises Limited y sus filiales, utilizadas con licencia. Las marcas que lleven ® están registradas en la Oficina Española de Patentes y Marcas y en otros países.

I.S.B.N.: 978-84-687-2424-9
Depósito legal: M-36691-2012

Capítulo 1

Texas, 1858

Sam estaba harto de que la muerte le saliera al paso.

Tiró de las riendas de Breeze y el caballo alazán movió la cabeza en señal de protesta. Le dio una calada al cigarro y observó la macabra escena que se extendía a los pies de la colina. Por muy cansado que estuviera, la muerte lo seguía acosando día tras día. Expulsó una larga bocanada de humo. Aquel día la muerte se extendía en el valle ante sus ojos, en una espeluznante muestra de lo que podía ser la crueldad humana.

El armazón calcinado de dos carretas yacía de costado, como esqueletos ennegrecidos en un paisaje desolador. Desde su posición, Sam distinguió dos cuerpos carbonizados. Sus coloridos sarapes refulgían bajo el ardiente sol de junio. El estado de los cadáveres y sus ropas sugería que el ataque se había producido al amanecer. A pesar del calor diurno, las noches aún eran frescas.

Al menos el viento soplaba por detrás de él, evitando que lo alcanzara el hedor de los cuerpos en descomposición. Pero no necesitaba el viento para saber cómo olían. Tenía grabado aquel olor en la memoria, ineludiblemente unido a aquel breve y lejano instante que cambió su vida para siempre.

Breeze volvió a agitar la cabeza. Tampoco a él le gustaba la proximidad de la muerte. Sam sujetó las riendas con fuerza. En aquellos carromatos debían de viajar mujeres y niños, y él no se sentía capaz de enterrar mujeres y niños, especialmente en el primer día cálido y soleado tras una semana de lluvias torrenciales. Era un día para sentarse junto a un arroyo y compartir el almuerzo con una hermosa chica, no para enterrar a nadie.

Espoleó a Breeze para que siguiera avanzando, pero el caballo volvió a mover la cabeza y dio un paso hacia atrás. A su lado, Kell emitió un gemido lastimero y también retrocedió. Sam no podía culpar al perro ni al caballo. El hedor y las moscas no invitaban a avanzar, pero si no inspeccionaba la zona su conciencia no lo dejaría en paz.

—Quieto, Kell.

El perro volvió a gemir, pero no intentó seguir avanzando. A no ser que tuviera delante un cubo de agua fresca o una escudilla de estofado, Kell casi siempre obedecía las órdenes de su amo.

Los cascos de Breeze resonaban a un ritmo constante mientras descendía por la loma. Sam se desabrochó la correa que cerraba su pistolera, sintiendo cómo se le erizaban los pelos de la nuca.

Cuanto más se acercaba a las carretas, más fuerte se hacía el olor a humo, muerte y desolación. Entonces advirtió un retazo de color rosado que sobresalía bajo uno de los carros. Había mujeres entre las víctimas... Apretó los dientes y escupió el cigarro.

Vio otros dos cuerpos mientras rodeaba la carnicería. Al menos eran todos hombres. Cuatro en total. Tres hombres y un chico que parecía demasiado joven para afeitarse. Un chico que intentaba convertirse en un hombre y que se había encontrado con un final prematuro. Sam sacudió la cabeza y desmontó, dejando caer las riendas al suelo.

—Espera aquí, Breeze —le dijo al caballo, dándole una palmada en el cuello.

Kell gimió tras él. Sam le hizo un gesto para que no se moviera y examinó la tierra reseca y endurecida en busca de huellas. No encontró ninguna y volvió la atención hacia los carromatos. En uno de ellos vio varios baúles abiertos, con su contenido esparcido en una amalgama de vivos colores. Un guante blanco se agitaba sobre un parche de hierba seca, y los restos chamuscados de una falda roja ofrecían una obscena muestra de alegría.

Los atacantes debían de haber sido hombres blancos. Los indios no habrían desperdiciado un botín tan valioso. Se arrodilló y pasó el dedo por el bajo de la falda, preguntándose qué habría sido de la propietaria. Cuánto y cómo habría sufrido, y si aún seguiría sufriendo.

Entonces un rasguño rompió el silencio sepulcral. Kell ladró y echó a correr hacia los carromatos, y Sam se llevó la mano a la culata del revólver.

—Salga de ahí. Vamos.

Nadie respondió a su orden. El ruido no tendría por qué haberlo producido una persona. La muerte siempre atraía a los carroñeros, pero su instinto le decía que había alguien oculto entre los restos del campamento.

Se irguió lentamente y desenfundó su revólver. ¿Habría sobrevivido alguien a la masacre? ¿Habrían dejado los salteadores a uno de los suyos? El objetivo de una emboscada era doblar el botín conseguido en un simple ataque. Retirarse de la escena como si hubieran acabado, ocultarse en los alrededores y abalanzarse sobre cualquier incauto que se acercara a investigar.

No había muchos lugares para esconderse, y el lugar más obvio sería el carro que estaba medio volcado. Un cuerpo podría ocultarse entre el asiento y las tablas del suelo, y prepararse para lanzar su ataque sorpresa.

Sam amartilló su revólver y le dio una patada al borde superior del carromato, derribándolo con un estrépito metálico. Kell se lanzó hacia delante con un ladrido lobuno. El grito que rasgó el aire fue indudablemente femenino, y murió cuando el carro impactó contra el suelo.

Sam agarró rápidamente a Kell por el pescuezo y tiró de él hacia atrás.

—¡Quieto, maldita sea! —el perro volvió a ladrar y movió amenazadoramente la cabeza—. Muérdeme y esta noche te quedarás sin tu estofado.

Kell se mantuvo en su sitio, con el pelaje erizado y dispuesto a saltar a la menor provocación, pero quieto, al menos. Aún le quedaba mucho por aprender. Cuando volviera con los Ocho del Infierno, Sam tendría que pedirle a Tucker que lo adiestrara. No había nadie como Tucker para engatusar a los animales.

Rodeó el carromato con el arma preparada. El primer indicio de vida fue un pie. Una bota negra y diminuta que sobresalía bajo el transporte volcado. Era obviamente el pie de una mujer. Sam lo tocó con la punta de su bota y el pie se movió. La mujer no estaba muerta. Y tampoco inconsciente, si lo que salía del interior del vagón era una maldición.

Se oyó otra exclamación ahogada y luego un ruido sordo, como si estuviera golpeando la pared interior del carromato. Otro golpe. Otra maldición. El carro era demasiado pesado para la mujer, que intentaba levantarlo.

—¿Señorita?

El pie se sacudió y después se quedó inmóvil.

—¿Sí? —preguntó en español una voz débil y cautelosa.

Sam apartó el arma y se agachó para meter los dedos bajo la madera, ignorando las quejas que salían del interior.

—No tenga miedo. Me llamo Sam MacGregor y soy un miembro de los rangers de Texas. Voy a levantar el borde del carro. Cuando lo haga, necesito que se arrastre al exterior. Despacio y con cuidado. ¿Me ha entendido?

—Sí, lo entiendo.

Hablaba con un ligero acento hispano, y aunque su voz sonaba tensa y asustada, tenía un matiz extrañamente seductor.

—Bien —apoyó una rodilla en el suelo y se colocó en posición—. Aparte las manos de los bordes.

Se oyó el ruido de unas manos deslizándose por la tierra.

—Ya está.

—Bien. Vamos allá.

Kell se acercó a olisquear.

—¡Largo de aquí! —le espetó Sam.

—¿Cómo dice?

—No hablaba con usted. Se lo decía al perro.

—¿Es amistoso?

Sam le hizo un gesto a Kell para que se apartara.

—Lo es cuando quiere.

—Esperaré a que lo sujete.

—No le gusta que lo sujeten.

—¿Se lo ha preguntado?

—Ha dejado muy claras cuáles son sus preferencias —tensó los músculos—. ¿Preparada?

La mujer tardó un momento en contestar.

—Antes controle a su perro.

—¿Eso es una orden?

—Puedo pedírselo por favor, si es necesario.

La sinceridad de la mujer casi le arrancó una sonrisa irónica.

—Oh, no hace falta. Me lo tomaré como un ruego.

Oyó algo parecido a un bufido. O quizá fue un estornudo. Decantándose por la primera opción, Sam levantó el carro unos doce centímetros sobre el suelo.

—Salga —dijo, pero ella no se movió—. ¡No puedo quedarme así todo el día!

—¿Su perro está sujeto?

Sam miró a Kell. El perro había encontrado el guante y lo zarandeaba frenéticamente por los dedos.

—Está quieto y manso como un cachorro. Y ahora salga de ahí antes de que me rompa el brazo.

Un segundo pie apareció junto al primero, acompañado del inevitable crujido de la falda negra al levantarse. Sam intentó no fijarse, pero las pantorrillas que se revelaron sobre los tobillos eran fuertes y esbeltas, del mismo color que la leche con un toque de canela. La mujer siguió arrastrándose hacia fuera y la falda siguió remangándose. La corva de sus rodillas parecía muy joven y suave.

Sam se secó el sudor de la sien con el hombro. ¿Qué demonios le pasaba? Estaba haciéndose una idea de aquella mujer a partir de la parte inferior de sus piernas. Seguramente tenía diez críos esperándola en casa.

El siguiente contoneo desplazó la falda hacia territorio prohibido. Sam agarró la tela y tiró de ella hacia abajo. La mujer chilló y se agarró el muslo con una mano pequeña y delicada.

—¿Qué está haciendo?
—Estoy preservando su dignidad.

Ella se giró, como si quisiera asegurarse de que le estaba diciendo la verdad.

—Gracias —respondió en español.
—De nada. ¿Le importaría darse prisa?
—Lo siento —siguió arrastrándose hacia atrás, y entonces aparecieron unas caderas sorprendentemente voluptuosas que se contoneaban de lado a lado en una inconsciente invitación al tacto.

Maldición… A veces la vida lo ponía seriamente a prueba.

La mujer acabó por salir del carro. Una larga y espesa trenza negra se recortaba contra su camisa blanca. Sam estaba impaciente por verle la cara, y esa ansiedad lo hizo recapacitar. No recordaba cuándo fue la última vez que sintió algo, y mucho menos una emoción positiva.

La mujer se dio la vuelta, y solo el instinto de supervivencia salvó a Sam de recibir una bala en la frente. La mujer gritó y dejó caer el arma que acababa de disparar. Sam masculló una maldición y agarró la pistola del suelo para arrojarla lejos del carromato. Después de haber sobrevivido a bandidos, delincuentes y proscritos de la peor calaña, había estado a punto de morir por un descuido absurdo. ¿Desde cuándo cometía errores como ese?

—¡Devuélvamela! —gritó la mujer, intentando recuperar el arma.

Sam tiró de su camisa y soltó el carro. El armazón de hierro y madera vibró con fuerza al chocar contra el suelo.

—¿Para que pueda dispararme? —preguntó, poniéndose en pie y tirando de la mujer.

Rápida como una centella, la mujer se plantó sobre sus pies, puso los brazos en jarras y echó la cabeza hacia atrás. La trenza se deslizó sobre su hombro.

—Lo haré si tengo que hacerlo —dijo, mirándolo con expresión desafiante.

A Sam le recordó a una gatita enfadada con su rostro triangular, su barbilla alzada y sus grandes ojos marrones despidiendo un brillo de bravuconería. Una gatita preciosa, y muy, muy sexy.

—Más le valdría crecer un poco antes de ir por ahí profiriendo amenazas.

Ella intentó asestarle un puñetazo, pero Sam lo esquivó y la levantó en brazos. Era tan ligera como una pluma.

—¡Suélteme o lo mataré!

—¿Espera que la tome en serio?

Ella dejó de retorcerse y lo miró fijamente a los ojos.

—No tengo por qué matarlo ahora. Puedo esperar a que esté dormido.

Sam no dudaba de su palabra, y aquello avivó aún más su interés. No había muchos hombres que pudieran derribarlo, ni muchas mujeres que tuvieran el coraje de intentarlo. Pero aquella cosita estaba dispuesta a plantarle cara.

—No entiendo a qué viene ese interés en matarme, después de haberla rescatado.

—Primero intentó matarme —dijo ella, tirando del brazo.

Sam no la soltó, pero el punto donde su dedo meñique le tocaba la piel ardió bajo su tacto.

—¿Cómo?

—Me tiró el carro encima.

—Tiré el carro encima de cualquiera que estuviese esperando para atacarme.

Ella parpadeó, atrayendo la atención de Sam hacia sus ojos. Tenía unas pestañas largas y espesas que realzaban las intrigantes motas negras de sus ojos marrones.

—¡Por poco muero aplastada!

Hasta donde él podía ver, no había mucho que aplastar. Aunque sus caderas compensaban con creces las pocas carnes de la mitad superior de su cuerpo. Unas curvas hermosas y rollizas, como a él le gustaba en una mujer.

—¿Lleva más armas consigo?

—Sí. Muchas.

No podría mentir peor, pero Sam no pudo evitar una sonrisa.

—Justo lo que pensaba —dijo. La soltó y ella tiró de su camisa hacia abajo.

Kell gruñó y la mujer se volvió hacia el perro.

—¡Silencio!

El tono de la orden no admitía desobediencia, pero la sumisión no era el punto fuerte de Kell. El perro levantó el labio superior sin soltar el guante, revelando unos dientes grandes y afilados. Pero la mujer, lejos de acobardarse, le mantuvo la mirada con una obstinación tan grande como la del perro. Y para sorpresa de Sam, Kell acabó por retroceder.

—¿Cómo lo ha hecho?

Ella desestimó a Kell con un gesto.

—Una mujer no puede tomar en serio a un perro que está mordiendo un guante —se echó hacia atrás el pelo—. ¿Qué está haciendo aquí, señor Ranger?

Una gatita con modales de duquesa.

—Estoy buscando a alguien —señaló la carnicería que los rodeaba—. Y creo que la pregunta más apropiada sería cómo ha conseguido sobrevivir cuando todos los demás están muertos.

—Tenía que unirme a ellos.

—¿No son esas sus cosas?

Ella negó con la cabeza.

—Iban a venderlas.

—¿Por qué no se encontró con ellos en el pueblo?

—Porque tenía que hacerlo en secreto.

—¿En secreto? ¿Se iba a fugar con uno de esos desgraciados?

—¿Eso es lo que cree? —le preguntó ella, con expresión esperanzada.

Sam no tuvo ni que pensarlo mientras enfundaba su revólver.

—No, no lo creo, encanto.
—Isabella.
—¿Qué?
—Me llamo Isabella.

Era un nombre precioso, y la forma de sus labios al pronunciarlo bastaría para evocar en toda mente masculina unas imágenes peligrosamente turbadoras. El sexo de Sam, que había estado creciendo desde que vio salir a la mujer de debajo del carromato, alcanzó su máximo grosor en el doloroso confinamiento de sus pantalones.

Ella se pasó la lengua por sus labios carnosos, delatando un nerviosismo y una inquietud mucho mayores de los que dejaba ver.

—Encantado de conocerla, Isabella. Y ahora dígame la verdad, por favor.

—Se suponía que tenía que encontrarme con ellos.

Sam miró alrededor. Había siete u ocho kilómetros hasta el pueblo. Se desplazó unos metros hasta donde estaba la pistola y la recogió del suelo.

—¿Por qué será que no la creo?
—Quizá es un hombre desconfiado.

Desde luego que lo era. Un rápido examen de la pistola reveló únicamente dos balas en la recámara.

—No parece que estuviese pensando en ofrecer mucha resistencia.

—Agarré la pistola cuando lo oí acercarse.
—La próxima vez no se olvide de las balas.

Isabella miró la pistola que él sostenía con una codicia mal disimulada.

—Lo tendré en cuenta.
—¿Acaso está pensando en repetir la experiencia?

—Tengo que llegar a San Antonio. Y el camino no es seguro.

Eso era cierto. Una mujer que viajara sola corría un riesgo mortal.

—¿Tiene familia allí? —le preguntó, metiéndose la pistola en la cintura y acercándose a los cuerpos.

—No.

El primer cuerpo no tenía nada de valor y Sam lo dejó otra vez en el suelo.

—¿Cuál es el propósito de su viaje, entonces?

—Había oído que es una ciudad muy bonita.

—¿Espera que me crea que se unió a estos cuatro rufianes solo porque alguien le dijo que San Antonio es una ciudad muy bonita?

—Es la verdad —dijo ella, encogiéndose de hombros.

—Una mujer de noble cuna tendría que estar muy desesperada para unirse a esta gente.

—¿Qué le hace pensar que soy de noble cuna?

Sam sacudió la cabeza. Reconocía la inocencia y los modales de la aristocracia.

—Vamos a dejar las cosas claras. Usted no pensaba viajar en compañía de estos hombres.

—Sí.

—¿Por qué?

—No tenía elección.

Al menos esa respuesta tenía sentido, aunque seguía siendo insuficiente.

—Ahora sí la tiene. Puede venir conmigo.

—¡No voy a viajar con usted! —exclamó ella con evidente indignación.

—Estaba más que dispuesta a viajar con ellos —dijo él, señalando los cuerpos con el pulgar.

—Ellos no eran peligrosos.

Era interesante que a él sí lo considerase peligroso.

—Creo que no habría llegado muy lejos sin cambiar de opinión —repuso tranquilamente—. Apenas hubieran recorrido un par de kilómetros, esos hombres le habrían arrancado la ropa y habrían acallado sus gritos.

—Eso no lo sabe.

—Cierto —concedió él, examinando otro cuerpo—. Puede que ni siquiera hubieran esperado a levantar el campamento para violarla.

La mujer apretó con fuerza los labios.

—No lo creo.

—En ese caso, permítame que le diga que no sabe juzgar a las personas.

Ninguno de los cuerpos tenía nada que mereciese la pena, salvo un sombrero de ala ancha. Sam lo agarró para la mujer. Una piel tan clara no podía exponerse al sol.

—El sacerdote les hizo prometer que no me harían ningún daño.

Sam volvió a sacudir la cabeza y puso boca arriba el cuerpo del tercer hombre. La sangre coagulada impregnaba la mordaza chamuscada.

—¿Y eso bastó para que confiara ciegamente en ellos?

—Ningún hombre faltaría a la palabra que se le da a un sacerdote. Es el alma lo que está en juego.

Sam se irguió.

—A mí me parece que todos estos perdieron sus almas hace mucho.

—No diga esas cosas —se aferró la falda con los

dedos de la mano derecha—. Han muerto por mi culpa.

—Usted ni siquiera estaba aquí cuando murieron.

Ella sacudió la cabeza.

—Aun así murieron por mi culpa —lo miró a los ojos y Sam advirtió la expresión de angustia—. Y si me obliga a acompañarlo, también usted morirá.

—¿Qué le hace suponer que soy fácil de matar?

—Fácil o difícil, cuando él lo encuentre, lo matará.

—¿Él?

Los labios de la mujer volvieron a cerrarse.

—Será mejor que me lo diga, ¿no cree? —le sugirió Sam.

—No necesita saberlo.

A Sam le gustaba su forma de hablar. Pronunciaba las sílabas en un tono melódico, casi musical, y su acentuación errónea suavizaba sus palabras más duras.

—Ya que vamos a viajar juntos, me gustaría saber quién va a seguirme el rastro —le dijo, aunque ya conocía la identidad de su perseguidor. Solo había un hombre en aquel territorio lo bastante poderoso para que se lo conociera como «él». Y siendo San Antonio la primera ciudad importante que quedaba fuera del territorio de Tejala, no era difícil suponer de quién estaba huyendo.

Alargó un brazo hacia ella, pero la mujer dio un paso atrás.

—No puedo permitir que le hagan daño.

¿Por qué se empeñaba en creer que era peligroso?

Placer salvaje

—¿Alguna vez le ha dicho alguien que tiene unas ideas muy raras?

Por la forma en que ella se protegió con su orgullo, se podía suponer que la respuesta era afirmativa.

—Que sean raras no significa que estén equivocadas.

—¿Tiene algunas pertenencias?

Ella señaló un punto bajo el carro, y Sam masculló en voz baja.

—Me lo temía.

—Si lo estoy entreteniendo, puede marcharse.

—Cuando me vaya, usted vendrá conmigo.

—No a menos que se dirija a San Antonio.

Kell volvió a gruñir, y ella se giró hacia el perro para señalarlo con el dedo.

—Y tú cállate —le ordenó, pero el perro ignoró la orden, como era natural.

Sam se cruzó de brazos y se apoyó contra la rueda del carromato.

—Si consigue hacerlo callar, la llevaré a San Antonio.

Ella se puso una mano a modo de visera para protegerse del sol y miró a Sam con el ceño fruncido.

—Es su perro.

—No exactamente.

—¿No es su perro?

—Lo encontré hace unos días. Hemos compartido algunas comidas, pero de momento no es nada permanente.

—A mí sí me parece permanente.

—Las apariencias engañan.

Ella asintió y dio un paso adelante. No se acercó

a Kell, pero el perro debió de pensar que se estaba tomando más libertades de la cuenta y se abalanzó sobre ella. Sam dio un salto para interponerse entre los dos, pero fue demasiado tarde. Isabella espetó algo en español y le dio un manotazo a Kell en el hocico. El perro aulló y se echó hacia atrás.

—No vuelvas a hacerlo —lo amenazó ella, con las manos en las caderas.

Sam la observó maravillado.

—Creo que le gusta.

—¿Por qué lo dice? —preguntó ella mientras se agachaba y metía el brazo bajo el carro.

—Porque el último hombre que intentó hacer algo así acabó hecho pedazos.

Ella ni siquiera se inmutó y siguió hurgando bajo el carromato. La imagen que le estaba dando de su trasero era tan tentadora que Sam no oyó cómo le pedía ayuda hasta que se lo repitió.

—Tendrá que volver a levantar el carro —le dijo—. No puedo sacar mi bolsa.

Su bolsa. El carro... Sam se sacudió mentalmente y se maldijo por la distracción.

—Enseguida.

En cuestión de segundos, ella había sacado una pequeña maleta que apenas debía de contener algo más que una muda. Su equipaje era demasiado ligero como para servirle de algo cuando llegara a su destino.

—¿De quién ha dicho que está huyendo?

—Yo no he dicho que estuviera huyendo.

Sam la ayudó a levantarse, y la cabeza de Isabella quedó a la altura de su pecho.

—Pero está huyendo. Y una mujer tan pequeñita

como usted necesita toda la ayuda que pueda conseguir.
—Yo no soy pequeñita.
—Pequeña, entonces —tiró de ella hacia Breeze, que seguía esperando pacientemente. Kell los siguió de cerca.
—Tampoco soy pequeña.
Sam le quitó la bolsa y la enganchó sobre la silla, intentando ocultar una sonrisa. La estatura de Isabella era obviamente su punto flaco.
Sus uñas se le clavaron en las muñecas, justo encima de los guantes. Sam se lamentaba de llevarlos, porque le impedían sentir la suavidad de su piel.
—Espere. Tenemos que enterrarlos.
—Mire, duquesa, quienquiera que haya hecho esto no debe de andar muy lejos. No tenemos tiempo para cavar fosas.
—Se lo debo.
—Creía que fue el sacerdote quien llegó a un acuerdo.
—Pero era yo quien tenía que pagarles.
—¿Llevaba dinero consigo? —a pesar de sus refinados modales, no parecía sobrarle el dinero.
—No —lo dijo como si aquellos cuatro hombres hubieran estado encantados de llevarla gratis a cualquier sitio.
—No les habría hecho mucha gracia descubrir que estaba sin blanca. Y seguramente habrían querido cobrarse el pago en especie.
—Era una posibilidad —admitió ella, sin horrorizarse lo más mínimo por la sugerencia.
Una mujer tendría que estar realmente desesperada para asumir esa clase de riesgos.

Ella se dirigió a la parte delantera del carro, donde había un hueco entre el suelo y el costado, pero Sam la agarró del brazo para detenerla.

—¿En qué clase de problema se ha metido?

Ella lo miró con sus grandes ojos marrones, del mismo color que el chocolate derretido.

—Tejala quiere que me case con él.

—Y supongo que usted no lo acepta.

—No.

Por lo que Sam sabía de Tejala, el rechazo de Isabella no debía de significar gran cosa.

—¿Qué piensa hacer cuando llegue a San Antonio?

—Eso no es asunto suyo.

Tenía razón. No era asunto suyo. Ella ni siquiera era ciudadana de Texas. Sam podía dejarla allí tirada y nadie podría pedirle responsabilidades.

La tensión aumentó entre ellos. Sam sintió cómo los músculos de Isabella se endurecían bajo su mano. Aquella mujer era una extraña mezcla de valor y desesperación. De inocencia y picardía. Cualquier hombre con dos dedos de frente se olvidaría de ella y de sus problemas.

Ella volvió a lamerse los labios. El labio inferior quedó húmedo y rosado. Vulnerable.

Sam montó de un salto en la silla.

—Puede que no. Pero he decidido hacerlo mío.

Y tal vez a ella también.

Capítulo 2

Aquella mujer era exasperante. Sus modales aristocráticos y su obstinación le impedían cambiar de opinión una vez que se aferraba a una idea. Y lo único que ocupaba su mente en esos momentos era que su salvación estaba en San Antonio. Estaba empeñada en llegar allí, aunque tuviera que hacerlo por sí misma, en el famélico rocín que habían encontrado a un kilómetro de la masacre.

Sam no podía permitir que hiciera el viaje ella sola. No llegaría muy lejos antes de que la violaran o la mataran. Pero ella no lo veía de ese modo.

—La ley prohíbe capturar a una mujer en contra de su voluntad —señaló con aquel tono lógico y sensato con que había expuesto todos sus argumentos durante las últimas horas.

—No me digas…

—Sí —espoleó a su montura para alcanzar al caballo de Sam—. Creo que el castigo es la horca.

—Vaya. Entonces creo que estoy metido en un buen aprieto —señaló al caballo con el cigarro cuando ella volvió a espolearlo—. Estás castigando sin motivo al pobre animal. Tiene las patas muy débiles. Le cuesta mucho caminar.

La opinión que tenía sobre ella mejoró sensiblemente cuando Isabella dejó de castigar al caballo y se puso a acariciarlo y a susurrarle palabras amables. No contenta con eso, tiró suavemente de las riendas para detener al jamelgo y desmontó con más torpeza que elegancia.

—¿Se puede saber qué haces?

Ella se echó hacia atrás el sombrero, demasiado grande para su cabeza.

—Caminar.

Kell gruñó, e Isabella lo fulminó con la mirada. El perro no se calló, pero se sentó y miró a Sam como si esperase que él controlara a aquella loca y que así pudieran seguir su camino.

—Si pensara que el caballo no puede llevarte, le habría pegado un tiro nada más verlo.

Isabella ahogó un grito de espanto.

—¿Dispararle a Guisante?

—¿Le has puesto el nombre de una arveja al pobre animal?

Ella se giró y le dio una palmada al caballo.

—El nombre le sienta muy bien. Es tan dulce como los guisantes.

—A ningún varón le gusta que lo consideren dulce. Más vale que no lo llames así delante de otros caballos.

Por un instante fugaz ella pareció cuestionarse la elección del nombre, pero enseguida sacudió la cabeza.

—Te estás burlando porque no quiero hacerle daño.

Se estaba burlando porque era el único modo de resistirse a las chispas que saltaban de sus ojos marrones y aquellos labios carnosos fruncidos en un mohín delicioso.

—Solo un poco.

Cómo una mujer tan menuda podía mirarlo con aquella expresión tan altanera era un misterio, pero así conseguía hacerlo.

—Eso no es propio de una persona amable.

—Nunca he dicho que fuera amable —desmontó y se acercó a ella, que se puso tensa al instante.

—¿Qué haces?

—Iba a ayudarte a volver a montar... A no ser que te veas capaz de hacerlo sola.

El caballo tal vez estuviera al borde del desfallecimiento, pero su alzada era de quince palmos, por lo menos. Demasiado grande para que una mujer tan pequeña montara de un salto.

Si las miradas pudiesen matar, Sam habría caído fulminado al suelo. Pero Isabella tuvo la decencia de reconocer su derrota.

—Gracias —respondió.

Ella se giró y esperó con los brazos levantados. Sam escupió el cigarro y pensó que debería decirle que bastaba con apoyar el pie en sus manos, pero habiendo admitido que no era una persona amable, no había ninguna necesidad de comportarse como tal.

La cintura de Isabella encajó perfectamente en sus manos. Tenía un cuerpo hecho para el placer, liviano y de caderas suculentas que por un instante quedaron a la altura de la boca de Sam.

Pero el seco agradecimiento que ella le dedicó mientras se agarraba al arzón e intentaba introducir el pie en el estribo fue como un chorro de agua fría. Estaba codiciando a una mujer inocente. Le ajustó los estribos y le deslió las riendas de sus manos mientras ella lo miraba, ajena a los estragos que le estaba provocando.

—El pueblo está en la siguiente colina —dijo Sam, volviendo junto a Breeze.

Isabella frunció el ceño, suspiró y sacudió la cabeza. Sam sonrió y sacó un papel de fumar.

—Es posible que haya un hotel y puedas darte un baño.

Ella apretó los labios y levantó el mentón, dejando muy claro que no era tan fácil contentarla. Cualquier mujer estaría impaciente por tomar un baño después de pasarse horas tragando el polvo del camino, pero Isabella seguía tan cabezota como al principio.

Alcanzaron la cima de la colina y el pueblo apareció ante ellos. Una decena de edificios destartalados formaban una cruz irregular en mitad de la nada. Era muy improbable que hubiese un hotel en una población tan pequeña, y Sam esperó que, al menos, Kell supiera comportarse.

Cabalgaron en silencio hasta el pueblo, y al llegar al primer edificio Sam vio un letrero colgando del tercero. *Hotel*.

—Parece que vas a tener suerte, después de todo.

La respuesta de Isabella fue un gemido ahogado. Sam había oído ese sonido muchas veces en su vida, las suficientes para reconocer la expresión de pánico. Miró por encima del hombro, y aunque no pudo ver la expresión de Isabella por culpa del sombrero, sí podía determinar la dirección de su mirada. Su atención se concentraba en los cinco caballos que estaban atados en el exterior del *saloon*.

En ese momento, cinco hombres salieron tambaleándose del local. Por su paso inestable y sus escandalosas risotadas no era difícil suponer la cantidad de alcohol que habían ingerido.

Breeze relinchó débilmente, Kell ladró y agachó la cabeza, y por el rabillo del ojo Sam vio que Guisante sacudía la cabeza cuando Isabella tiró de las riendas para detenerlo.

Los hombres desviaron la mirada hacia ellos, pero enseguida los ignoraron como a un par de vagabundos o indigentes. Mientras tuvieran esa impresión de ellos no habría ningún peligro, pero Sam no estaba dispuesto a poner en riesgo la seguridad de Isabella.

Se acercó a Guisante y le quitó a Isabella las riendas. No fue difícil, pues ella seguía mirando fijamente a los hombres. Se había puesto pálida.

—Duquesa —le dijo él en voz baja—, quiero que desmontes y que lo hagas por este lado.

Ella negó con la cabeza de un modo casi imperceptible. Sam estaba cansado, hambriento y deseando tomar ese baño que ella rechazaba. Cuanto antes solucionara aquello, antes podría descansar y disfrutar de las comodidades que ofrecía aquel pueblo de mala muerte.

—Haz lo que te digo.

La orden tuvo el mismo efecto nulo que la primera. Sam se inclinó y la agarró por el antebrazo para tirar de ella. El instinto la hizo sujetarse al arzón de la silla y soltar un chillido inconfundiblemente femenino mientras se echaba hacia el otro lado. Guisante permaneció quieto y tranquilo, pero los hombres oyeron el grito y volvieron a mirarlos. Intercambiaron unas palabras, los señalaron con la mano y echaron a andar hacia ellos.

Sam sacó la escopeta de su funda, comprobó que estuviera cargada y volvió a guardarla. A continuación, desenfundó su revólver y apoyó el brazo sobre la silla, como si no tuviera nada mejor que hacer en un día tan caluroso que estar parado en medio de la calle.

—Entra en el hotel, Isabella.

Por una vez, no discutió con él y se apresuró a desmontar para subir los escalones de madera. Las miradas que los hombres le echaron mientras estaba en la puerta daban una idea bastante fiable de sus intenciones.

—Entra, Bella —la acució Sam.

—Está cerrada.

Los bandoleros formaban un grupo de borrachos sucios y desaliñados, aunque de vestimentas muy coloridas. Sus espuelas resonaban suavemente mientras avanzaban con una actitud arrogante y jactanciosa que inquietó a Sam. Insinuaba que no tenían escrúpulos.

Saludó con la cabeza al que parecía ser el jefe cuando estuvieron a unos seis metros de distancia.

—¿Qué tal, chicos? —por si acaso confundían el saludo con una invitación, Sam apuntó con el revólver al pecho del jefe—. Ni un paso más.

El hombre se acarició el extremo del mostacho.

—Esa mujer nos resulta familiar.

—La persona que viaja conmigo no es asunto vuestro.

Dos de los hombres se echaron hacia atrás los capotes. Los escasos transeúntes que caminaban por la calle desaparecieron en un abrir y cerrar de ojos. Se oyó un portazo en la distancia.

—Isabella, creo haberte dicho que entres en el hotel.

—No quieren dejarme entrar.

Un hombre desgarbado con sombrero negro, chaparreras sucias y pistolas relucientes avanzó hacia Isabella. Sam lo apuntó con su arma.

—Un paso más y es hombre muerto.

—No estás siendo muy amable, para ser alguien que acaba de llegar al pueblo —le dijo el jefe con engañosa cortesía.

Sam le respondió con una sonrisa igualmente cortés.

—Considérelo un defecto en mi carácter —miró a Isabella, que seguía expuesta al peligro en la tarima—. Duquesa, quiero que entres en ese callejón de ahí.

—¿Cómo? —preguntó Isabella, señalando al hombre que se interponía entre ella y el callejón.

—Simplemente camina hasta allí.

La lengua de Isabella asomó entre sus labios. A ningún hombre se le pasaría por alto un gesto tan provocativo. Aquella boca era realmente apetecible.

—Pero...

—Si hace el menor movimiento, le meteré una bala entre ceja y ceja. Puedes estar segura.

Ella esperó un momento y lo miró fijamente con sus increíbles ojos marrones.

—¿Me prometes que le dispararás si intenta hacer algo?

—Te lo prometo.

—¿Y que no fallarás?

—No fallaré. Y ahora, muévete.

Sam esperó a que desapareciera tras la esquina y entonces se irguió en la silla, preparado para afrontar la calma que precedía a la tormenta.

—Ahora que se ha ido, podemos hablar —les dijo a los hombres.

—No hay nada de qué hablar —respondió el jefe.

—Muy bien, en ese caso hablaré yo solo. Ha sido un día de perros. Estoy cansado, hambriento y llevo cuatro horas soportando la lengua viperina de esa mujer.

Desde el callejón llegó un débil gemido, y Sam no pudo evitar una sonrisa.

—Si tantos problemas te causa, mis amigos y yo estaremos encantados de librarte de ella.

—¿Quién eres?

—Juan Zapatos.

—Bien, Juan. Agradezco tu oferta, pero lo único que quiero es un trago de whisky y echar una cabezada.

El hombre que estaba junto a la tarima se movió. Sam lo miró a los ojos y sacudió ligeramente la cabeza, y él hombre retrocedió.

—No hay nada que te lo impida.

—Siempre que os dé lo que queréis.

—Eso es —afirmó Juan, asintiendo.

—Me temo que no va a ser posible.

—La mujer es de Tejala.

—Pues Tejala va a quedarse sin ella. Nadie va a quitarme lo que es mío... Y esa mujer es mía.

Otro gemido salió del callejón.

—¿Y quién eres tú para quitarle a Tejala lo que es suyo?

Sam apuntó con el revólver a Juan.

—Sam MacGregor. Ranger de Texas.

Un murmullo de inquietud se extendió por el grupo, pero no bastó para acobardarlos. Al fin y al cabo, eran muchos para un solo hombre.

—Tu placa no significa nada en este pueblo —espetó Juan.

Sam se encogió de hombros.

—Una placa no significa nada en ninguna parte. Es el hombre que está detrás de la placa a quien debéis temer —sonrió—. Y, sinceramente, estáis acabando con mi paciencia. Así que, si no os importa, me gustaría acabar con esto.

—¿Y cómo sugieres que acabemos con «esto»?

—Puedo pasar tranquilamente entre vosotros o meteros una bala en la cabeza —desvió el revólver hacia el hombre que estaba más cerca del callejón y apuntó con la escopeta a Juan. Para acertar con la escopeta no necesitaba mucha puntería—. La elección depende de vosotros.

Se oyó el roce del metal contra el cuero cuando los hombres de Juan desenfundaron sus armas. Detrás de Sam se oyó una bota en la tierra. Se tiró al suelo y apretó el gatillo, justo cuando su objetivo levantaba el arma y disparaba a su izquierda. La bala pasó rozando la cabeza de Isabella, quien soltó un chillido de horror y se agachó, cubriéndose la cabeza con las manos.

Sam rodó entre los cascos de los caballos hacia el centro de la calle, intentando alejar el fuego de ella. Al menos sabía por qué Kell no lo había avisado.

—¡Métete en el callejón! —gritó—. ¡Kell, ponte a cubierto!

Confió en que el perro supiera protegerse, pero Kell permaneció dudando mientras las balas impactaban en el suelo alrededor de Sam.

—¡Quiero ayudar! —gritó Isabella, como si pudiera ofrecer mucha ayuda con las manos tapándole la cara.

Sam examinó rápidamente la calle, buscando posiciones.

—Si quieres ayudarme, mete tu trasero en el callejón —miró al perro—. Y llévate a Kell contigo.

Juan se echó a reír detrás de un poste.

—¿Esperas que te tengamos miedo, cuando ni siquiera tu mujercita te obedece?

—No, lo único que espero es que muráis todos.

Rodó boca arriba, soltó la escopeta a su lado y abrió fuego con su Colt. Tres bandidos cayeron al suelo, pero dos siguieron en pie y Sam había quedado expuesto a los disparos. Una bala lo alcanzó en el muslo, perforándole el músculo. Isabella gritó. Solo tenía unos segundos para actuar antes de que el dolor se hiciera insoportable. Se puso en pie de un salto, corrió hacia Isabella, la agarró por la cintura y la llevó medio en volandas al callejón, con Kell pisándoles los talones. Las balas impactaron en la pared del edificio, en el mismo lugar donde habían estado medio segundo antes.

Sam presionó la espalda contra la pared. Las astillas de madera saltaron y le cortaron la mejilla mientras empujaba a Isabella al suelo.

—Cuando yo te diga que te estés quieta, te estás quieta —le ordenó.

Asomó la escopeta por la esquina y abrió fuego a

ciegas, confiando en que el indiscriminado tiroteo causara algún daño. Un grito le dijo que había alcanzado un objetivo, pero el insulto que siguió indicaba que el tiro no había sido mortal.

—¡Maldito hijo de perra!

Sintió un tirón en el cinturón y se giró, maldiciendo entre dientes. Lo último que necesitaba era una mujer histérica. Pero Isabella le agarró la mano y le puso algo en la palma. Los dedos de Sam se cerraron en torno a una forma familiar. Balas.

La miró a los ojos y vio la expresión de fortaleza tras la suavidad de sus rasgos.

—Gracias.

Las balas silbaban por la entrada del callejón. Sam amartilló el otro cañón de la escopeta, esperó a que cesaran los disparos y volvió a apretar el gatillo a ciegas. En cuanto el proyectil salió disparado, le arrojó el arma y la munición a Isabella.

—¿Sabes cargarla? —le preguntó.

Sin perder tiempo en hablar, Isabella cargó la escopeta con una eficacia que respondía por sí sola. Mientras tanto, Sam cargó sus revólveres e intentó advertir el movimiento de los forajidos fuera del callejón.

—La cosa va a ponerse muy fea.

Isabella bajó la mirada hacia la sangre que manaba de su muslo.

—Ya se ha puesto fea.

Estaba sangrando como un cerdo. Se quitó el pañuelo del cuello y se lo tendió a Isabella.

—Véndame la herida con esto.

Ella obedeció rápidamente. Le apretó con fuerza el pañuelo y le devolvió la escopeta.

—No falles.

Autoritaria hasta la muerte...

—Haré lo que pueda.

—Será mejor que aciertes.

Muy autoritaria.

Del exterior del callejón no llegaba ningún ruido. Sam avanzó palmo a palmo por la pared, con cuidado de no rozar el cinturón. Entonces oyó el tintineo de unas espuelas aproximándose y sacudió la cabeza. Había que ser idiota para intentar acercarse sigilosamente si se llevaban espuelas. Se echó hacia atrás y esperó. El cañón de un rifle apareció por la esquina. Sin moverse, Sam extendió la palma detrás de él para advertir a Isabella que no hiciera ruido. Pasaron dos segundos y el cañón avanzó. Sam se agachó, sintiendo cómo el dolor le abrasaba el muslo. El hombre rodeó la esquina y Sam abrió fuego. La bala impactó en el corazón del bandolero, que cayó hacia atrás con una expresión de espanto y sorpresa en el rostro.

Sam volvió a amartillar la escopeta, se secó el sudor de la frente con el hombro y esperó. No se oía nada más. Le echó un rápido vistazo a Isabella y la vio pálida y con los ojos desorbitados en una mueca de terror, pero estaba arrodillada junto a Kell y le mantenía cerrada la boca. No solo era autoritaria; también tenía una mente rápida.

Se llevó un dedo a los labios, indicándole que se mantuviera en silencio. Ella asintió y Sam se acercó a la esquina. La sangre le chorreaba por la pierna. La bala no había alcanzado el hueso, pero tendría que examinarse la herida en cuanto se hubiera ocupado del último bandido.

—Tus amigos han muerto —gritó. No recibió respuesta—. Estoy dispuesto a perdonarte la vida, a cambio de un precio —se oyó un ruido, como una caja haciéndose astillas contra el suelo—. Si me prometes llevarle un mensaje a Tejala, no te haré nada.

Siguió sin recibir respuesta.

—Voy a contar hasta tres. Si no recibo respuesta, lo tomaré como un «no».

Otro ruido de astillas. Sam rodeó la esquina. Un barril se había caído del montón apilado junto al establo. A su lado había una caja rota. No se veía ningún arma asomando por las ventanas, ni rastro de más enemigos en la calle. Al parecer, los habitantes del pueblo no tomaban partido por Juan y sus compinches.

—Uno.

Llegó hasta los barriles. Cada vez le dolía más la pierna. Delante de él vio al bandido, retrocediendo de espaldas y con un brazo pegado al costado. Sam avanzó con las pistolas preparadas y la mirada fija en el hombre, mientras este tropezaba y soltaba un grito de dolor cuando sus codos chocaron con el suelo. Volvió a ponerse en pie, pero no tenía escapatoria. Tras él había un edificio y delante estaba Sam.

—Dos.

Finalmente, el bandido se dio cuenta de que estaba atrapado y levantó una mano.

—¿Qué quieres?

Sam no respondió enseguida y dejó que el hombre masticara su propio sudor. Un hilillo de sangre se deslizó por su mejilla, y mucha más sangre manaba de su pierna.

Le dio un puntapié al arma para alejarla del brazo inutilizado del bandido.

—¿Qué quiere Tejala de esta mujer?
—No lo sé.
—Eso no es lo que te he preguntado —dijo Sam, y le disparó una bala en el otro hombro.

Tuvo que esperar hasta que los gritos de dolor se redujeran a un balbuceo de pánico antes de repetir la pregunta.

—¡Quiere casarse con ella! ¡Se supone que es su novia!

Así que aquella parte de la historia era cierta.

—Si es su novia, ¿se puede saber por qué no se ha casado con él?

—Porque lo he rechazado.

Sam debería haberse imaginado que Isabella no se quedaría en el callejón. Estaba de pie a su lado, mirando al hombre con el rostro inexpresivo.

—No recuerdo haberte invitado a esta discusión.

Kell se deslizó entre ellos y clavó sus ojos amarillos en el bandido. Isabella se cruzó de brazos.

—No recuerdo haberte pedido que me trajeras aquí.

—Y aquí vais a morir —dijo el forajido.

Sam estuvo tentado de pegarle un tiro a bocajarro. Pero en vez de eso le puso un pie en el hombro herido y presionó con fuerza.

—¿Te importaría decirme por qué este lugar es tan peligroso?

—Tejala es el dueño de este pueblo. Y de todo el territorio. Nadie se atreverá a ayudaros.

—Nunca le he pedido ayuda a nadie.

El bandido se inclinó hacia un lado y escupió un gargajo de sangre.

—La necesitarás —apuntó con la barbilla a los

muertos—. Has matado a su primo. No descansará hasta acabar contigo.

—¿Cuál de ellos es su primo?

Miró a Isabella, pero ella se limitó a encogerse de hombros.

—El del mostacho —respondió el hombre.

—¿El idiota que se atrevió a interponerse entre mi cena y yo?

—Dentro de poco veremos quién es más idiota.

—Si lo matas, nadie sabrá quién lo ha hecho —intervino Isabella.

Kell gruñó, como si estuviera de acuerdo con la sugerencia.

—Cierto —dijo Sam, retirando el pie del hombro del bandido—. Salvo las treinta personas que nos deben de estar mirando desde sus ventanas.

—¿Cuántas balas te quedan?

Sam tuvo que reprimir una carcajada.

—No tantas.

El bandido puso una mueca, mostrando unos dientes picados y manchados de sangre.

—No hay esperanza para ti, ranger.

Sam tuvo que hacer un esfuerzo para contenerse y no hacerle tragar esos dientes carcomidos.

—No lo creo —dijo con la voz más tranquila que pudo—. Mientras tenga a esta mujer conmigo, estaré en una buena posición para negociar.

Isabella volvió a ahogar una exclamación.

—Tejala está dispuesto a pagar mucho por ella —dijo el bandido, incorporándose con dificultad contra la pared—. Puedo llevarte hasta él... y compartir la recompensa.

—Yo no comparto.

—Me necesitas para llegar hasta él.

Sam agarró a Isabella de la mano para mantenerla junto a él.

—No creo que me hagas falta para eso... Basta con que me ponga a gritar a los cuatro vientos lo que tengo en mi poder.

—Cerdo —murmuró Isabella a su lado, pero él no le hizo el menor caso.

—¿Qué te parece? —le preguntó al bandido, que volvió a escupir y se frotó la barbilla en el hombro.

—Me parece que eres hombre muerto.

—Creo que tienes razón. Lo que significa que no tengo nada que perder.

Las cortinas de la calle se agitaban frenéticamente. Los habitantes del pueblo se estaban poniendo cada vez más nerviosos. Isabella le tiró de la mano y él la miró.

—Si dejas que me vaya, nadie te perseguirá —le dijo con voz temblorosa.

—¿Y entonces dónde estaría la diversión?

—Tú no me deseas.

No podía estar hablando en serio. Cualquier hombre mataría por tenerla. Era como un barril de dinamita esperando a que alguien la hiciera explotar con una simple mirada.

—Cariño, cualquier hombre en este mundo te desearía.

Ella ladeó la cabeza y puso los brazos en jarras, echándole una mirada escrutadora que a Sam no le gustó.

—¿Tú también?

—Pues claro. Yo también soy humano, después de todo.

—Bien —el sombrero le cayó sobre la cara y se lo apartó con un gesto impaciente—. En ese caso, te contrataré.

—Soy un ranger. No se me puede contratar.

—Entonces puedes contratarme a mí.

—¿Para qué?

—Eres un ranger en territorio de Tejala que muy pronto va a tener a un ejército de bandidos siguiéndote el rastro. Vas a necesitar una guía si quieres sobrevivir.

Él se echó el sombrero hacia atrás.

—¿Y tú me estás ofreciendo tus servicios?

—Sí.

—¿Tienes referencias?

Ella señaló al bandido que estaba tirado a sus pies, casi inconsciente.

—Llevo seis meses escapando de hombres como él. Eso quiere decir algo.

Lo que quería decir era que había pasado más miedo del que cualquier mujer merecía.

—Bueno, me quedaría impresionado si pudieras demostrarlo.

Ella lo miró con gesto desafiante y se dirigió al bandido.

—Dile que es cierto.

El hombre negó con la cabeza. Isabella le pateó la espinilla y el muslo. Sam pensó que lo siguiente serían los testículos, pero el hombre la agarró por la bota. Kell se lanzó hacia él y lo mordió en el brazo. Isabella le pisó los dedos cuando intentó echarse hacia atrás.

—¡Díselo!

Sam se echó a reír mientras liaba un cigarrillo.

La mujer y el perro formaban una pareja sedienta de sangre, desde luego.

El bandido se echó hacia un lado, Isabella retiró el pie y Kell volvió a atacar. Era hora de intervenir.

—Ya está bien.

—Haz que hable —dijo ella, dándose la vuelta.

Sam agarró al hombre por la camisa y lo hizo ponerse en pie.

—Vas a llevarle un mensaje a Tejala de mi parte.

—¿Por qué estás tan seguro?

—Porque de lo contrario te dejaré a merced de estos dos —le dijo, señalando con el pulgar por encima del hombro—. Tú decides.

El bandido dejó escapar un débil gruñido de rendición.

—¿Cuál es el mensaje?

—Dile a Tejala que si se le ocurre perseguir a Isabella, estará cavando su propia tumba.

—No le importará —dijo el hombre, sacudiendo la cabeza—. Está loco.

—¿Ah, sí? —repuso Sam—. Pues yo también.

Capítulo 3

Estaba loco. Isabella observó a Sam mientras él apoyaba el rifle en la pared de la cueva y colocaba al lado tres palos con pescados insertados. Una mancha oscura se extendía desde el pañuelo que llevaba atado en el muslo. La sangre que perdía por haberla defendido... Isabella no sabía mucho de heridas de bala, pero aquella parecía sangrar mucho. Lo suficiente para haber dado media vuelta cuando ella se lo propuso, en vez de seguir hasta aquella cueva. Kell se acercó a Sam, olisqueó la herida y gimió. Con su rabo golpeó uno de los palos y Sam lo agarró antes de que cayera al suelo.

—Cuidado con la cena, amigo.

Kell se apartó, y lo mismo quiso hacer Isabella cuando Sam se volvió hacia ella. Pero no pudo. Se lo impedía la pared de la cueva, detrás de ella, y su propio orgullo. Después de todo el descaro que había demostrado, sería muy humillante acobardarse ahora que estaban solos.

Señaló la herida del muslo.

—Deberías cuidarte mejor.

Las sombras de la cueva ocultaban sus ojos, pero Isabella sabía que la estaba mirando.

—¿Tienes miedo de perder tu guía a San Antonio?

—Sí. Ahora eres muy importante para mí —señaló el pedrusco al otro lado de la hoguera—. Siéntate y deja que te cure esa herida.

—¿Eso debo hacer?

—Sí —se puso en pie y se sacudió la tierra de la falda—. A menos que quieras morir desangrado.

—No tengo ninguna prisa por morir... —dijo él, mirándola de la cabeza a los pies.

La intensidad y el calor que despedían sus ojos la hicieron sentirse incómoda, pero, extrañamente, no le provocaron el menor temor.

—Siéntate —dijo, volviendo a señalar la piedra.

—¿Es una orden?

Lo había sido, pero tal vez no era buena idea impartir órdenes a un hombre como él. Se acercó a las alforjas y hurgó en su interior.

—Deberías verlo como una petición razonable.

Él la siguió con la mirada, tan ardiente que casi podía sentirla en la piel. Sus dedos se cerraron en torno a una petaca plateada, sintiendo cómo se le ponían de punta los pelos de la nuca.

—Y cuando pensabas en esta... petición razonable, ¿no se te ocurrió que tendría que quitarme los pantalones para satisfacerla?

Sí, se le había ocurrido, pero aun así el rubor cubrió sus mejillas. Nunca había visto a un hombre desnudo, aunque Sam no tenía por qué conocer aquel detalle.

—Me esforzaré por respetar tu modestia.

Aunque intentaría ver todo lo que pudiera... Sentía mucha curiosidad por el físico masculino.

Sam no respondió inmediatamente y siguió raspando con su bota el suelo arenoso de la cueva. Su expresión no permitía adivinar su estado de ánimo. Era un hombre muy difícil de conocer.

—Vaya, aprecio el detalle.

Isabella abrió la petaca y olisqueó el contenido. Un olor fuerte y acre le quemó los ojos.

Sam se sentó en la piedra con un gruñido.

—Pásamela —le pidió, pero ella volvió a cerrar el frasco.

—Lo necesito para limpiar tu herida.

—Y un cuerno.

Isabella lo miró con el ceño fruncido y sacó un paquete atado con cuero crudo.

—No es necesario usar un lenguaje tan grosero.

—¿Alguna vez te han echado whisky barato en una herida de bala?

—Nunca he sido tan estúpida como para ponerme delante de una bala.

—Te estaba salvando la vida, duquesa. Eso me convierte en un héroe, no en un estúpido.

Ella abrió el paquete y encontró una aguja, hebras de catgut y material abundante para hacer vendajes. No quería ni imaginarse lo peligrosa que debía de ser la vida de Sam para llevar esas cosas con él. Ni tampoco quiso fijarse en el poco catgut que quedaba. Debían de haberlo herido muy a menudo.

—Fuiste un imprudente —dijo, cerrando la bolsa y apartándose el pelo de los ojos.

—Es mi trabajo.

Lo dijo como si fuera la verdad, pero ella no estaba tan segura. Agarró las cosas y volvió junto a él, que la miró con una expresión que hasta entonces no había aparecido en sus ojos.

Se arrodilló junto a su pierna herida y puso una mueca de dolor por las agujetas. No estaba acostumbrada a recorrer distancias tan largas a lomos de un caballo.

—Creo que pones demasiado entusiasmo a la hora de hacer tu trabajo.

El guante de Sam le rozó la sien, se entrelazó en sus cabellos y se curvó detrás de su oreja.

—Perdóname, duquesa, pero lo que tú sabes de mi trabajo cabría en la cabeza de un alfiler.

Ella le puso las manos en el muslo, sintiéndose increíblemente descarada. Las mujeres de su clase no se acercaban tanto a un desconocido. Y el tacto de aquella pierna no se asemejaba en nada al de la suya propia. No era una piel suave y delicada lo que tocaban sus dedos, sino unos músculos de granito.

—No me hace falta conocer al detalle el trabajo de un ranger para saber cómo es.

—¿Y cómo crees que es?

Los músculos se hincharon bajo la presión de sus dedos.

—Peligroso.

Sam tardó un instante en reaccionar. Se echó a reír y el sonido profundo y suave de su risa se deslizó sobre los nervios de Isabella como una corriente de cálida miel. Subió las manos por el muslo, hacia el pañuelo empapado de sangre.

—En eso tienes toda la razón.

—Puede que tenga razón en otras muchas cosas.
—Yo no estaría tan seguro, pero si quieres apostar...

Al menos no lo negaba tajantemente. Sam MacGregor era un hombre honesto, aunque un poco evasivo. El improvisado vendaje estaba tan rígido por la sangre seca que a Isabella le costó unos minutos desatar el nudo. Al separar los extremos, vio el agujero en los pantalones y la herida descarnada. El estómago se le revolvió, pero tragó saliva e intentó contener las náuseas. No podía permitirse el lujo de ser escrupulosa.

—Creo que seré yo quien decida en qué apostar —dejó el pañuelo sucio en el suelo y le señaló los pantalones—. Y ya que apuesto contigo, no estaría mal que me ayudaras.

Él la miró con expresión divertida mientras se echaba el sombrero hacia atrás.

—¿Quieres que me quite los pantalones?

Isabella se puso aún más colorada y se le secó la garganta.

—Eso sería de gran ayuda.

De nuevo volvió a rozarle la sien con los dedos enguantados. Pero esa vez los dedos se desplazaron bajo su barbilla y le hicieron levantar el rostro. Los sentidos de Isabella se agudizaron al percibir la suavidad del cuero, el olor de su piel y el intenso color azul de sus ojos.

—Si estás pensando en algo más animado, me los quitaré en un abrir y cerrar de ojos.

A Isabella le costó un momento entender el significado a través de la tensión que vibraba entre ellos. Sam le estaba diciendo que no, y eso era inaceptable.

—Tienes que quitártelos ahora —le dijo. Así podría llegar hasta aquella herida, entre otras cosas.

El fuego crepitó, y el olor del pescado asado impregnó la cueva. Isabella arrugó la nariz y Sam sonrió y le tocó los labios con el pulgar.

—Pásame la petaca y la bolsa.

No podía estar insinuando lo que ella pensaba...

—¿Por qué?

—Porque estoy cansado, tengo hambre y no llevo calzoncillos.

Aquel dato sí que era interesante.

—No puedes curarte la herida tú solo.

La sonrisa de Sam se ensanchó, la presión del pulgar aumentó e Isabella ahogó un gemido al separarse sus labios. El olor del cuero, el humo y la fragancia de Sam invadió su boca, permitiéndole imaginarse su sabor.

—Puedo hacer muchas cosas que ni imaginas...

—¿Aún seguimos hablando de tu herida?

—Eso deberíamos estar haciendo.

Llevó los dedos hacia arriba en una orden silenciosa. La rigidez de las piernas de Isabella hacía que le resultase difícil estar erguida, y aún más difícil por el deseo que ardía en sus ojos. Ni siquiera Tejala la había mirado así.

—Para el futuro, Bella, debes saber que no es muy conveniente arrodillarse delante de un hombre.

—¿Por qué?

Él la agarró por el brazo, ayudándola a subir los últimos centímetros.

—Eso tendrás que preguntárselo a tu marido.

No era su imaginación... Los dedos de Sam seguían presionándole el brazo, y el tacto le abrasaba la piel.

—No estoy casada.

—En ese caso, tendrás que esperar a estarlo para saber el porqué.

—Para eso hace falta mucha paciencia —dijo ella, echándose hacia atrás. De alguna manera, el calor de su mirada se había introducido bajo su piel—. Y yo no tengo paciencia.

—Creo que empiezo a entender... —murmuró él—. Date la vuelta.

—¿Por qué?

Se sacó un cuchillo de aspecto amenazador de la bota y lo introdujo en el agujero del pantalón. El tejido se rasgó con facilidad bajo la hoja letal.

—Porque hoy ya ha sido un día bastante duro, sin necesidad de que me vomites encima.

No se le escapaba ni una.

—Puedo controlar mi estómago.

Sam acercó el cuchillo al fuego. Isabella se atrevió a echar un vistazo fugaz y vio el profundo surco que le perforaba el muslo. La sangre manaba lenta y espesamente. El estómago se le volvió a revolver y por un momento pensó que iba a vomitar.

Él dejó escapar un suspiro y se levantó. Isabella se sintió fatal cuando vio su mueca de dolor, y por ello no quiso ofrecer resistencia cuando él le puso las manos en los hombros.

—Haznos un favor a los dos y espera a mañana para demostrarme lo fuerte que eres.

La hizo girarse sin más explicaciones, y la reacción de Isabella a la presión de sus manos fue tan confusa como acogedora.

Los minutos se alargaron lentamente. Sam no emitía el menor ruido, y el silencio daba rienda suelta a la imaginación de Isabella. Habría sido mucho mejor si hubiese oído un quejido o un gemido.

—Deberías dejar que te ayudara.

Él gruñó y algo cayó al suelo con un ruido sordo.

—No hay mucho que hacer. Solo es un rasguño.

—Entonces, ¿por qué necesitas el cuchillo?

—La bala se había introducido bajo la piel —eso explicaba el ruido.

—¿Ya la has sacado?

—Sí.

Isabella se dio la vuelta y vio cómo se colocaba un vendaje limpio sobre la herida.

—No la has cosido.

—No es necesario.

—Te dejará una cicatriz.

—Una cicatriz más no va a matarme.

—No hay necesidad de dejarla así.

—Tampoco hay necesidad de coser nada. Y menos con la cena esperando.

Isabella no podía olvidar el tamaño de la herida, oculta bajo el vendaje blanco. La cicatriz sería enorme. Y el riesgo de infección era muy grande.

—Tu pierna es más importante que la cena.

Sam agarró la petaca.

—Eso díselo a mi estómago.

Isabella casi perdió los nervios. ¿Primero se negaba a coser la herida y ahora se disponía a beberse lo único que tenían para tratarla? Le arrebató la petaca de la mano.

—Se te puede infectar, y entonces sí que tendrás un grave problema.

—Devuélveme la petaca, Bella, o tendré que darte unos azotes por jugar con las cosas de los mayores.

El tono de advertencia solo sirvió para alimentar su resentimiento. No tenía derecho a hablarle como si fuera una niña. Ni a arriesgar tontamente su pierna.

Sin pensar en lo que hacía, vació el contenido de la petaca sobre el vendaje. Entonces se dio cuenta de lo que había hecho y soltó la botella.

—¡Madre de Dios!

El rostro de Sam se puso rojo como la grana y su boca se torció en una mueca de angustia. Se agarró el vendaje empapado y gritó unas palabras que Isabella nunca había oído cuando el alcohol alcanzó su herida.

Sabía que iba a matarla y echó a correr. Pero él la agarró antes de que hubiera dado cinco pasos.

—Vuelve aquí, maldita sea.

Ella se dio la vuelta y levantó los puños, como había visto hacer a Zacarías cuando se disponía a atacar. Sam jadeaba como si hubiera estado corriendo durante varios kilómetros. La miró fijamente, con los ojos entornados y los labios apretados.

Pero entonces le sujetó los puños con una mano y se echó a reír. Una risa verdadera que la abrasó en su orgullo. Una risa que la hizo olvidarse de lo atractivo que era. Una risa que la incitó a luchar salvajemente cuando él la estrechó entre sus brazos y le plantó un beso en la nariz... y otro en los labios. ¡Su primer beso y ni siquiera se lo había pedido!

Se debatió con más fuerza, pero él mantuvo los labios pegados a los suyos y dejó que los esfuerzos de Isabella por soltarse imprimieran el ritmo y la presión del beso.

Poco a poco, la lucha se fue apaciguando y la ira fue

dejando paso a algo más suave y delicado, como el propio beso. Separó los brazos y se apretó contra él. Los labios de Sam se abrieron ligeramente y con su lengua le acarició la boca cerrada. Un estallido de calor la sacudió por dentro y la hizo echarse hacia atrás. Sam la soltó, pero ella no se apartó inmediatamente. La furia y algo más la mantenían inmovilizada. Él estaba a un palmo de distancia, pero Isabella aún podía sentir la presión de sus labios, el calor de su aliento y la tentación que le ofrecía. ¿Por qué la fascinaba de aquella manera?

—No tenías derecho a hacer eso —dijo, apretando los puños.

—Tienes razón. Lo siento.

No parecía en absoluto arrepentido, pero ella sí lo estaba.

—Siento haber derramado el licor en tu herida. Había que hacerlo, pero no de esa manera.

Él ladeó la cabeza y una sonrisa asomó en sus labios.

—No puedes evitarlo, ¿verdad?

—¿El qué?

—Esa actitud tan soberbia y altanera.

—Supongo que mi pobre dominio de la lengua inglesa me hace parecer más arrogante de lo que soy.

—Sí, supongo que debe de ser eso —dijo él, sonriendo aún más.

Isabella tuvo la impresión de que se estaba burlando de ella.

—Los besos no pueden darse a la fuerza.

—Estoy de acuerdo.

—Hay que darlos con libertad.

Él se volvió hacia el fuego.

—Eso nadie lo discute, Bella.

¿Por qué tenía que ser tan comprensivo cuando ella quería discutir con él?

—Tal vez esté discutiendo conmigo misma —admitió, acosada por la conciencia.

Sam se sentó de nuevo en la roca y retiró uno de los palos del fuego. Un trozo de pescado se desprendió y él lo agarró al vuelo para enfriarlo en la mano. Las sombras danzaban en la pared, acompañando sus movimientos.

—¿Por qué lo haces? —le preguntó, mirándola con una ceja arqueada.

A Isabella le dio un vuelco el corazón. Pero le debía una respuesta por la manera con que había limpiado su herida.

—Porque creo que no está bien deleitarse con los besos robados.

La expresión de Sam se tornó inescrutable.

—Entiendo.

Isabella había elegido la honestidad como penitencia, pero no imaginaba que fuera a ser tan difícil. Sería mucho más sencillo hacerle creer que estaba hablando de él, pero eso no sería justo.

—Pero me ha gustado el tuyo —susurró, sintiendo cómo le ardían las mejillas.

Sam soltó el pescado en el fuego. Fue la única señal de que su confesión le había hecho mella.

—¿Por qué?

La capacidad expiatoria de Isabella tenía un límite, y él lo había traspasado.

—No sé por qué —replicó, echándole una mirada feroz—. Eres insufrible... Debería pegarte un tiro.

Sam retiró el pescado del fuego.

—¿Al hombre que te salvó la vida?

Ella se sentó en la piedra, a medio metro de distancia.

—Eso me convertiría en una persona muy desagradecida, desde luego.

Él le tendió el otro pescado, que no estaba cubierto de ceniza. El detalle la hizo sentirse aún más culpable.

—¿Pero? —la acució. Era un hombre inteligente y había percibido el «pero» en su voz.

—Eres irritante.

—¿Por no querer coserme un rasguño?

Por eso y por otras cosas, pero el resto eran preocupaciones que no sabía cómo describir.

—Sí.

Sam le dio un mordisco a su pescado y ella hizo lo mismo con el suyo. Era un poco grande para comérselo a bocados, pero estaban en una cueva, en medio de la naturaleza salvaje, y no tenían cubiertos. Los modales no importaban mucho en una situación semejante.

Él esperó a que tuviera la boca llena de pescado antes de volver a hablar.

—Si lo de mi herida te parece irritante, no quiero ni imaginar lo que pensarás de compartir el saco de dormir conmigo.

Capítulo 4

Compartir un saco de dormir con Sam no fue tan excitante como debería haber sido. Al día siguiente, Isabella seguía siendo tan casta y virgen como la noche anterior. Maldición... No había querido que la violara, pero sí le habría gustado tener algo que contar sobre la noche que había pasado con el infame Sam MacGregor. Algo que no fuera el bulto que él había hecho con una ruana y que había colocado entre los dos como un cabezal, para luego tumbarse boca arriba y ordenarle con voz severa que se durmiera. No era eso lo que se había esperado de un hombre con su reputación.

Lo que demostraba lo exageradas que eran las leyendas sobre la reputación de un hombre. Incluso en su pequeño pueblo de Montoya habían oído hablar de los Ocho del Infierno y de MacGregor, «Naipe Salvaje», un hombre tan peligroso que podía seducir o matar con una simple sonrisa. Isabella lo había comprobado con sus propios ojos, y lo único que no entendía era por qué no la había seducido. ¿Acaso no la encontraba atractiva? La duda le atormentaba tanto como la incómoda silla de cuero entre los muslos. Sus finas enaguas no eran la prenda más apropiada para aquella tierra tan dura y hostil.

Se agarró al arzón de la silla y se empujó hacia arriba. El alivio en sus posaderas fue breve, pero muy bien recibido. Delante de ella, Sam parecía muy cómodo en su silla, como si fuera una prolongación de su montura. Su postura no revelaba la menor molestia ni fatiga.

El sol de la tarde se reflejaba en las chapas plateadas de su sombrero negro. Isabella miró por encima del hombro para contemplar la puesta de sol. Era una imagen preciosa, y aún más bonita era la silueta del pueblo que se recortaba contra el resplandor rosa y anaranjado. Sin duda habría un hotel en aquel pueblo, con bañeras y camas mullidas. Bueno, quizá no tan mullidas, pensó al ver el penoso estado de los edificios, pero siempre serían más cómodas que una silla de montar.

—No tiene sentido lamentarse por lo que no puede ser —le dijo Sam.

¿Cómo había sabido lo que estaba pensando?

—Solo estaba admirando la puesta de sol —respondió ella, volviendo a posar el trasero en la silla.

—Creía que estabas codiciando los lujos del pueblo.

A Isabella le irritó sobremanera que ni siquiera se molestara en mirarla mientras hablaba, aunque hubiera acertado con sus suposiciones.

—No sé qué dolor habría hecho pasar una noche

en el pueblo. Ya has derrotado a los hombres de Tejala.

—Daño.

—¿Qué?

—Se dice «qué daño habría hecho».

—Daño, dolor... —rechazó la corrección con un gesto y acució a Guisante a avanzar más deprisa. Pero el caballo de carga que habían conseguido el día anterior después del tiroteo protestó y casi obligó a Guisante a detenerse. Un mordisco de Kell hizo que el caballo de carga cambiara de opinión, y Guisante pudo aligerar el paso hasta casi alcanzar a Breeze—. ¿Qué más da? El caso es que no habría sido malo.

—Tienes razón.

—Entonces, ¿por qué no nos hemos quedado en el pueblo?

—Soy un hombre precavido.

—No es eso lo que he oído.

Él se movió en la silla, lo suficiente para que ella pudiera ver su perfil. Era tan atractivo como el resto de su rostro, e igual de irresistible. Especialmente con el atisbo de sonrisa que curvó la comisura de sus labios.

—¿Te crees todo lo que oyes?

—Sí —¿cómo no iba a creérselo, después de ver cómo había liquidado a los bandidos en el pueblo, enfrentándose a una lluvia de balas para salvarla?

La sonrisa de Sam dejó ver sus dientes. Tiró ligeramente de las riendas y se giró hacia ella.

—Lo tendré en cuenta.

Tenía una sonrisa arrebatadora, de dientes blancos y labios exquisitamente torneados. Ninguna mujer podría rechazarlo si le pedía que se acostara con él, pero Isabella se preguntó si las demás mujeres habrían notado que esa sonrisa rara vez alcanzaba sus ojos.

—¿Adónde vamos exactamente?

Él la recorrió lentamente con la mirada, recordándole que seguía agarrada al arzón de la silla.

—¿Tienes agujetas?

—En absoluto —seguramente era la mayor mentira de su vida.

Sam se levantó ligeramente el sombrero y sus ojos despidieron llamaradas azules al recibir la luz del sol. Por muy relajado que estuviera sobre la silla, irradiaba una energía que parecía crepitar en el aire. O quizá tan solo fuera la atracción que provocaba en Isabella la que le daba esa impresión. Nunca había conocido a un hombre que la hiciera sentirse tan consciente del tamaño de sus pechos, de la suavidad de sus muslos, de las diferencias sexuales entre hombres y mujeres...

—Me alegro saberlo. Porque quiero seguir otras tres horas.

¿Tres horas? Sus muslos quedarían destrozados para entonces.

—Dentro de media hora habrá oscurecido.

—La luna ofrecerá luz suficiente.

Isabella no se había fijado en la media luna que se elevaba en el cielo, así que probó con otra cosa.

—¿Y la cena?

Sam abrió la alforja y sacó un paquete envuelto en tela. Isabella tuvo que soltarse del arzón para agarrar el paquete. Por mucho que intentó ocultarla, supo que él vio su mueca de dolor al descargar el peso en sus muslos.

Placer salvaje

Retiró el envoltorio y encontró dos galletas y cuatro lonchas de cecina. No era precisamente un banquete, y el estómago protestó con un rugido. No había comido desde aquella mañana, y ni siquiera se había saciado con el desayuno. El pescado no era su plato favorito.

Sam alargó el brazo hacia las riendas de Guisante y las hizo pasar sobre la cabeza del caballo.

—Yo llevaré las riendas mientras comes.

Guisante dio un brinco por el volteo de las riendas, y a Isabella casi se le cayó la cena al suelo.

—¡Ten cuidado!

—Siempre tengo cuidado —respondió él.

Ella tomó un trozo de cecina y volvió a envolver el resto.

—No lo creo.

—¿Por qué no?

—Creo que no te importa mucho vivir o morir, y por eso haces tantas locuras.

—¿Eso es lo que piensas? —preguntó él, borrando la sonrisa de su rostro.

—Sí.

—Piensas demasiado.

—Deberías estar agradecido por ello.

—¿Por qué lo dices?

—Si no pensara demasiado, lo único que ocuparía mis pensamientos sería el pueblo que acabamos de pasar. Pensar en el pueblo me haría pensar en hoteles y camas blandas y mullidas. Pensar en camas me haría pensar en lo desgraciada que soy. Pensar en mi desgracia me pondría triste. Ponerme triste me...

—Adelante. Piensa todo lo que quieras.

—Gracias —le sonrió y tomó un bocado de cecina.
—¿Podemos seguir?

Los buenos modales le impedían responder con la boca llena. Pero si se guiaba por los buenos modales estarían detenidos hasta el día siguiente por la noche. La cecina era muy dura y difícil de masticar, de modo que la única opción era asentir con la cabeza.

—Sigamos, entonces.

Isabella no pudo evitar un gemido cuando el caballo reanudó la marcha, y Sam volvió a mirarla por encima del hombro.

—Durante los seis meses que estuviste huyendo de la banda de Tejala no montaste mucho a caballo, ¿verdad?

—No —tomó otro bocado de cecina. Estaba salada y condimentada con una especia que no reconocía, pero con el estómago vacío le sabía a gloria.

—¿Dónde te ocultaste?

—En una cueva.

—¿Qué te hizo abandonar tu escondite?

—Unos hombres encontraron la cueva —hombres malvados y aborrecibles con intenciones perversas.

—¿Los hombres de Tejala?

—No. Otros.

—Debió de ser muy duro.

—No fue mi mejor día.

Sam chasqueó con la lengua y urgió a Guisante a mantener el paso. El caballo obedeció al instante, como siempre. A los animales les gustaba Sam, y a ella también, por razones comprensibles y por otras no tan fáciles de entender. Tomó otro bocado de cecina. Era un hombre realmente interesante.

—¿Adónde vamos?
Él señaló hacia el sol poniente.
—¿Otro pueblo?
—No.
—¿Algún lugar con bañera, al menos? —esperó la respuesta con la boca llena.
—No, pero hay un estanque.
Isabella tragó la cecina.
—Servirá.
—¿Tienes ganas de darte un baño? —le preguntó, tirando de las riendas.
—¿Acaso tú no?
El extremo de la boca que ella podía ver se curvó en una sonrisa muy familiar.
—¿Estás insinuando que huelo mal?
—Jamás le diría algo así a un hombre.
—¿Entonces piensas sufrir el mal olor en silencio?
Ella volvió a abrir el envoltorio y partió un pedazo de galleta.
—Nunca me callo nada, y menos cuando sufro por algo.
Si creía que su sonrisa era atractiva antes, no fue nada comparada con la emoción que llenó la siguiente. Tan embelesada se quedó que por unos segundos se olvidó de respirar.
Él se bajó el sombrero, cubriéndose los ojos y haciendo que toda la atención se concentrara en su boca. Tan expresiva como sus ojos.
—Lo tendré en cuenta.
Volvió a chasquear con la lengua y siguió adelante, dejando a Isabella con un extraño hormigueo en el estómago y un calor radiante en la piel. ¿Qué

tenía aquel hombre de especial para afectarla de aquella manera? Había muchos hombres atractivos en el rancho de Montoya. Hombres con una elegancia natural, que luchaban con coraje y que se enfrentaban a la muerte sin temor. Hombres peligrosos, intrépidos y enigmáticos. Pero ninguno podía compararse con Sam. Ninguno de ellos irradiaba esa fuerza masculina que conseguía introducirse bajo su piel. Sam podría tener a todas las mujeres que deseara, podría estar en cualquier parte, y sin embargo estaba allí. Con ella. Eso tenía que significar algo...

La primera vez que lo vio, apareciendo en lo alto de la colina, ella había estado rezando. Pidiéndole a Dios que le enviara la solución a sus problemas. ¿Sería Sam la respuesta a sus oraciones? Era una posibilidad muy extraña, pero también había sido una oración muy extraña. ¿Y qué sentido tenía rezar si no se creía en los milagros?

Pero aunque la oportuna aparición de Sam fuera pura coincidencia y no el resultado de la intervención divina, seguía siendo la solución a su problema. No era tan tonta para creer que estaría siempre con ella, pero sí podía ofrecerle el placer que, según había oído, experimentaba una mujer en la cama. Sam no se preocuparía por su modestia ni por la posibilidad de ofenderla. No le importaría hacer lo correcto o lo equivocado. Se limitaría a tomar lo que quisiera y darle lo que ella necesitaba. Ni más ni menos. Exactamente lo que ella había pedido en sus oraciones.

Tejala solo la deseaba como un sacrificio virgen a su propio poder, para demostrarle a la gente de su pueblo que era invencible, que todos le debían la vida y que debían someterse a su voluntad si querían recibir su benevolencia. Por ello no la había poseído a la fuerza. La había dejado tirada como una perra, jurando que ella acabaría arrastrándose a sus pies para suplicarle que la convirtiera en su esposa. Y entonces, primero le arrebataría su orgullo. Luego la despojaría de sus bienes. Y por último le quitaría la vida.

Un honor que ella no estaba dispuesta a aceptar.

Examinó con atención a Sam, observando la agresividad natural que emanaba su postura, sus anchos hombros y fuertes piernas, el revólver que colgaba sobre su cadera... y vio a un hombre que podía darle a Tejala muchos quebraderos de cabeza. Tejala nunca aceptaría ser segundo por detrás de Sam, igual que ella nunca aceptaría a Tejala como su primer hombre. Tal vez Isabella no pudiera derrotarlo en su guerra particular, pero sí podía decidir a quién le entregaba su virginidad.

Sam era un guerrero como Tejala, pero con una diferencia: Tejala la hacía estremecerse de asco y temor, y Sam la hacía estremecerse de deseo. Con Sam podía sentirse segura.

Le dio otro bocado a la galleta reseca. Su padre siempre le había dicho que cuando encontrara a un hombre que la hiciera sentirse segura, por quien se le desbocara el corazón y a quien los demás respetaran, estaría viendo al hombre que Dios le había enviado. Puso una mueca de incredulidad. De niña era lo bastante ingenua para creerlo. Pero como mujer adulta sabía que las cosas no eran tan fáciles.

Su padre había sido un romántico. Un buen hombre, pero bastante inepto en algunos aspectos. Aun así, había más merito en sus palabras sobre su futuro amante que en los consejos de su madre.

Su madre había sido todo lo contrario a su padre. Una mujer práctica y realista hasta las cejas y con muy poco respeto hacia el padre de Isabella. Su matrimonio había sido concertado con el único fin de extender sus respectivas propiedades, e Isabella no creía que su madre le hubiera perdonado a su padre que la hubiera sacado de España para buscar la fortuna en América. A su madre le bastaba con ser la esposa del tercer hijo de una familia respetable. No quería ser la mujer del único aristócrata en aquella tierra desconocida y hostil.

Y su profunda insatisfacción hizo que deseara otra cosa para su hija. En opinión de su madre, Isabella tenía que regresar a España para encontrar un marido. Y si eso no era posible, al menos debía casarse con Tejala para asegurar el futuro de la familia en aquellas tierras salvajes. Su madre creía firmemente que había que aprovechar las reglas de la sociedad en beneficio propio. Lo mismo creía Isabella, pero no de la misma manera.

Las diferencias entre sus padres habían desgarrado a la familia y habían obligado a Isabella a huir, después de que mataran a su padre. Cerró los ojos para intentar protegerse del recuerdo, pero volvió a oír a su padre llamándola, la risa de Tejala, el horrible jadeo agonizante que acompañaba el chorro de sangre... Y después de eso, nada. Nada salvo la permanente huida y la certeza de que cada día podía ser en el que Tejala encontrara la manera de hacerla arrastrarse a sus pies.

—Si no aflojas los dedos, vas a hacer migas la cena.

Isabella bajó la mirada. Estaba aferrando la servilleta con tanta fuerza que el contenido se escapaba entre sus dedos.

—Lo siento.

Volvió a retirar el envoltorio. Una de las galletas había quedado casi intacta, al igual que la cecina. Espoleó a Guisante para que se acercara a Breeze, apretando los dientes contra el dolor de los muslos, y le ofreció a Sam la galleta.

—Esta aún está casi entera.

Los penetrantes ojos de Sam se posaron en su rostro. Hacía mucho que no se miraba en un espejo, pero por el tacto de su cara al lavarse en los arroyos sabía que había perdido la lozanía y el color de sus mejillas. Su padre se quedaría horrorizado si la viera. No era algo que a ella le preocupase mucho, pero desearía perder también un poco de peso en los pechos. El ceñidor que impedía el balanceo de sus generosos senos le dificultaba la respiración y le irritaba la piel. Solo de pensar en el sarpullido le entraban ganas de rascarse.

Pero con Sam mirándola de cerca no podía rascarse nada.

—Debes de tener hambre —dijo, tendiéndole la galleta.

La expresión de Sam se oscureció, respiró hondo y volvió a recorrerla con la mirada.

—Puedo esperar.

Isabella ahogó un gemido. No se refería a la comida, pero como ella no sabía qué responder optó por seguir fingiendo.

—No puedo comerme yo sola todo esto.

En ese momento, Guisante metió los cascos en un

hoyo, haciendo que los muslos se le deslizaran por el áspero borde de la silla. El dolor fue insoportable. Soltó la comida y se agarró al arzón al tiempo que un gemido escapaba de sus labios. Apenas cayó la comida al suelo, Kell se abalanzó sobre ella y se la tragó en cuestión de segundos.

Unas fuertes manos la agarraron por la cintura. Isabella gritó mientras Guisante se inclinaba hacia un lado, y de repente se vio cayendo. Pero solo por un segundo. Al instante siguiente su trasero estaba pegado a los muslos de Sam y tenía su brazo rodeándola por el estómago. El sombrero se le cayó hacia atrás y quedó atrapado entre su espalda y el hombro de Sam. El cordón le horadaba el cuello como el lazo de una horca. Lo agarró mientras pataleaba frenéticamente e intentó encontrar el nudo.

Las manos de Sam reemplazaron a las suyas entre el cordón y la piel.

—Tranquila.

No podía respirar. Se estaba ahogando. Él la estaba ahogando...

—¡Isabella!

La llamada de atención traspasó el pánico que la cegaba, ofreciéndole algo a lo que aferrarse. Abrió los ojos y vio el rostro de Sam a pocos centímetros. Sam. No era Tejala. Tenía la mano en su hombro y le estaba hablando.

—Ya está, Isabella. Ya puedes respirar. Abre la boca y llénate los pulmones con la agradable brisa nocturna.

Respirar. Tomar y soltar aire. Lo más simple del mundo. Pero ella tenía un miedo atroz a la asfixia. Le ocurría en los momentos más inesperados. Y normalmente delante de personas que era mejor que no lo supieran.

Como ahora. Con Sam.

Él le acarició la barbilla con el pulgar.

—Tranquila, Isabella.

Lo miró a los ojos e intentó calmarse. La garganta se le había despejado y probó a tomar aire. El aire de la noche era fresco y dulce, como cualquier aire después de casi morir asfixiada. Se llevó la mano al cuello, metió los dedos bajo el cordón aflojado y se lo quitó por encima de la cabeza.

—Sí, creo que podemos prescindir de esto por un rato —dijo Sam. Agarró el sombrero y lo colocó sobre el borrén de la silla, y a continuación tocó con la punta de los dedos el punto del cuello donde persistía la sensación del lazo. Como si supiera lo que le había pasado.

Isabella volvió a quedarse sin aliento, pero esa vez nada tenía que ver con la asfixia, y él bajó la mano hasta el cuello de su camisa.

—Lo siento —murmuró, sin saber por qué sentía la necesidad de disculparse—. No me gusta que me toquen el cuello.

La mirada de Sam se posó en el punto que acababan de tocar sus dedos.

—Ya me he dado cuenta. ¿Por algún motivo en particular?

Ella se encogió tímidamente de hombros y frotó el brazo contra su pecho. La sensación era... escandalosa.

—No me gusta, simplemente.

Sus yemas callosas le hacían cosquillas en la piel. Casi agradeció que retirara la mano del hombro y la

desplazara hasta el tejido de la camisa. Los dedos bajaron por el brazo, pasaron por el codo y llegaron a su mano. Por alguna estúpida razón, Isabella esperó que la asiera. No lo hizo, pero los dedos siguieron bajando por su falda, abriéndose y cerrándose mientras arrugaban la tela. Su mirada era tan intensa, sus ojos eran tan increíblemente bonitos y el hormigueo que le provocaba desde el cuello a la mano era tan fascinante, que al principio no supo lo que estaba haciendo. Pero entonces sintió el aire en las rodillas y volvió de golpe a la realidad.
—¿Qué haces?
—Subirte la falda.
—Estamos a lomos de un caballo.
—¿Y?
¿La gente hacía «eso» sobre un caballo?
—No puedes hablar en serio.
Al tener el sol del crepúsculo de frente no podía ver con claridad, pero le pareció que Sam esbozaba una sonrisa de regocijo.
—Duquesa, tu educación deja mucho que desear...
—A las mujeres no se nos educa para estas cosas.
—Ya... —murmuró él con voz profunda y sensual. A Isabella le encantaba su acento. Era muy diferente de su lengua nativa, y también al inglés que hablaban los pocos hombres blancos que había visto—. Con mi mujer sería distinto.

Isabella ahogó una exclamación, y no porque estuviera escandalizada por el comentario, sino porque le había desatado su imaginación más atrevida. Se imaginó a Sam haciendo toda clase de cosas con su mujer. Se imaginó a su mujer disfrutando como loca. Se imaginó a sí misma siendo esa mujer...

Las imágenes le provocaron un intenso hormigueo en los brazos y en los muslos, el corazón se le aceleró y la piel se le sensibilizó de una forma extrema. Aquello era el deseo. La tentación diabólica que la hacía arrodillarse en la iglesia. El pecado de la humanidad. La razón por la que Tejala la había elegido. Para ser el único que compartiera con ella ese deseo.

Cerró los ojos mientras la mano de Sam seguía subiéndole la falda, intentando reunir el valor necesario para su propósito, pero sin llegar al descaro. No podía limitarse a sonreír mientras Sam le descubría las piernas. Los restos de su educación lo hacían imposible.

—¿En qué piensas, Isabella?

—¿De verdad es posible tener relaciones sobre un caballo?

La mano de Sam se detuvo, y su pecho se quedó a mitad de una inspiración contra el costado de Isabella. Era obvio que lo había sorprendido, y tenía el presentimiento de que muy poca gente lograba sorprenderlo.

Sam dejó escapar el aire lentamente.

—¿Te sientes con ganas de aventura?

—¿Tener relaciones sobre un caballo es más difícil que en cualquier otro sitio?

—Me resultaría más fácil responderte a esa pregunta si no siguieras llamándolo «relaciones».

—Sé otra palabra, pero no creo que sea propia de una dama delante de un caballero.

—¿Qué palabra? —le preguntó él con las cejas arqueadas.

—No voy a decírtela.

—Cobarde —le dijo con una sonrisa.

Ella se atrapó el labio inferior entre los dientes. Era un gran paso el que estaba dando. Un paso que no debería dar sin pensarlo detenidamente. Un paso que la alejaría para siempre del buen nombre de su familia, del respeto de la sociedad y del perdón de Dios. Pero los hombres de Tejala estaban cerca y el tiempo se le acababa. Sabía que no podía ganar aquella partida para siempre. Algún día caería en una trampa y le robarían su inocencia a la fuerza. Y entonces perdería igualmente el buen nombre de su familia, el respeto de la sociedad y el perdón de Dios. El resultado sería el mismo, y la única diferencia estaba en elegirlo por ella misma o que se lo impusieran en contra de su voluntad.

Se lamió los labios, lo que atrajo la mirada de Sam a su boca. Su rostro reflejaba una tensión que ella no había visto antes, como tampoco había sentido antes la repentina dureza bajo las nalgas. Por el contrario, el resto de su cuerpo se había ablandado considerablemente.

El hombre que había arriesgado su vida para salvarla se sentía atraído por ella.

No era un hombre tierno ni delicado. Así lo demostraban su recia personalidad y la fría determinación que brillaba en sus ojos. Pero también se vislumbraban destellos de humor y suavidad. Y sobre todo, una falta absoluta de crueldad. Era amable con su caballo, con su perro y con ella. Quizá no fuera tan mala idea tenerlo como amante...

Cerró los ojos, atrevida y asustada al mismo tiempo. Un amante. Se estremeció solo de pensarlo. Estaba acariciando la idea de tener un amante. Y no un amante cualquiera, sino al infame Sam MacGregor. Si se paraba a pensarlo, la idea era demasiado atrevida para ella. Pero la alternativa era perder la virginidad en una violación y convertirse en el trofeo del hombre al que más odiaba en el mundo. Una perspectiva infinitamente más aterradora que la primera. No quería que Tejala se encargara de enseñarle las cosas que hacían los hombres y las mujeres. No quería cederle ni una sola victoria, y mucho menos el premio de su sangre virginal. Un amante, en cambio, le permitiría conseguir otros muchos objetivos. Sería una decisión práctica. Y su madre la había educado para ser práctica.

Abrió los ojos. Sam seguía observando su boca. Probó a pasarse la lengua por los labios una vez más, y la mirada de Sam siguió sus movimientos. No solo sería una solución práctica. Tener un amante podría ser también muy emocionante.

—¿Te parezco bonita, Sam?

—A cualquier hombre le parecerías bonita —respondió él sin apartar la vista de su boca.

Las advertencias de su madre contra los peligros de la promiscuidad resonaron en su cabeza mientras colocaba la mano sobre la que Sam tenía posada en su muslo.

—No te he preguntado eso. ¿Te parezco bonita a ti?

—Eres preciosa.

Era difícil ser tan atrevida cuando el sol del crepúsculo impactaba de lleno en su rostro, exponiéndola a la expresión de Sam. Era casi imposible mantener un mínimo de seguridad en sí misma cuando Sam la miraba como si fuera una prisionera dispuesta a escapar.

Respiró lentamente y volvió a hablar.

—¿Lo bastante como para tener relaciones conmigo?

—¿Por qué?

Isabella estaba preparada para un simple «sí», pero no para un «por qué». Los hombres no preguntaban «por qué». Se aprovechaban de la oportunidad y punto. Preguntar cualquier otra cosa sería una ofensa intolerable.

—¿Cómo que «por qué»?

Capítulo 5

Bella se olvidó de sí misma y empujó a Sam en el hombro. Fue como golpear una pared de granito, salvo por el instinto de sus dedos a permanecer pegados a la superficie y explorar la sólida capa de fibra y músculo que recubría sus huesos.

Retiró la mano de un tirón.

—¡Un hombre no le pregunta eso a una mujer!

—A mí me parece que es una pregunta sensata cuando una mujer decente se ofrece a un hombre indecente.

Sam no era indecente. Ella conocía muy bien a los hombres indecentes y él no era uno de ellos. El calor de sus músculos le abrasaba la palma, tensándole los nervios. Apretó el puño para resistir el poderoso deseo que amenazaba con dominarla.

—Es una pregunta muy grosera. Y la postura en la que estoy sentada ahora mismo es la prueba de que no soy una mujer decente.

—No has corroborado que yo sea indecente...

El sol brillaba con tanta fuerza que Isabella no podía distinguir sus rasgos, pero sospechaba que se estaba riendo de ella.

—No te rías.

Se protegió los ojos con la mano y comprobó que, efectivamente, él estaba sonriendo.

—Te encanta dar órdenes, ¿verdad? —dijo Sam.

Cuando sonreía de aquel modo era irresistible. Una sonrisa ligeramente torcida, sus ojos azules cargados de emoción contenida... Le apretó la rodilla con la mano, recordándole el lugar que ocupaban sus dedos. Isabella debería haberse escandalizado por su exceso de confianza, pero en vez de eso sentía que le faltaba el aire.

—Nunca lo he pensado.

Era falso. Tendía a obsesionarse con lo que quería y no soportaba la hipocresía de los buenos modales. A veces era más fácil exigir las cosas directamente.

—No has respondido a mi pregunta.

Sam sonrió aún más.

—No, no la he respondido.

El control que demostraba sobre sí mismo la sacaba de quicio. Pero también la excitaba sobremanera.

—La pregunta es muy simple. Solo tienes que responderla con un «sí» o un «no».

El rostro de Sam permaneció tan quieto y rígido como el de una esfinge, pero a Isabella le dio la impresión de que estaba escudriñando en el interior de su alma, buscando los sentimientos que ella no quería reconocer. Miedo. Desesperación. Deseo...

—Creo que ya hemos dejado claro que no soy un hombre corriente.

Isabella frunció el ceño. Aquella respuesta no animaba a lo que tenía pensado.

—Eso no es lo más apropiado para un amante.

La sonrisa de Sam se suavizó y su mano se deslizó hacia arriba, encontrando una piel extremadamente sensible bajo la fina tela de los pantalones. Dentro de ella, un espasmo sacudió su útero con un dolor tan agudo que soltó un gemido ahogado. Los ojos de Sam se entornaron.

—Te equivocas —dijo, rozándola con la más sutil de las caricias en la cara interna del muslo. Se le puso la carne de gallina y aguardó con la respiración contenida a... ¿A qué? ¿Hasta dónde la tocaría?—. Si tuviera intención de aceptar tu oferta, mi actitud podría ser muy beneficiosa para ti...

Ella se mordió el labio mientras los dedos de Sam se acercaban a territorio prohibido.

—Como esto, por ejemplo.

El más ligero roce de sus dedos le abrasaba la piel. Gritó y él apretó el brazo que la rodeaba por la cintura.

—Cualquier otro hombre, duquesa, ya te habría sentado a horcajadas en su regazo para penetrarte con su polla hasta el fondo.

Isabella se quedó paralizada. Nadie le había hablado nunca como él, ni la habían tocado nunca de esa manera. Siempre había sido la niña mimada y protegida. Jamás había oído la palabra «polla», pero podía imaginarse el significado. Y estaba segura de que no era una palabra muy educada para definir esa parte del cuerpo.

Se preguntó si aquella era la forma en que los hombres les hablaban a las mujeres que deseaban o si era una falta de respeto. El tono de Sam no sugería burla ni sarcasmo, y estaba impregnado de una sensualidad sonora que ella nunca había oído.

La mano de Sam se abrió sobre la piel expuesta, protegiéndola del aire. La palma le cubría casi la mitad del muslo, recordándole a Isabella la diferencia en sus tamaños.

—Pero siendo como soy —continuó él—, no me gusta que el placer sea algo individual.

Isabella no tenía ni idea de lo que quería decir con eso.

—¿Eso significa que no te parezco lo bastante bonita para tener relaciones?

Sam retiró la mano. La piel de Isabella protestó por la pérdida del contacto, aunque sus nervios retuvieron la huella de sus dedos. Era una sensación extraña, pero no le resultaba desagradable.

Sam se giró ligeramente y sacó una lata de la alforja.

—Significa que no estás en condiciones de tener relaciones.

La lata era pequeña y de color gris.

—¿Qué es eso?

—Algo que te hará sentir mejor —respondió él, abriendo la tapa.

Le levantó la falda hasta que se hizo un bulto justo debajo de las caderas. Isabella podía sentir su mirada en las piernas y la brisa en las pantorrillas. Nunca había mostrado más piel que la del cuello, y ahora aquel hombre la estaba desnudando con total libertad. Debería sentirse ofendida. Y tal vez fuera la indignación lo que borbotaba bajo su piel como las espumosas aguas a los pies de una cascada, pero más bien parecía pura y ardiente excitación.

Sam hundió los dedos en el ungüento oloroso.
—Separa las piernas.
Ella no pudo evitar un gemido de horror.
Él inclinó la cabeza y los últimos rayos de sol cegaron a Isabella al reflejarse en las chapas del sombrero.
—Para ser alguien tan impaciente por tener relaciones a lomos de un caballo, estás muy nerviosa.
¿Qué podía responderle? Parpadeó para protegerse del sol.
—Lo siento.
Si entrecerraba los ojos quizá pudiera ver la expresión de Sam. Pero no tenía ninguna intención de hacerlo, porque tenía el presentimiento de que Sam iba a sorprenderla aún más, y ella necesitaría un poco de distancia para manejarlo.
—No tienes por qué sentirlo. Solo necesito que separes los muslos para que pueda aplicarte esta crema.
Tal vez debería haber entornado los ojos, después de todo. Al menos con un poco de tensión en el rostro habría evitado quedarse boquiabierta como una estúpida.
—¿Cómo puedes decirme esas cosas?
Sintió cómo él se encogía de hombros contra su costado.
—Me gusta hablar claro.
Antes de que ella pudiera tomar aire, descubrió que tampoco se andaba con rodeos a la hora de tocarla. En el interior de los muslos. Donde nadie la había tocado jamás.
El sol se ocultó por detrás de su sombrero, permitiéndole a Isabella ver otra vez su rostro. La du-

reza de sus pómulos, la sombra que oscurecía sus ojos... Sí, la deseaba. Menos mal.

Sintió la frialdad del ungüento en la piel mientras Sam se lo aplicaba con un cuidado metódico y exhaustivo. Un bálsamo para los nervios y la irritación de la piel. Lástima que no hubiera un remedio igual de efectivo para recomponer su compostura. Se dijo a sí misma que no tenía por qué sentirse avergonzada... Sam solo estaba curándole las heridas. Y si se tomaba más libertades de la cuenta, era porque ella las permitía.

Pero ninguno de sus razonamientos sirvió para tranquilizarla. Se sentía horriblemente avergonzada e insegura.

Cuando la mano de Sam llegó a la parte más suave del muslo, ella le agarró inconscientemente la muñeca para detener su avance.

—Puedo seguir yo.

En vez de echarse hacia atrás, Sam se inclinó hacia delante y le rozó la oreja con los labios, provocándole un intenso hormigueo que se propagó por la columna hasta los muslos, acuciándola a separarlos. El movimiento fue muy sutil, casi imperceptible, pero Sam emitió un murmullo de aprobación.

—¿Estás segura?

De nuevo le resultaba imposible ver su expresión, pero sabía que la estaba mirando con esa sonrisa divertida y provocativa. Quiso abofetearlo por ejercer tanto control sobre ella.

Pero no podía hacerlo. La mujer que se ofrecía a un hombre a lomos de un caballo no podía esperar que se la respetara.

—Estoy segura —dijo, tendiendo la mano hacia

la lata. Por unos segundos que se hicieron interminables su mano permaneció suspendida entre ellos, esperando la decisión de Sam. Ella sospechó que la estaba haciendo esperar deliberadamente. ¿Pensaría que acabaría cediendo? Si así fuera, estaba muy equivocado. Ella podría permanecer en esa posición toda la noche, si fuera necesario. Podía ser más testaruda que nadie.

Pero Sam acabó por entregarle la lata, mientras con la otra mano empezó a descender por el muslo. Isabella se aplicó el ungüento en el otro muslo y sus nudillos se rozaron con los de Sam. Era un contacto demasiado íntimo. Demasiado atrevido. Y sin embargo él no apartó la mano del muslo. Cuanto más se prolongaba el contacto, más pensaba Isabella en ello. Cuanto más pensaba en ello, más consciente era de la situación. Cuanto más consciente era, más le ardía la piel bajo la impronta de sus dedos...

Se aclaró la garganta antes de hablar.

—Estamos perdiendo el tiempo.

—Duquesa, nunca me ha parecido una pérdida de tiempo tener la mano entre las piernas de una mujer.

—Tu comportamiento es indecente.

Él le quitó la lata.

—No soy yo quien está proponiendo tener relaciones con un desconocido a lomos de un caballo.

—No es así.

—¿En qué me equivoco?

Sintiéndose cada vez más vulnerable, Isabella se frotó los restos de la crema entre los dedos y tiró de la falda hacia abajo con la otra mano. Pero solo consiguió desplazarla un centímetro antes de que él volviera a subírsela. A una altura mayor que la anterior. Ella lo miró con dureza e intentó detenerlo, y él respondió con una media sonrisa. Si la situación no hubiera sido tan comprometedora, seguramente habría sucumbido a su atractivo. Sam sabía ser irresistiblemente encantador cuando quería.

—Te olvidas de este otro lado.

Ella no había olvidado nada.

—Tu mano estaba en medio.

—Entonces me corresponde a mí ayudarte.

Sam le cubrió la mano con la suya y dirigió el dedo empapado de ungüento de vuelta a su carne, guiando sus movimientos mientras le esparcía la crema por la otra pierna, de abajo arriba, acercándose peligrosamente a la unión de los muslos. No la estaba tocando, pero la sensación era la misma. Llevó su mano hacia abajo y de nuevo hacia arriba, en un lento movimiento de seducción prohibida, de pecado erótico, de descontrol absoluto...

Isabella tiró de la falda y retiró la mano.

Sam se echó a reír, pero no intentó imponer su voluntad. Era una risa profunda, sensual y tentadora, e Isabella también sintió ganas de reír. Frunció el ceño y se concentró en aplicarse el ungüento. Llegar hasta las rodillas era fácil, pero para subir tenía que echarse hacia atrás, y eso suponía exponerse a una caída de dos metros hasta el suelo, de modo que siguió frotándose en la misma posición.

—Apóyate en mí —le sugirió Sam, rodeándola con el brazo.

—No hace falta —dijo ella. Si la soltaba, se rompería el cuello.

—No dejaré que te caigas.

—¿Puedes leer la mente de cualquiera o solo la mía?

—No eres muy difícil de leer. Échate hacia atrás.

Ella probó a hacerlo con mucha cautela, y comprobó que su brazo era tan sólido como una pared.

—No dejaré que te caigas —repitió él.

Levantó la mirada hacia su rostro y vio que ya no estaba sonriendo y que su expresión se había tornado extrañamente amable.

—¿Por qué debería confiar en ti?

—Soy un ranger de Texas. Mi trabajo es protoger a la gente.

—Eso no me convence.

—¿Y si te digo que quiero proteger lo que es mío?

—Yo no soy tuya.

—Lo serás si acepto tu proposición.

—No la has aceptado.

—Estoy trabajando en ello.

No era lo único en lo que estaba trabajando. Su mano guiaba a la suya cada vez más arriba, superando la zona más suave del muslo en su lento pero imparable acercamiento a la entrepierna.

—Te has dejado un punto.

Le presionó los dedos contra el origen del dolor bajo el algodón. Una descarga la sacudió por dentro y la hizo gritar con fuerza. El brazo de Sam la sujetó con firmeza, y a lo lejos oyó el gemido de Kell.

—Tranquila, Bella. No te resistas.

La hacía parecer débil y delicada.

—Sabrás cuándo me resisto —protestó con voz ahogada.

Los labios de Sam se posaron en su sien, y su

dedo se deslizó entre los suyos, encontró la abertura en sus enaguas y se introdujo por debajo.

—Estoy seguro de ello...

Su dedo era ardiente y osado, pero sorprendentemente excitante mientras se metía entre sus pliegues, obligándola a deslizar su propio dedo contra aquel punto erótico. Isabella no sabía si acurrucarse de vergüenza o abrirse por completo.

—Eso es... Te gusta, ¿verdad?

Atrapada entre la angustia y el placer, solo pudo asentir. Él movió la mano sobre la suya, haciendo que ella misma aumentara su delicia.

—No te apartes. Acostúmbrate a la sensación.

¿A qué sensación? ¿A arder en llamas siguiendo las órdenes de un desconocido?

—Es pecado tocarse uno mismo.
—¿Por qué?
—No lo sé.

El ala del sombrero le rozó la cabeza cuando se acercó para susurrarle al oído.

—Eso sí que es un pecado... Y hay que expiarlo de inmediato.

Isabella se estremeció por la prometedora sensación que le recorrió la espalda. Siempre se había sentido atraída por lo prohibido, y parecía que el diablo le había enviado a un hombre para sacar a la luz esa parte de sí misma que durante tantos años había enterrado en sus oraciones. No sabía qué hacer, y así se lo dijo a Sam.

—Sigue mis indicaciones —le dijo él en tono suave y comprensivo.

El problema era que sus indicaciones no la llevaban a ninguna parte. Su mano descansaba sobre la suya, que a su vez estaba posaba sobre el pubis. Seguía esperando su próximo movimiento, su siguiente ataque, pero él se limitó a apretar las rodillas y el caballo empezó a caminar, añadiendo una ligera presión al contacto.

—¿Qué quieres que haga? —le preguntó ella.
—Lo estás haciendo muy bien.

Ella no estaba haciendo nada, salvo sentir la fuerza de sus brazos, la intensidad de su tacto y la amenaza de su miembro presionando contra sus nalgas. Era vívidamente consciente de todos los puntos de contacto entre sus cuerpos, y de la fragilidad de su mano al intentar impedir que la de Sam alcanzara su intimidad más profunda. Ella misma se la había ofrecido, pero eso no bastaba para detener la tensión que se arremolinaba en su interior.

No obstante, y a pesar de la amenaza que la acechaba, su cuerpo empezó a relajarse y a fluir en la dirección que Sam esperaba de ella. Lo malo era que, en una situación semejante, una mujer no tenía el menor control sobre sí misma.

—Respira, Bella.

El recordatorio de Sam se extendió sobre sus nervios como un torrente de melaza, aplacando algunos y estimulando otros. A Isabella le encantaba su voz, tan profunda, sonora y expresiva, pero en aquellos momentos no revelaba nada. No tenía ni idea de lo que pensaba de ella. Una mujer que lo había invitado con todo descaro a ser su amante.

Sam comprobó con el dedo su tensión e Isabella dio un respingo, golpeándole la barbilla con la cabeza. Pero en vez de maldecir, Sam presionó los labios contra su frente.

—Estás nerviosa, ¿verdad?

¿Qué daño podría hacerle la sinceridad, cuando la verdad era tan evidente?

—Un poco.

Sam retiró la mano de la suya. A Isabella le pareció que no estaba bien seguir tocándose sin su orientación, pero él la detuvo antes de que pudiera apartar la mano.

—No, no la retires.

—¿Por qué?

La pregunta le surgió sin pensar, y Sam respondió con una sinceridad brutal.

—Porque me gusta pensar en tu mano justo ahí, dispuesta a darte placer si yo te digo que lo hagas.

Isabella no podía imaginarse haciendo algo así. Ni siquiera sabía cómo hacerlo.

—Tocarse es pecado.

—Me parece que tu lista de cosas pecaminosas es más larga de la cuenta.

—Nos han educado para eso.

—¿Para cometer pecados?

—¡No! —exclamó, pero entonces vio el brillo burlón de sus ojos—. No me tomas en serio.

Su sonrisa era arrebatadoramente atractiva, y la hacía olvidarse de la incomodidad que le provocaba aquella situación tan íntima.

—No del todo.

Eso quería decir que al menos sí la tomaba en serio en parte. Se movió sobre su regazo y el miembro de Sam también se movió, acariciándola de una manera mucho más íntima que su mano. Se detuvo y absorbió la sensación. No era desagradable, y eso tenía que ser algo bueno en vista de lo que estaba planeando.

—¿Y en qué me tomas en serio?

—Me tomo muy en serio que estés dispuesta a renunciar a tu inocencia así como así.

Ah, tendría que aliviar su conciencia.

—Quizá yo no lo vea como una renuncia.

—Entiendo —murmuró él. Volvió a acariciarla con los labios y ella se estremeció de la cabeza a los pies—. ¿Y en cambio sí te parece un pecado tocarte a ti misma para mí... así?

«Así» significaba un lento ascenso del dedo desde su vagina hacia el vértice superior, para luego volver a bajar.

A Isabella le ardía el rostro, y tenía los músculos tan tensos que no podía articular palabra. El dedo de Sam presionó suavemente su abertura, acuciándola a responder. Ella se aferró a su camisa y asintió, mientras su cuerpo se abría por primera vez para recibir a un hombre. Gritó cuando la punta del dedo la penetró, y se arqueó en una muestra de invitación al tiempo que le clavaba las uñas en el hombro.

Sam se detuvo y emitió un gruñido que resonó en las sienes de Isabella. El calor se propagó de la piel de Sam a la suya, derritiendo todo lo que encontraba a su paso. Una humedad desconocida anegó su carne, y Sam sumergió el dedo para sondearla.

—Entonces quizá debería encargarme yo —murmuró él—. Para librarte de la penitencia...

La vergüenza se enredó con el deseo, dando lugar a la duda.

—¿Eres católico?

Por alguna razón, le parecía más aceptable cometer un pecado con un miembro de su fe.

—No, pero estoy familiarizado con el credo.
La humedad se extendía de manera imparable ante el avance de sus dedos, y un repentino temor la asaltó... Pero no. Acababa de terminar su menstruación.

—¿Eres pagano?

—Bastante —un escalofrío la recorrió, y Sam sonrió al percibirlo—. ¿Te gusta que lo sea?

¿Cómo sabía Sam que era precisamente su lado salvaje lo que más la atraía? No, no podía saberlo. Solo estaba haciendo conjeturas. Volvió a lamerse los labios y apretó los dedos contra los suyos, cubiertos de bálsamo.

—Claro que no. No está bien alegrarse de la desgracia ajena.

Los dedos de Sam operaban entre sus piernas con una pericia y una suavidad exquisitas, acabando en la entrada de su vagina con la más erótica de las caricias.

El cuerpo de Isabella se abría a la intrusión, pero su mente luchaba contra la realidad.

¿Estaba tan hinchada como se sentía? ¿Podía sentir Sam esa humedad antinatural? Dios... ojalá no le importara.

—Quizá yo prefiera ser un pagano —la voz de Sam se convirtió en un gruñido—. Y quizá tú también prefieras que lo sea, sin estar sujeto a las restricciones de la fe.

Él retiró la mano por completo y la colocó en el muslo. El pánico paralizó a Isabella.

—Quizá —continuó Sam— te guste la idea de que voy a hacer contigo lo que quiera, sin ninguna creencia que lo impida.

Tal vez tuviera razón. La embestida del dedo la pilló por sorpresa, hundiéndose entre sus muslos donde antes solo había hurgado de manera superficial. El dolor le abrasó los nervios, pero Isabella no se resistió y aceptó la corriente de fuego y placer que la invadía. La aceptó porque ella misma la había pedido. La aceptó porque era una sensación incomparable.

—Ah, duquesa... —le murmuró al oído, antes de atraparle el lóbulo de la oreja entre los dientes—. Creo que te gusta mi lado pagano.

Sí, le gustaba, y la prueba estaba en el gemido que acompañó la retirada del dedo.

—Delicioso sonido —dijo él.

Ella pensaba que era un sonido humillante. Quería tener tanto control como él. Pero eso no iba a suceder, y así se lo demostró el dedo de Sam al volver a penetrarla lentamente. Un calor abrasador estalló en su ingle y se propagó por todos sus músculos. Se habría caído del caballo si el brazo de Sam no estuviera rodeándole la cintura, manteniéndole los brazos pegados a los costados y sujetándola para que recibiera todo el placer que él insistía en ofrecerle.

—¿Te gusta, cariño? —le preguntó, como si pensara que era capaz de responder—. ¿Te gusta así o prefieres...? —enterró un poco más el dedo y siguió con una fuerte embestida—. ¿Así?

La penetración fue dolorosa, pero también le provocó a Isabella una ola de placer exquisito.

—De las dos maneras —consiguió pronunciar con voz ahogada—. Prefiero de las dos maneras.

—Y también codiciosa... —añadió él, riendo entre dientes.

El impulso de girar su boca hacia la suya fue casi incontenible.

—Me lo has preguntado tú.

—Sí. Y ahora agárrate.

Ella ya estaba aferrada a él como si su vida dependiera de ello. Sam le mordió la oreja y con la punta de los dedos hurgó en su carne, que estaba ávida de placer. Isabella pensaba que la piel callosa le haría daño, pero solo le dejaba un leve escozor que aumentaba la placentera sensación. El instinto le hizo levantar las caderas para recuperar el contacto. Pero no fue lo mismo.

Sam se echo a reír. Ella reconocía su experiencia, igual que él tenía que reconocer su inexperiencia. Pero la risa no era de burla. Ni tampoco lo fue el tono de su voz mientras masajeaba en círculos el clítoris.

—Estás abierta y mojada para mí... Me gusta.

Isabella abrió los ojos, y en su expresión encontró una reconfortante franqueza. Sam estaba disfrutando con ella y con las sensaciones que le provocaba, y esa certeza le dio el valor necesario para formularle la temida pregunta.

—¿Es normal que esté mojada?

—Si lo estás pasando bien, es muy normal.

Volvió a pasar el dedo, avivando las llamas que prendía a su paso, pero ella le agarró la mano para detenerlo. Había algo que necesitaba saber.

—¿No te da asco?

El brazo que sostenía su espalda se deslizó hacia arriba hasta que la mano de Sam se cerró sobre su hombro. El torso de Isabella se movió en el hueco creado por la curva del brazo. Tal vez fuera inocente, pero reconocía el deseo cuando la miraba a los ojos. Y Sam la deseaba.

—Si no fueras tan inocente, te demostraría que no me da asco en absoluto.

Ella no sabía si podría soportarlo. Sam procedía de un mundo muy distinto del suyo. A ella siempre la habían protegido contra cualquier amenaza externa, mientras que Sam se enfrentaba a diario a los peligros de la vida. Era un hombre curtido, experimentado... y se sentía atraído por ella.

Sam cambió de postura y la obligó a echarse hacia atrás, a la vez que abría la mano que tenía entre sus muslos. Fue como si otra persona poseyera a Isabella. Una mujer lasciva y desenfrenada que se moría por recibir el tacto de sus dedos y por ver la satisfacción en su rostro. Una mujer que ansiaba someterse a la voluntad de su amante.

No sabía cómo hacerlo, pero al mirar el rostro de Sam, con su sensual sonrisa dibujada sobre su recia mandíbula, no tuvo la menor duda de que él sí sabría cómo guiarla hasta su objetivo.

Sam le tomó la mejilla en la mano y la mantuvo pegada a él en sus dos puntos más vulnerables... el rostro y la ingle. Volvió a sentirse amenazada, pero también deseada.

—Dime una cosa —murmuró él, levantándole la barbilla con el pulgar.

—¿Qué?

—¿Te estás entregando a mí porque lo ves como una manera de garantizar tu protección?

Isabella tuvo que pensar antes de responder.

—¿Y qué importaría si así fuera? Tendrías a una mujer dispuesta a complacerte.

Sam le acarició los labios con el pulgar y se detuvo en mitad de la boca.

—¿Insinúas que estoy tan desesperado como para tomar lo primero que se me ofrezca?

Ella tragó saliva con mucha dificultad y arrugó la nariz.

—Supongo que no.

—Entonces, ¿cuál es el motivo?

—Soy virgen —respondió. Todo el mundo sabía que los hombres codiciaban a las vírgenes.

—Eso significa que no tienes experiencia.

Ella sacudió la cabeza y giró la mano hasta agarrarle la muñeca.

—Incluso yo sé que eso no es obstáculo para un hombre.

—Lo es, si has llegado a un punto en el que no quieres hacer todo el trabajo.

—¿Me estás diciendo que eres un vago?

—La pereza es una virtud muy infravalorada.

Sin duda estaba tomándole el pelo, como llevaba haciendo desde que se conocieron. Muy bien, ella también podía provocarlo.

—Piensa en ello… Podrías enseñarme a hacer lo que más te guste.

Él ladeó la cabeza, sin apartar el pulgar ni la mirada de su labio.

—Eso llevaría mucho tiempo.

—Puedo aprender deprisa.

Sam tiró de su labio hacia abajo, aparentemente fascinado con su boca.

—Tu aspecto sugiere que haría falta mucho trabajo.

—Puede que el esfuerzo te merezca la pena.

—Si me quedo contigo, soy hombre muerto.
Ella le atrapó el dedo con los dientes.
—Si me dejas marchar sin haberme instruido sí que serás hombre muerto.
—¿Quién querría liquidarme en ese caso?
Le mordió suavemente el pulgar.
—Yo.
La expresión de Sam perdió parte de su seriedad.
—¿He de creerme esa amenaza?
—Por tu bien, más te vale creerla —respondió ella, intentando parecer lo más malvada posible.
—¿Crees que una cosita como tú puede asustarme? —le preguntó él con un brillo en los ojos.
Ella se acurrucó entre sus brazos, aferrándose a la certeza. Sabía que Sam se sentía tan atraído por ella como ella por él.
—Creo que si me enseñas bien, puedo volverte loco.
—Vaya...
Estaba imaginando cosas. Igual que ella, pero Isabella no creía que sus imágenes fueran tan nítidas y explícitas como las que se dibujaban en la mente de Sam.
—¿Eso es un «sí»?
—Aún no.
—¿Pensarás en ello?
—No creo que pueda pensar en otra cosa.
Tampoco ella. Todo su cuerpo anhelaba el placer que Sam le negaba.
—A lo mejor te gustaría que te convenciera... —le sugirió, pasándole una uña por el cuello de la camisa.

Sam respiró profundamente. Sí, estaba claro que le gustaría.

—Lo que me gustaría es que tú también pensaras en ello.

Viendo cómo la miraba fijamente, y percibiendo la bondad que se ocultaba tras su fría fachada, Isabella comprendió sus dudas. Temía que ella no hubiera pensado bien su proposición.

Pero se equivocaba. Ella sabía muy bien lo que estaba haciendo. Su madre le había advertido de que llegaría un momento en el que no podría seguir huyendo. Y ese momento había llegado finalmente, con aquel hombre y en aquel lugar inhóspito y salvaje. E Isabella sentía que así debía ser.

—Crees que voy a asustarme.

—Sí.

—No lo haré.

—Entonces, ¿por qué lo haces?

Ella curvó los dedos sobre la mano que sujetaba su mejilla.

—Por una vez, quiero tomar lo que deseo.

—¿Y me deseas a mí?

—Mucho —nunca había estado tan segura de algo.

Sam entornó los ojos.

—¿Por cuánto tiempo?

—Hasta que dure —no iba a pedirle lo que no podía darle, y Sam no era un hombre que le hiciera promesas a una mujer.

Sentía el peso de la mano de Sam en el muslo. Su tacto inmóvil implicaba mucho más que una caricia. Isabella intentó comprender el significado, pero no se le ocurrió ninguna respuesta.

Finalmente, Sam le apretó el muslo y le bajó la falda sobre las piernas. Ella lo miró con desconcierto. ¿La deseaba o no?

—Agárrate y espera.

Mientras el caballo echaba a andar, un único pensamiento se repetía en la mente de Isabella.

¿Esperar a qué?

Capítulo 6

Isabella esperó tanto como pudo, pero cuando alcanzaron la pequeña hondonada junto al barranco donde Sam decidió que pasarían la noche, apenas podía mantener los ojos abiertos.

—¿Estás despierta? —le preguntó Sam en cuanto Breeze se detuvo.

—Sí.

—¿Tus piernas aún pueden sostenerte?

—Por supuesto.

La mano de Sam se cerró sobre su brazo.

—Entonces vamos a desmontar para pasar la noche.

Ninguna otra sugerencia le habría gustado más. Se agarró a la muñeca de Sam con ambas manos y desmontó sin mucha elegancia, golpeando con el pie a Breeze en la pata y en la rodilla. Pero el caballo no protestó, ni siquiera cuando le dio un rodillazo accidentalmente en el vientre, y cuando sus pies tocaron el suelo Isabella agradeció enormemente su buen adiestramiento. Tenía todo el cuerpo agarrotado, desde los tobillos hasta los hombros, y los músculos eran incapaces de sostenerla. Se desplomó contra el costado de Breeze, y habría caído al suelo de no ser por la mano providencial de Sam.

—Cuidado.

Levantó la mirada hacia él y le entraron ganas de llorar por su debilidad.

—Tal vez no sea tan fuerte como creía.

—Eso parece. Agárrate a la silla un momento.

Ella obedeció y enganchó los dedos en las tiras de cuero que colgaban de la silla. Sam desmontó a su lado y le rodeó la cintura con los brazos. Ella se soltó de la silla y dejó que la arrastrara hacia él. Su sombrero chocó con el hombro de Sam y se le cayó sobre el rostro.

—Odio este sombrero —espetó. Intentó quitárselo de un manotazo, pero Sam se lo impidió.

—A menos que quieras tener el pelo lleno de mosquitos, será mejor que te lo dejes puesto —le dijo, mientras con su mano libre desataba el saco de dormir de la silla.

Apoyó a Isabella contra la pared y extendió las mantas. Ella tensó las rodillas y permaneció inmóvil contra la cálida pared rocosa, demasiado cansada y dolorida para preocuparse por la patética imagen que estaba ofreciendo.

—Ven y siéntate aquí —le ordenó Sam, señalando el saco de dormir.

A Isabella le pareció que había una distancia larguísima hasta el suelo.

—Creo que me quedaré de pie, gracias.

—Te sentirás mejor cuando te sientes.

¿Cómo podía estar tan seguro?

—Para ti es muy fácil decirlo, pero no puedo ni moverme.

—¿Necesitas ayuda?

—Necesito un cuerpo nuevo.

Él dejó escapar una débil risita.

—No vayas a encargar otro hasta que yo haya acabado con este.

A Isabella aún le quedaron fuerzas para fulminarlo con la mirada.

—Tienes un sentido del humor muy peculiar.

—A mí me parece que está muy bien.

—Eso explica por qué estás solo.

—No estoy solo. Soy uno de los Ocho del Infierno, ¿recuerdas?

Le tendió la mano y ella puso la palma en la suya.

—Estás solo en todo lo que importa.

Él negó con la cabeza.

—Piensas demasiado.

—Me dijiste que podía hacerlo.

—Cierto.

Sus manos eran duras y callosas, y bajo la manga de la camisa podía verse el extremo de una gran cicatriz. Las marcas de un hombre que se había hecho a sí mismo y que vivía rodeado de violencia. Él mismo tenía que ser violento para sobrevivir. Y podía serlo cuando fuera necesario, pero con ella nunca lo había sido ni lo sería. A diferencia de la mayoría de hombres que conocía Isabella, con él podía estar tranquila de que nunca le haría daño.

—Quizá deberías controlar ese humor tuyo tan especial.

—¿Por qué?

—Ya te lo he dicho. Para no estar solo.

—Hablas como una mujer.

Ella soltó un débil bufido.

—Soy una mujer.

—Eso sí que lo tengo claro, duquesa —el tono afectuoso y posesivo con que pronunció la palabra «duquesa» hizo que a Isabella le diera un vuelco el corazón—. Ahora dobla las rodillas y te ayudaré a sentarte.

Ella se aferró a su muñeca.

—Si lo hago, ¿podré estar sin moverme toda la noche?

—Podrás.

—Entonces me sentaré.

—Buena chica.

No la atosigó ni presionó. Simplemente esperó en silencio, observándola, y fue el sentimiento de culpa por tenerlo esperando lo que la hizo moverse. El descenso hasta el suelo no fue nada fácil y estuvo acompañado de gemidos e incluso algún que otro chillido, pero finalmente estuvo sentada sobre el saco de dormir. Sam desató las alforjas y las colocó junto a ella.

—Hay un poco de cecina, por si te apetece.

—No tengo hambre, gracias —no era cierto. Se moría de hambre, pero no tenía fuerzas para masticar la cecina. Apenas tenía energías para permanecer sentada y ver como Sam se ocupaba de las monturas y del caballo de carga. Mientras aflojaba la cincha de Guisante, ella cerró los ojos y apoyó la espalda contra la pared. La roca dura y sólida nunca le había parecido tan cómoda.

Dejó escapar un largo suspiro.

—Tendré que ponerle un nombre al caballo de carga.

—¿Por qué?

—No es bueno que un alma vaya por ahí sin nombre.

—Creía que la iglesia decía que los animales no tienen alma.

Isabella abrió ligeramente un ojo. Sam estaba de espaldas a ella, ofreciendo una bonita vista de su fuerte espalda y duras nalgas. Unas nalgas que muy pronto ella podría tocar.

—No se lo digas al sacerdote.

—¿Qué me darás a cambio de mi silencio?

Ella abrió el otro ojo. Sam la estaba mirando por encima del hombro, con las cejas arqueadas y una sonrisa acechando en sus labios.

—¿Todo ha de tener un precio contigo?

—Sí.

—En ese caso... te prometo que no roncaré esta noche.

Era una promesa segura, pues estaba convencida de que no roncaba.

—Supongo que es una buena oferta, ya que estoy muerto de cansancio y quizá tendría que tomar medidas drásticas si empezaras a roncar.

A pesar de su agotamiento, Isabella no pudo evitar una sonrisa. El sentido del humor de Sam tal vez fuera atrevido en muchas ocasiones, pero era muy contagioso. Con él podía permitirse la falta de decoro y decencia... algo que habría horrorizado a su madre, y también a su padre. Era lo único en que sus padres estaban de acuerdo: su hija debía hacer gala de unos modales impecables en todo momento.

—Estupendo —dijo, y se abandonó a los ruidos de los fardos golpeando el suelo y a la vocecilla de Sam canturreándoles a los caballos.

Era una voz mágica, grave y profunda, que tarareaba una melodía sin palabras. Isabella se dejó hechizar por su magia. Era difícil tener miedo de un hombre que canturreaba con aquella voz, pero era muy fácil especular sobre él. ¿Qué lo haría reír? ¿Qué despertaría su deseo? ¿Qué alimentaría su pasión? ¿Sería ella lo bastante mujer para complacerlo? Y sobre todo, ¿qué lo había llevado hasta ella cuando más lo necesitaba?

Recordó las oraciones que había pronunciado cuando los esbirros de Tejala asesinaron a los hombres que habían ido a sacarla del pueblo. Había rezado con todas sus fuerzas, pidiéndole a Dios que le enviara un héroe. Abrió los ojos y vio a Sam cepillando a Breeze. No había duda de que él era un héroe. Pero ¿era su héroe? Levantó la mirada hacia el cielo nocturno, un manto negro salpicado de estrellas que se extendía hasta el infinito. Sí, era posible.

Ella creía en el destino. Volvió a mirar a Sam y suspiró. Era posible, pero no muy probable. Los hombres como él tenían cosas más importantes que hacer que salvar a una mujer fugitiva. Aunque tal vez podría creérselo por el momento. Le facilitaría mucho las cosas.

El calor que la pared rocosa conservaba del sol se filtró en sus músculos, aliviando sus dolores y calambres. Era delicioso olvidarse de las inquietudes por unos minutos y deleitarse con la paz y los sonidos de la noche. Depositar sus preocupaciones en alguien más capacitado para manejarlas. Dejar que el tiempo fluyera a su alrededor...

El puño de Isabella impactó en la mandíbula de Sam. Se echó a un lado y evitó por poco el siguiente golpe.

—Tranquila, duquesa. Soy yo.

Ella se quedó inmóvil y empezó a jadear con dificultad.

—¿Sam?

El resplandor de las llamas iluminaba débilmente sus rasgos, pero Sam pudo ver el miedo en sus ojos. Le apartó el pelo de la cara. Una mujer como ella debería esperar besos al despertar, no golpes.

—Sí. Sam.

Ella parpadeó y bostezó, y él le pasó los brazos bajo las rodillas y los hombros.

—¿Ya hemos acabado?

—Tú sí que estás acabada —bromeó él, levantándose con ella en brazos—. Abrázate a mi cuello.

Ella obedeció lentamente, como si estuviera levantando dos pesados pedruscos en vez de sus propios brazos. Él se la ajustó contra su torso y su cabeza encajó a la perfección en la curva de su hombro. La llevó junto al fuego, donde había improvisado una especie de lecho con su capa de hule. Apartó a Kell con un puntapié, ignorando el gruñido del perro, e Isabella miró a su alrededor mientras él se arrodillaba.

—Lo siento. Tendría que haberte ayudado a montar el campamento.

—La próxima vez podrás encargarte de hacerlo todo sola.

—Gracias.

—No me des las gracias tan pronto. Montar un campamento puede ser un trabajo muy duro.

—No me asusta el trabajo duro.

No, no debía de asustarle, reconoció Sam mientras la depositaba suavemente en el lecho. Empezaba a pensar que pocas cosas podrían asustar a Isabella, pero dudaba de que hubiera trabajado mucho en su vida. Sus manos apenas presentaban marcas de ampollas, y su piel era extremadamente suave. La clase de suavidad que solo podía brindar una infancia mimada y protegida.

Se enrolló el extremo de su trenza en el dedo, imaginándosela en una casa elegante con criados y doncellas que le hicieran todo el trabajo, que le sirvieran la comida, que la protegieran de la dura realidad. Y descubrió que le gustaba esa imagen. Él también quería mimarla. Quería protegerla. Quería… Se sacudió mentalmente. Aquel anhelo no podía ser más absurdo. Él no estaba hecho para esa clase de vida.

Vio una mancha en la mejilla de Bella y se la limpió con el pulgar, notando la diferencia de sus respectivas pieles. La suya era oscura, áspera y llena de cicatrices. La de Isabella era pálida y suave, tan perfecta como el caramelo dulce.

La mancha no desapareció. Si volvían con los Ocho del Infierno, seguiría el ejemplo de Caine y le daría un baño a Isabella. Nunca había bañado a una mujer, pero la idea resultaba muy tentadora. Tan tentadora como ella misma.

—Ahora voy a dejarte en el saco.

—¿Es necesario? —preguntó ella sin abrir los ojos.

—Sí.

Ella soltó uno de esos largos y angustiosos suspiros que él ya había oído en un par de ocasiones. Parecía ser su forma favorita de evitar una discusión pero dejando bien clara su opinión.

—Está bien —aceptó, y se puso tan rígida como una tabla, preparándose para lo peor.

—Si no te relajas, te dolerá mucho más.

—Es imposible que me duela más.

—De todos modos, intenta relajarte.

Ella respiró hondo y asintió. Sam sonrió por aquella muestra inconsciente de arrogancia y le movió ligeramente la espalda. Ella gimió y protestó cuando sus músculos se estiraron, pero poco a poco se fue relajando cuando dejaron de soportar su peso. Él observó atentamente su paulatino alivio, sin perder detalle de los cambios que se reflejaban en su expresión. Los labios firmemente apretados, el batir de sus pestañas y finalmente la mueca de placer que acompañaba a la relajación.

Sam tuvo que apretar el puño para no ceder al impulso de acariciarle las pestañas, negras y espesas contra su piel color melocotón. El mismo color que se fundía con el rosa de sus labios, y que seguramente también cubría sus pezones.

Aquel pensamiento le provocó una erección casi instantánea. Era una mujer irresistiblemente sexy. Le acarició la mandíbula y observó su rostro, buscando la razón de su atractivo. Era preciosa. Su rostro anguloso y triangular ofrecía una impresión arrogante y aristocrática, pero con unos labios carnosos y suculentos que suavizaban sus rasgos y delataban su extrema vulnerabilidad. No era extraño que Tejala la estuviera persiguiendo sin descanso. Aquella mujer prometía noches salvajes y días de lujuria. Si procedía de una buena familia, Tejala también podría beneficiarse de su patrimonio y reputación. Una mujer respetada en el pueblo y una prostituta en su cama.

Le apartó el pelo de la mejilla. Pero ella no deseaba a Tejala. Lo deseaba a él, y Sam aún no sabía cómo sentirse al respecto. Le acarició en círculos la sien mientras reflexionaba sobre la extraña e incierta situación, y decidió que no le gustaba aquella emoción. En cambio, sí le gustaba la reacción natural de Isabella a su tacto, lo que confirmaba otra de sus sospechas. Era una mujer extremadamente sensual, lista para el sexo.

«Podrías enseñarme a hacer lo que te guste».

Sacudió la cabeza y la miró. Había muchas cosas que le gustaría hacer con ella. Aquellos labios carnosos alrededor de su miembro. Aquellos cabellos acariciándole los testículos. Saboreándola con su lengua. Oyendo sus gemidos... Pero el precio a pagar era demasiado alto.

—¿Estás despierta? —le preguntó, tocándole la mejilla con el dedo.

—Sí —respondió ella con una voz casi inaudible.

—Voy a desabrocharte la camisa, así que no empieces a gritar.

Ella abrió los ojos de repente.

—¿Vas a soltarme una araña en el escote?

—Claro que no —¿por qué demonios pensaba que iba a hacer algo semejante?

Los párpados volvieron a cerrarse.

—Entonces no tienes que preocuparte de que grite.

Sam desabrochó los tres primeros botones y miró el cazo que se calentaba al fuego. El agua ya debería de estar caliente. El cuarto botón se soltó tan fácilmente como los anteriores, y Sam empezó a distinguir el borde del cuello. Se le aceleró la respiración, como un caballo después de una carrera al galope tendido, y eso que ni siquiera había visto aún nada interesante.

Pero había algo en ella que despertaba su interés, que avivaba su deseo y que borraba su sentido común.

El quinto botón reveló una cinta de algodón. Sam la tocó con la punta del dedo y vio que le recorría horizontalmente el pecho.

—¿Estás herida?

—Oh, Dios —exclamó ella, abriendo los ojos y agarrándose la camisa—. Lo había olvidado.

Él dejó que se cubriera con la solapa mientras seguía desabrochando los botones inferiores.

—¿El qué habías olvidado?

Ella intentó incorporarse, pero el dolor de los músculos se lo impidió y volvió a recostarse.

—¿No podríamos tener relaciones sin desnudarnos? No es una imagen muy agradable.

—¿Crees que estoy pensando en hacer el amor contigo?

—¿Por qué si no me estás desnudando?

—Para ver lo que oculta este vendaje.

—No es un vendaje.

La fuerza con que agarraba la parte superior de la camisa no impidió que Sam asiera la parte inferior.

Aquella especie de corsé improvisado le cubría todo el torso, hasta una cintura exquisitamente esbelta.

—¿Qué es, entonces? —le preguntó, sacándose el cuchillo de la bota.

—Es un cinto para contener mi... pecho.

Por el aspecto del cinto se podía suponer el tamaño de los pechos que contenía. A Sam se le hizo la boca agua mientras introducía el filo del cuchillo bajo la cinta. Isabella tomó aire y metió el estómago hacia dentro, creando un hueco entre el tejido y el abdomen. La imaginación de Sam se desbocó al igual que sus latidos.

—No —dijo ella, agarrándolo por la muñeca.

—¿Por qué no?

A pesar de la oscuridad, podía ver el intenso rubor que cubría sus mejillas.

—No tengo otro.

—No lo necesitarás conmigo —le aseguró, y nunca permitiría que otro hombre la tocara.

Ella lo miró con una expresión de vergüenza cubriendo sus ojos, tan oscuros y deliciosos como el chocolate derretido.

—Duele... —el cuchillo empezó a cortar la tela— tener los pechos sueltos... —concluyó con un suspiro agónico cuando el cinto cayó a un lado.

—¡Dios mío!

Ante sus ojos aparecieron unos pechos increíbles. Voluptuosos, turgentes y abultados. Las generosas curvas se amoldaban hacia dentro por la compresión de la camisa, revelando todo su esplendor salvo los pezones. Sam extendió la mano sobre el estómago de Isabella, intentando contenerse para no tocarlos. Le haría falta más de una mano para agarrarlos.

—Perfecto —murmuró.

—¿Me estás mirando? —gritó ella.

Sam levantó la mirada y vio que Isabella había cerrado los ojos, refugiándose tras la única defensa que le quedaba.

—Hay mucho que mirar... —deslizó la mano hacia los tesoros que le había ocultado. Ella movió los labios, pero no emitió ningún sonido. Se soltó la solapa y empezó a bajar las manos, pero él la detuvo.

—No me siento cómoda.

Eso era evidente. El cinto le había dejado los pechos hinchados y enrojecidos. Ofrecerían el mismo aspecto después de que Sam hubiera acabado con ellos, con la diferencia de que estarían rojos por el placer, no por el maltrato.

—No volverás a aplastarte los pechos —pasó los dedos por las marcas que habían dejado los cintos. Ella jadeó y se arqueó hacia atrás, y él la sujetó para tenderla suavemente. Las sombras danzaban sobre su piel clara, y Sam se tragó una maldición cuando vio una magulladura.

—Es un milagro que no te hayas provocado daños permanentes.

La mano de Isabella se cerró convulsivamente alrededor de su muñeca.

—Necesito un soporte para mis pechos.

Sam sopesó uno de sus pechos en la mano, acariciándole la parte inferior con el pulgar. Desde luego que necesitaban soporte...

—Yo me ocuparé de eso.

—¡No puedes estar todo el día sujetándome los pechos!

Él se echó a reír por su expresión. Era obvio que

lo había dicho sin pensar, y que en esos momentos desearía que se la tragara la tierra.

—La idea tiene mérito —dijo, con la única intención de provocarla.

La provocación surtió efecto, porque ella se incorporó tan rápido que a punto estuvo de propinarle un cabezazo en la barbilla.

—¡Lo has dicho para provocarme! —adivinó al ver su cara.

Los pechos se bambolearon al dar un respingo de indignación. Sam la rodeó con un brazo y la apretó contra su hombro, sosteniéndole los pechos con el antebrazo. Desde su posición tenía una vista ideal de su impresionante escote. Profundo y oscuro, perfecto para acoger su miembro. Lo único que tenía que hacer era desabrocharse los pantalones, colocarse a horcajadas sobre su torso y perderse en el paraíso.

—Sí, así es —respondió con la voz trabada por el deseo.

Ella se tiró de la camisa todo lo que pudo, pero la prenda no estaba diseñada para albergar unos pechos tan enormes, y a pesar de sus esfuerzos aún quedó mucho a la vista.

—¿Por qué?

Era una pregunta muy sencilla.

—Me gustas más cuando te enfadas que cuando pides disculpas por todo.

—Yo no pido disculpas por todo, pero no estoy acostumbrada a desnudarme delante de un hombre.

—Técnicamente, era yo quien te estaba desnudando.

Ella lo miró en silencio, como si estuviera perdiendo el juicio. O como si pensara que lo estaba perdiendo él.

Sam le dio un beso en la cabeza y se inclinó hacia la alforja. La abrió y sacó la lata de ungüento.

—Hay una gran diferencia —murmuró.

—¿Sí? —preguntó ella, lamiéndose sensualmente los labios.

—Vas a ser puro fuego en la cama, ¿verdad?

—¿Sinceramente?

—Sí.

—Me gustaría pensar que puedo serlo.

Él abrió la lata y se echó un poco de ungüento en los dedos.

—Aparta las manos del pecho.

Ella obedeció con cautela, sin imaginarse lo excitante que podía ser la lentitud de sus movimientos. Sam le aplicó el bálsamo en la piel irritada del pecho derecho.

—¿Y cómo es posible? No me estoy quejando, pero a la mayoría de mujeres jóvenes no les interesa el tema, y mucho menos lo apasionadas que serán en la cama.

El antebrazo le rozó el pezón, provocándole otro gemido ahogado a Isabella... y otra dolorosa palpitación en su verga. Pero lo único que podía hacer era seguir fingiendo que le estaba curando las heridas.

—Tejala acabará atrapándome —dijo ella, entrelazando los dedos—. Y no creo que me guste mucho lo que me haga.

Él dejó de frotar y le apretó débilmente el pecho. Isabella necesitaba consuelo, y a él no se le daba bien ofrecerlo.

—Después de eso, no querré que nadie vuelva a

tocarme nunca más —siguió ella, bajando la voz—. Por eso me gustaría experimentar el placer de ser mujer, antes de que me lo arrebaten a la fuerza.

—Esas son palabras mayores.

Ella levantó las pestañas, revelando lo que él no quería ver. Dolor. Le había hecho daño.

—Lo siento... —murmuró, abrochándose la camisa mientras se apartaba ligeramente—. Hablo demasiado.

Hablaba más que cualquier mujer que Sam hubiera conocido. Pero, cosa extraña, no le irritaba ni desagradaba. Porque también lo hacía sonreír más que cualquier otra mujer.

—Ya deberías saber que no se me dan bien estas cosas.

Ella siguió abrochándose aquellos malditos botones, sin mirarlo.

—¿A qué te refieres?

Él le tomó la barbilla con la mano, obligándola a mirarlo a los ojos.

—A hablar con palabras bonitas y amables. Nunca están ahí cuando las necesito.

—¿Y te gustaría hablar así?

—Sí.

—Entonces te propongo un trato. Yo te enseño palabras bonitas y tú me enseñas a tener relaciones.

Sam volvió a tapar el frasco de ungüento. Le costó más tiempo y esfuerzo del necesario. Bella no se retorció ni se resistió. Se quedó apoyada contra él, esperando su decisión. Y si él fuera listo, echaría a correr.

—Es difícil hacer que todo sea perfecto para una mujer en la cama.

—Lo entiendo —dijo ella, concediéndole la absolución con un gesto de su mano. Una absolución que él no quería. Le capturó la mano en mitad del gesto y se llevó los dedos a los labios.

—Él jamás te tocará, Bella —le prometió.

Hubo un largo silencio. La mirada de Bella se clavó en sus ojos, buscando las respuestas a unas preguntas que no se atrevería a formular en voz alta. Ni siquiera debía de ser consciente de la fuerza con que se aferraba a él.

—Todos los días rezo por ese milagro.

—Pues ya puedes dejar de rezar.

Otro silencio. Bella respiró hondo, y él se sorprendió haciendo lo mismo. El rubor coloreaba las mejillas de Bella, enfatizando su juventud. Él no podía salvar esa distancia. Nunca había sido tan inocente como ella. Pero sí había estado igualmente desesperado.

Le agarró la mano y le abrochó el resto de los botones.

—No tienes que comerciar con tu cuerpo, duquesa. Mi protección no te costará nada.

—Estupendo —dijo ella, y entonces lo sorprendió volviendo a abrirse la camisa. No se la abrió del todo ni lo hizo sin que un nuevo rubor se extendiera sobre su piel cremosa, pero sí lo bastante para ofrecerle una tentadora vista de sus voluptuosas curvas y el profundo valle que discurría entre ellas—. Porque lo que quiero que haya entre nosotros no debería tener ningún precio.

—Todo tiene un precio.

—Entonces quizá yo quiera pagarlo.

—Pero yo no.

—Así que no se trata de mí.

Nadie lo había mirado nunca con tanta ternura y comprensión, y a Sam no le gustaba nada.

—Claro que se trata de ti. ¿Es que quieres ser una puta?

Isabella parpadeó una vez y la ternura abandonó su expresión como si nunca hubiera existido.

—Discúlpate por lo que has dicho, Sam MacGregor.

—¿Por qué tengo que disculparme si es la verdad?

Ella se apartó de su regazo, gimiendo de dolor, y se dio la vuelta. Se arrodilló delante de él de modo que sus rostros quedaran a la misma altura y le dio con el dedo en el pecho.

—Porque ha sido una grosería y no la merezco.

—¿Por qué iba a importarme?

—Porque has herido mis sentimientos y porque yo te gusto.

¿Así era ella con los sentimientos heridos? Sam abrió la boca para responder, pero Isabella lo cortó.

—Por si acaso no te has dado cuenta, este es un momento para decir palabras amables, como unas palabras de disculpa.

—Yo no he dicho que seas una puta, pero...

—Si me haces otra pregunta que deba responder con un «porque», me pondré a gritar.

—¿Me estás chantajeando?

Ella negó con la cabeza y le tocó ligeramente el hombro, antes de sentarse sobre sus talones.

—Simplemente estoy cansada y dolorida, y apenas me queda resistencia.

¿Era una lágrima lo que brillaba en su ojo?

—¿Vas a llorar?

—A los hombres no les gustan las lágrimas —dijo ella con los labios temblorosos—. Pero no creo que pueda reprimir las mías por mucho más tiempo si sigues lastimando mis sentimientos.

—«Hiriendo» mis sentimientos —corrigió él.

—Lastimar. Herir. ¿Qué diferencia hay?

Ninguna. Y ella tenía razón. Odiaba ver llorar a una mujer, especialmente a Bella. Y ella lo sabía y se lo advertía, porque nunca jugaba sucio. Sam nunca había conocido a una mujer igual. Y no sabía si se alegraba o no de conocerla. Lo desconcertaba como nadie.

—¿Qué quieres de mí, Bella?

—Ahora no me atrevo a pedírtelo.

—Pídemelo.

En vez de encogerse de miedo, los ojos de Isabella ardieron de deseo. Agarró la mano de Sam y se la llevó al pecho, extendiendo los dedos hasta llenar la palma con su apetitosa carne.

—¿Me darás placer, Sam? ¿Me enseñarás a ser una mujer?

La decisión no podía ser más sencilla. Sam le rodeó la nuca con la otra mano y tiró de ella hacia él, sintiendo cómo se aceleraban los latidos y cómo se quedaba sin aliento.

—Mejor aún… Te enseñaré a ser mi mujer.

Capítulo 7

—Échate hacia atrás.

Echarse hacia atrás significaba mover los músculos. Comprometerse con la decisión que había tomado. Confiar en Sam.

—¿Puedes ayudarme?

—Por supuesto.

Sam le puso una mano bajo el hombro y con la otra le sujetó las suyas, y lo único que ella tuvo que hacer fue descargar su peso en él.

—¿Vas a hacer que todo sea así de fácil?

Él le puso una mano en la mejilla, ofreciéndole seguridad y confianza.

—Sí.

Ella giró la cabeza y le dio un beso en la palma.

—Gracias.

—Eso lo suele decir el hombre, y normalmente lo hace mucho más tarde —dijo él con una sonrisa.

—Estamos variando muchas cosas —replicó ella,

devolviéndole la sonrisa—. Esto no es una excepción.

—Cierto —corroboró él, tirándole de la camisa—. ¿Te importa aflojar un poco la mano?

La camisa. Quería que soltara la camisa. Isabella lo intentó, pero los dedos no obedecieron las órdenes de su cerebro.

—¿Algún problema? —le preguntó él.

—Mis dedos no me obedecen.

—¿Tienes dudas?

—Creo que son muchos años oyendo lo contrario.

—En ese caso, hoy es tu día de suerte.

—¿Por qué?

—Porque me he pasado muchos años convenciendo a las mujeres para que se desnuden.

Bella intentó no pensar en ello. No solo porque no quería imaginárselo con otras mujeres, sino porque, a pesar de su aparente coraje, no estaba segura de poder complacer a un hombre como él. Y si Sam no quedaba satisfecho, tampoco era probable que ella disfrutara mucho.

Pero tal vez Sam no lo sabía. Su madre le había hablado en términos muy vagos sobre la mecánica del acto, pero no sobre las emociones implicadas.

—Yo también quiero disfrutar con esto, Sam.

Él se detuvo y la miró con evidente sorpresa.

—Esa es la idea.

—Ah... No lo sabía. Mi madre solo me decía que mi deber era complacer al hombre, pero nunca me dijo que fuera posible disfrutar yo también —se lamió los labios resecos, sintiendo cómo se ponía colorada de arriba abajo. Tuvo que tragar saliva dos veces antes de seguir hablando—. Me gustaría sentir algo de placer —no podía creer que lo hubiera dicho sin morirse de vergüenza.

—Esa es otra cosa que me gusta.

—¿Cuál?

—Una mujer que no teme pedir lo que quiere.

Bella soltó la camisa.

—En ese caso, quizá yo también sea una respuesta a tus oraciones.

—Yo no rezo.

Sam envolvió el asa del cazo con un pañuelo y lo retiró del fuego para dejarlo junto al jabón.

—Entonces yo rezaré por ti hasta que recuerdes cómo hacerlo —sugirió ella, sin saber qué más decir.

—No pierdas el tiempo.

Isabella no sabía dónde poner las manos. Se las colocó sobre el estómago, en las caderas, y finalmente las posó en la capa junto a ella.

Sam sumergió el pañuelo en el cazo, lo escurrió y se lo colocó en el cuello. El agua caliente se deslizó por su piel en una sensación deliciosa.

—Oh, sí...

—Eres muy fácil de complacer —dijo él, riendo.

—Mejor para tu pereza, ¿no?

—Oh, desde luego —le frotó la piel con unos movimientos increíblemente suaves para un hombre tan grande, pero a Isabella no debería sorprenderle después de haber visto cómo cuidaba a los caballos. Sam MacGregor era un hombre de muchas facetas, y las más interesantes eran las que no mostraba al mundo.

El pañuelo se movió por su clavícula, llevándose la suciedad y la tensión consigo. Al retirarlo, Isabella sintió con más agudeza el frío aire nocturno y cómo se le endurecían los pezones.

—Nadie me había lavado antes.
Sam remojó el pañuelo en el cazo.
—Mucha gente se lo ha perdido.
—¿Te refieres a los hombres? —preguntó ella, cerrando los ojos con una sonrisa.

La fragancia del jabón con olor a pino se hizo más fuerte.

—Sí. A los hombres.

A Isabella no le interesaban los demás hombres. Solo le interesaba Sam. Cuando volvió a sentir el pañuelo empapado, deslizándose sobre la parte superior de sus pechos, se arqueó ligeramente hacia atrás. La camisa cayó por sus costados con una suave caricia. E igualmente suave fue el gemido involuntario de Sam.

—Me alegro de que tú seas el único hombre que me dé este placer —dijo ella con un suspiro, manteniendo la voz baja para no romper la emoción que crecía entre ellos.

El pañuelo volvió a mojar su piel, más abajo.

—Esto es temporal, Bella.

Ella sonrió por dentro al percibir la dureza de su tono. Sam recelaba mucho de los sentimientos y emociones fuertes.

—¿No me vas a dar más placer?

—En absoluto.

—Entonces cállate y continúa —dijo ella, haciéndole un vago gesto con la mano.

El pañuelo se detuvo entre los pechos.

—¿Alguna vez te ha dicho alguien que no te corresponde a ti dar órdenes? —preguntó él.

—No.

El pañuelo abandonó su piel, y un escalofrío reemplazó el calor de su tacto.

—Entonces permíteme que yo sea el primero.

Su voz volvía a despedir aquella dureza que la hacía estremecerse por dentro. Aquel tono resonaba en sus instintos más recónditos y salvajes. Abrió los ojos y vio que Sam la estaba mirando con la misma determinación que expresaban sus palabras. Un segundo estremecimiento se unió al primero. La mirada de Sam se hizo más intensa y penetrante, como si pudiera percibir esa parte de ella que luchaba por romper sus ataduras.

—Si vas a ser mi amante, tendrás que aprender a controlar ese temperamento.

«¿Sí?». ¿Qué había hecho para recuperar esa posibilidad?

—¿Por qué?

Una pequeña y desafiante sonrisa asomó a los labios de Sam.

—Sigue dándome órdenes y lo averiguarás.

—¡Eso no es justo! Sabes que no podré resistir.

Remojó el pañuelo con toda tranquilidad, como si no acabara de arrojarle un desafío a la cara.

—Admito que esa posibilidad se me ha pasado por la cabeza.

La excitación recorrió las venas de Isabella, acelerándole los latidos.

—¿Y si fracaso?

El pañuelo le recorrió la superficie del pecho, moviéndose en círculos alrededor del pezón. Los dedos de Sam se cerraron sobre la punta endurecida a través de la tela empapada y tiró suavemente, aumentando la tensión, el placer y el calor.

—Si abusas de mi paciencia, tendré que tomar cartas en el asunto.

Un poderoso espasmo la sacudió por dentro, y eso solo fue el preludio de una necesidad tan salvaje como incomprensible. Pero la expresión que ardía en los ojos de Sam le dijo que él sabía perfectamente lo que necesitaba.

—¿Cómo? —lo preguntó con un susurro casi inaudible, pero necesitaba la respuesta más que nada en el mundo.

Sam le dio otro tirón en el pezón, provocándole un gritito y un ligero respingo. El dolor le atravesó los músculos, ahogando el placer. Pero él le sujetó con cuidado la cabeza y la hizo descender otra vez.

—Tranquila, Bella. Tienes que relajarte.

—No puedo relajarme cuando haces eso.

—¿Esto?

Volvió a tirarle del pezón con un poco más de fuerza y durante más tiempo, y esa vez las sensaciones no sorprendieron tanto a Isabella. Esa vez fue capaz de deleitarse con ellas.

—Sí —intentó arquearse hacia el origen de las sensaciones, pero él la detuvo con una mano en el hombro.

—No te muevas. Vamos a ver si puedes recibir un poco más.

—¿Vamos? ¿Por qué dices «vamos»?

Él se echó a reír y se inclinó hacia delante para besarla en los labios. Sus siguientes palabras se vaciaron en el interior de su boca como una corriente de tentación líquida.

—Qué inocente eres... ¿No sabes que no hay nada que excite más a un hombre que la reacción de una mujer a su tacto?

Bella deslizó los dedos entre las solapas de la camisa de Sam. El vello del pecho le hizo cosquillas en las puntas.

—¿Ni siquiera mis manos en tu piel? —le preguntó, sintiéndose cada vez más atrevida.

Él se estremeció y sonrió, rozándole con la boca la comisura de los labios. Sus caricias despertaron unas sensaciones desconocidas hasta entonces.

—Está bien, pero ambas cosas no son incompatibles.

Ella profundizó aún más con los dedos.

—¿Te gusta cómo respondo a tus caricias?

—Mucho.

—Y cuando llegue mi turno... —siguió llevando la mano hacia abajo—, ¿tú también arderás por mí?

Los dedos de Sam le apretaron el pezón, provocándole una mezcla de dolor y placer. Isabella jadeó y le agarró la camisa mientras la excitación la invadía.

—¡Maldita sea! —murmuró Sam, pasando el pulgar sobre el pezón—. Lo siento. He perdido el... —sacudió la cabeza y se echó hacia atrás.

—Control —acabó ella por él.

—Nunca había perdido el control.

Pero sí lo había perdido con ella. Isabella le acarició las arrugas del entrecejo con el dedo índice.

—Te perdonaré si vuelves a hacerlo. Ha sido muy... excitante.

Las líneas alrededor de la boca de Sam se intensificaron, y la tensión de sus dedos se propagó por todo el cuerpo de Isabella.

—¿Vas a llevarme hasta el límite?

—¿Estaría mal que dijera que voy a llevarte hasta el punto donde ni siquiera merecerá la pena intentarlo?

Una carcajada acompañó el pellizco que le dio Sam en la barbilla.

—Si no lo consiguiera, ¿qué clase de hombre sería?

Isabella no quería saberlo. Le gustaba Sam tal como era, con su carácter autoritario, su sentido del honor, y sobre todo su sentido del humor.

—¿El hombre al que quiero como amante? —sugirió.

El pañuelo cayó a un lado, pero fue reemplazado por el calor de la mano de Sam sobre la piel mojada de Isabella al tiempo que él llevaba la cabeza hacia delante. Ella sabía lo que vendría a continuación, pero aun así fue un shock sentir la boca de Sam en el pecho y su lengua en el pezón. Una llamarada de placer se extendió por su torso, prendiéndole la piel y barriéndole los sentidos. El roce de los dientes de Sam era más de lo que podía soportar. Pero no era suficiente. Necesitaba más. Entrelazó los dedos en sus cabellos y le apretó la cabeza contra ella.

—Más fuerte.

Él dejó escapar una especie de gruñido y se apresuró a complacerla. Le hincó los dientes con más fuerza y mitigó el dolor con la lengua, hasta que Isabella se deshizo en gemidos de placer.

—¡Sam!

Otro estruendo resonó en su interior, seguido por un pequeño mordisco. La sensación era incomparable. Isabella se frotó los pechos contra las ásperas mejillas de Sam, intentando prolongar la magia mientras él se retiraba.

—Tu boca es increíble.

Él masculló algo incomprensible y hundió la frente en la clavícula de Isabella.

—¿Qué has dicho? —le preguntó ella.

—Eres una amenaza para las buenas intenciones de cualquier hombre.

—Prefiero estas intenciones.

—Volveré a retomarlas, pero antes tengo otras ideas para este cuerpecito tan delicioso.

—¿Me gustará tanto como esto?

—Creo que te gustará mucho más.

Isabella presionó la mano de Sam contra el pecho, y suspiró cuando él le acarició su piel ultrasensible.

—Me cuesta creer que haya algo mejor.

Él le dio un último beso y se arrodilló a su lado para comprobar la temperatura del agua que aún quedaba en el cazo.

—Confía en mí.

Isabella echó de menos su calor y su fuerza en cuanto se perdió el contacto. No era extraño que las madres rezaran para que sus hijas se mantuvieran alejadas de los hombres. Si todas las mujeres sintieran lo mismo que ella sentía con Sam, no quedarían vírgenes en el mundo.

Sam recogió el pañuelo del suelo y volvió a sumergirlo en el cazo. A continuación lo frotó con el jabón, cuya fragancia a pino impregnó el aire. Empezó por el cuello de Isabella y él le observó el rostro mientras repetía los movimientos por el otro lado, antes de bajar a los hombros. Parecía que todos sus movimientos estuvieran cuidadosamente estudiados, y en cada pasada aumentaba la satisfacción en sus ojos al ver cómo le reducía la tensión de los músculos. Era como si al lavarla estuviera alimentando una profunda necesidad. Ella no sabía qué necesidad era esa, pero no iba a quejarse si lo veía tan complacido y relajado.

Isabella suspiró cuando el calor del pañuelo se filtró en su piel. No solo no podía quejarse de nada, sino que además estaba en la gloria. Sam sabía lo que hacía, y lo hacía a la perfección. No dejaba que el pañuelo se secara demasiado ni que el agua se calentara mucho. Pero no solo le provocaba excitación. También la ha hacía sentirse especial. Mimada.

—¿Te gusta? —le preguntó él mientras le levantaba el brazo.

—Mucho —respondió ella en voz baja y sensual.

Sam esbozó una leve sonrisa de aprobación.

—Bien.

El agua estaba mucho más caliente, y el calor alcanzó la piel de Isabella antes de que la humedad se filtrara en sus músculos doloridos. Gimió de delicia y flexionó los dedos mientras él subía el pañuelo por la cara interna del brazo.

—¿Puedes hacer esto toda la noche?

—Tenía pensado dormir un poco.

—Entonces agradeceré tus atenciones hasta que te duermas.

—Muy bien —dijo él con una mueca irónica.

—Pero no creo que tu reputación sobreviva.

Sam hundió el pañuelo en el agua y le enjuagó el jabón de la piel. Parecía estar fascinado con la tarea.

—¿A qué reputación te refieres?

Isabella no podía creerse que estuviera siendo tan descarada en su forma de hablar.

—A la reputación de poder agradar a una mujer durante toda la noche.

Él sonrió y bajó el pañuelo hacia el pecho.

—¿Así es como me ves?

Un hormigueo recorrió el pecho de Isabella.

—Sí.

El resplandor de las llamas iluminó los rasgos de Sam bajo el ala del sombrero.

—Entonces tal vez quieras reconsiderar tu oferta.

Le estaba ofreciendo una salida. Otra más. Curiosa actitud para un seductor nato.

—No. Hemos hecho un trato, y tienes que cumplirlo.

La cabeza de Sam se ladeó ligeramente. Apartó el pañuelo y deslizó las manos bajo ella.

—¿Al pie de la letra?

—Sí.

—Esta es mi chica. Date la vuelta.

—Estoy muy cómoda así —no quería realizar el menor movimiento.

—Te sentirás mejor después —le aseguró él, y empezó a darle la vuelta.

Era increíblemente fuerte. Sus brazos la giraron sin el menor esfuerzo y ella acabó boca abajo. No opuso resistencia, pero se le escapó un gemido de dolor al mover los músculos.

—Relájate.

—Estaba muy relajada hasta que tuviste que salirte con la tuya.

—Harías bien en recordar que siempre me salgo con la mía.

¿Otra advertencia?

—Yo también.

Sintió el aire frío en la espalda cuando él le levantó la camisa, pero fue rápidamente reemplazado por el calor del pañuelo mojado. Apoyó la mejilla en las manos y cerró los ojos para abandonarse a las exquisitas sensaciones que la embargaban.

—Me gusta ese ruidito —susurró él.

Isabella no se había dado cuenta de que estaba emitiendo una especie de ronroneo.

—Gracias —murmuró, sin saber qué otra cosa podía decir.

Oyó cómo escurría el pañuelo y una vez más sintió el relajante calor barriendo la tensión de su espalda.

—Admítelo —le dijo él al oído—. Darte la vuelta ha sido una buena idea.

Isabella no quería mentirle, pero tampoco quería reconocer que tenía razón. Se limitó a responder con otro murmullo, confiando en que fuera bastante para él. No fue así.

La sensación del pañuelo en su nalga derecha le provocó una quemazón tan intensa como deliciosa, y aquel extraño placer volvió a palpitar entre sus piernas.

—Responde a mi pregunta.

Era una orden, formulada con aquel tono autoritario y dominante que tan irresistible le resultaba a Isabella.

No respondió inmediatamente, en parte por su naturaleza rebelde y en parte por el exquisito calor que aliviaba su tensión y sus nervios.

La capa crujió bajo ella cuando Sam cambió de postura. Todos los músculos se le tensaron, expectantes. Se olvidó de respirar y un temblor le recorrió todo el cuerpo. ¿Se disponía a...? Dios, ¿de verdad sería capaz de...?

El azote que recibió en el trasero le quemó la piel. Isabella se movió hacia delante, pero Sam le apretó las nalgas con la mano.

—No te muevas.

Ella enterró la cara en los brazos y gimió. Un segundo azote le desató otra ola de ardiente placer, que fue contenido por el peso de la mano sobre sus glúteos.

—Responde a mi pregunta, duquesa.

—Sí.

—¿Sí qué?

—Ha sido buena idea darse la vuelta —admitió. No quería demostrarle hasta qué punto podía ser una depravada. Su madre le había dicho que su lado salvaje solo podría causarle problemas, y tal vez tenía razón. Una mujer adulta disfrutando con los azotes de un hombre no podía llevar a nada bueno.

La mano de Sam volvió a descender sobre sus nalgas, pero esa vez fue una caricia en vez de un azote.

—¿Por qué estás tan tensa?

—No estoy acostumbrada a que un hombre me domine —respondió ella sin levantar la mirada.

Él siguió lavándole la espalda, retirándole el polvo y la suciedad.

—¿No estás acostumbrada a que un hombre te domine, o a la sensación que te provoca?

—Ambas cosas.

—Al menos eres sincera —dijo, tirando de su camisa hacia abajo.

—Siempre intento ser sincera.

—¿A menos que una mentira sirva mejor a tus propósitos? —le preguntó él, dándole una palmada en el trasero.

—No.

Él la hizo girarse de nuevo, y esa vez no resultó

tan doloroso. Al mirarlo, vio una sonrisa en sus labios y una expresión pensativa en sus ojos.

—Entonces, ¿por qué te disgusta haber disfrutado con estos pequeños azotes?

—¿Por qué te disgusta a ti que yo te guste?

Él se quedó inmóvil por un instante, pero bastó para demostrarle a Isabella que estaba en lo cierto. Sam sentía algo por ella, pero no le gustaba sentirlo.

—¿Qué te hace pensar que me gustas?

—¿Qué te hace pensar que me gustan tus azotes?

Él movió la cabeza hacia un lado, proyectando su sombra sobre Isabella.

—El instinto.

—El instinto también me dice que te gusto.

—No eres lo bastante mayor para tener instinto.

Ella se apoyó en el codo y se apartó un mechón de los ojos.

—¿Cuántos años crees que tengo?

La mirada de Sam descendió hasta sus pechos.

—Demasiado joven para mí.

Así que ese era el problema.

—¿Por eso me has lavado y azotado? ¿Porque me ves como a una niña? —no sabía cómo reaccionaría si ese fuera el caso.

—Claro que no —la vehemencia en su respuesta le supuso un inmenso alivio a Isabella, pero también avivó su curiosidad.

—Entonces, ¿por qué lo has hecho?

—Porque quería hacerlo.

Esa no era la verdad completa.

—Y lo que Sam quiere, Sam lo hace, ¿es así?

—Bastante.

Kell gruñó junto a ellos, y el cambio en Sam fue

inmediato. El amante desapareció y en su lugar apareció el asesino. Le puso a Isabella un dedo en los labios y una mano en el hombro, haciendo que volviera a tumbarse.

—No te muevas.

Ella asintió brevemente y en silencio. Él le pasó los nudillos por la mejilla y le tocó la comisura de los labios. Un brillo de ternura cruzó sus ojos, pero enseguida se esfumó.

Para Isabella, quedarse allí tumbada fue lo más difícil que tuvo que hacer en su vida, sabiendo que algo o alguien acechaba en la oscuridad, esperando para atacar. Por su parte, Sam hizo gala de su serenidad habitual y retiró al cazo del fuego con una tranquilidad envidiable.

Entonces un hombre surgió de las sombras, y con un grito que le congeló la sangre a Isabella se lanzó hacia la espalda de Sam. Pero con una rapidez fulgurante Sam se echó a un lado, se giró hacia su agresor y rodó contra sus costillas para derribarlo. El hombre cayó al suelo, a escasa distancia de Isabella, y alargó los brazos hacia ella.

Isabella rodó de costado, sintiendo una horrible punzada por todo el cuerpo. Pero se mordió el labio para que sus gritos no distrajeran a Sam y se puso de rodillas para intentar alejarse gateando. El dolor le traspasó las pantorrillas. Se sujetó la trenza con la mano y se retorció para luchar con las pocas fuerzas que le quedaban.

El hombre volvió a gritar, pero Isabella consiguió liberarse y se alejó todo lo que pudo, viendo cómo dos sombras cruzaban sobre el fuego. Saltaron chispas y humo. Kell apareció junto a ella, gruñendo amenazadoramente. Ella se irguió sobre sus rodillas y lo empujó en el costado.

—¡Ve a ayudar!

El perro le lamió la mano y se volvió hacia la pelea, cabizbajo y con un gruñido constante, pero sin moverse de su sitio. Isabella deseó que ella también pudiera gruñir, pero ni siquiera podía expulsar los gritos que le comprimían la garganta.

Las sombras se separaron de la luz. Una de ellas se elevó sobre la otra, recortándose su silueta contra la noche que se extendía alrededor de la hoguera. De inmediato reconoció a Sam y se sintió invadida por un alivio inmenso. Era Sam.

Por un segundo, su figura se perfiló contra el resplandor de las llamas, con los brazos extendidos hacia la cabeza de su atacante. Se oyó un crujido de huesos y la lucha terminó.

Isabella se abrazó el estómago mientras Sam se acercaba a ella. Había matado a un hombre... Con sus propias manos. Kell gimió y golpeó el suelo con el rabo, y Sam se inclinó para darle una palmadita en la cabeza.

—Buen perro.

Aunque no podía ver sus ojos, Isabella sabía que la estaba observando. Viendo cómo temblaba de miedo y conmoción.

—No ha ayudado en nada.

Un crujido más allá de la hoguera le hizo volver a dar un respingo, pero Sam ni siquiera giró la cabeza.

—Hizo lo que le dije que hiciera. Igual que tú.

—¿Por qué no querías su ayuda?

¿Y por qué tampoco quería que ella lo ayudara?

—Porque se habría interpuesto en mi camino.

Isabella se frotó los brazos y miró el cuerpo que yacía en el suelo, temiendo que se levantara de un momento a otro.

—Está muerto —le dijo Sam—. No va a levantarse.

—¿Cómo has podido...?

Él se agachó delante de ella y le tocó brevemente la mejilla en un gesto de apoyo y consuelo.

—Tienes una cara muy expresiva.

¿Cómo podía ser tan tierno después de partirle el cuello a un hombre?

—Oh.

—¿Estás herida?

—No. Solo un poco asustada.

—No tienes por qué estarlo.

—¿Era uno de los hombres de Tejala? —preguntó, señalando el cuerpo.

—No. Solo era alguien que quería compañía para esta noche.

—Quieres decir que me quería a mí... —murmuró ella, sobrecogida.

—Ya le hemos dejado claro que no podrá quedarse contigo.

A Isabella le cedieron las rodillas, pero Sam la abrazó.

—Lo siento. No sabía que podría haber otras amenazas —dijo Isabella, y volvió a mirar el cuerpo—. Cuando te pedí que me dejaras quedarme contigo, no esperaba que... Creía que el único peligro sería Tejala y que podrías llevarme a San Antonio sin problemas.

—¿Estás intentando romper nuestro acuerdo?

Isabella no podía dejar de pensar en la imagen

del hombre abalanzándose sobre Sam, con la intención de matarlo para quedarse con ella.

—No creía que hubiera...

Sam se encogió ligeramente de hombros.

—Siempre habrá otros como él.

—No te atacarían si no fuera por mí.

Sam le hizo girar el rostro hacia él.

—Ni lo pienses siquiera.

—¿El qué?

—Defenderte sola.

Ella no lo había pensado, pero parecía la solución más lógica.

—No quiero que nadie más muera por mi culpa —y mucho menos Sam.

—No soy tan fácil de matar.

Isabella cerró los ojos, pero no consiguió detener los recuerdos.

—Lo mismo pensaba de mi padre, hasta que Tejala lo mató.

—¿Viste cómo lo hizo?

Ella negó con la cabeza y volvió a sentir el lacerante dolor de la soga alrededor del cuello. La asfixia, el horror...

—Tenía los ojos cerrados.

—Porque te estaba estrangulando.

Sus palabras le hicieron dar un respingo.

—¿Cómo lo sabes?

—Te estás tocando el cuello —dijo él, besándola en lo alto de la cabeza.

—Es una mala costumbre.

—Es un mal recuerdo.

—No quiero cargar también con tu muerte.

Él la abrazó por un largo rato, sin decir nada.

—¿Bella?
—¿Sí?
—No voy a dejar que te vayas sola.

A Isabella le hizo falta toda su fuerza de voluntad para apartarse de él y ponerse en pie.

—Entonces debes llevarme directamente a San Antonio.

—No puedo.

—¿Por qué?

—Estoy buscando a alguien.

—¿A quién?

—A una mujer.

A Isabella se le cayó el alma a los pies y dio otro paso atrás. Era lógico. Un hombre como él debía tener una mujer.

—¿Estás herida? —volvió a preguntarle, mirándola con atención. Con demasiada atención.

—No.

—Bien. Siéntate en el saco de dormir mientras despejo esto.

El saco de dormir estaba a un metro y medio de ella, más cerca de la oscuridad.

—Tal vez tuviera amigos.

—No.

—¿Cómo lo sabes?

—Los tipos así no tienen amigos —chasqueó con los dedos y la apuntó—. Kell, vigílala.

Isabella se acercó al saco de dormir, con las rodillas temblándole y el corazón latiéndole salvajemente. Kell caminó a su lado y permaneció frente a ella mientras Isabella se sentaba. La única ventaja fue que el cuerpo del perro le impedía ver lo que estaba haciendo Sam. Los músculos agarrotados la hicieron echarse torpemente hacia atrás, pero no le importó. Se arropó con la manta y miró la pata de Kell, contando los lunares desde el hombro hasta la rodilla. Ocho. Tenía ocho. Y contar lunares no iba a hacerle olvidar que Sam tenía una mujer.

¿Sería hermosa?, se preguntó, y enseguida sacudió la cabeza por su estupidez. Pues claro que sería hermosa. Seguramente tenía la piel clara, los ojos azules y el pelo largo y rubio. Oyó el ruido de un cuerpo al ser arrastrado por el suelo y se cubrió la cara con la manta. Sam debía de quererla mucho.

A los pocos minutos Sam retiró la manta y se acostó junto a ella. Como si fuera lo más natural del mundo, deslizó la mano bajo su hombro y la abrazó contra él.

—¿Qué ocurre?

—¿La... la quieres? —le preguntó ella sin poder evitarlo.

—¿A quién?

—A la mujer a la que estás buscando.

—No.

No le dio ninguna otra explicación, pero bastó para aliviar el doloroso nudo de su estómago. Sam no sería tan despreocupado con una mujer a la que amara.

—¿Algo más que quieras saber?

—No.

Él se movió hasta encontrar una postura más cómoda y se echó el sombrero sobre el rostro.

—Entonces duérmete.

Ella cerró los ojos, pero no consiguió conciliar el sueño. El suelo era muy duro, el hombro empezaba a dolerle y la cabeza no dejaba de darle vueltas, pensando en la mujer desconocida, en Sam, en cómo le haría el amor a una mujer...

—¿No puedes dormir?

La pregunta la sobresaltó.

—Creía que estabas dormido.

—Te mueves demasiado.

—Me duele el hombro.

—Eso tiene arreglo.

Isabella volvió a sentir el frío aire nocturno cuando la manta y ella fueron levantadas, hasta posarse sobre el torso de Sam.

—¿Mejor? —le preguntó él.

En algunos aspectos, sí, pero en otros no. Estar tumbada encima de Sam era como yacer sobre la tentación personificada. Se le secó la garganta y sintió cómo le ardía la piel que estaba en contacto con su pecho. Sentía los latidos de su corazón contra los senos y cómo se elevaba su torso con cada inspiración. Y también sentía la presión de su miembro contra el estómago. El dolor que había intentado sofocar estalló en su interior y se propagó hacia fuera en una espiral incontenible.

—Sí...—respondió, apoyando la cabeza en su pecho.

La mano de Sam le sujetó la cabeza, manteniéndola contra él. Ella esperó que dijera algo, pero el silencio se alargó durante varios minutos, y lo mismo ocurrió con el deseo que crecía entre ellos. La respiración de Sam se hizo más corta, la presión de su mano se hizo más fuerte. Él también sentía la misma atracción.

—¿Cuántos años tienes? —preguntó Sam finalmente.

Ella sonrió. Sam estaba intentando sortear aquel obstáculo...

—Los suficientes.

Capítulo 8

—Esa no es respuesta a mi pregunta.

Los ojos de Bella brillaron de malicia al mirarlo.

—Es tan clara como cualquiera de tus respuestas.

El brillo de sus ojos era una provocación imposible de resistir. Sam deslizó los dedos por su pelo y descendió hasta la base de su trenza.

—Pero tú no eres yo.

Sintió su sonrisa, sus pezones endurecidos, la suavidad de su vientre, la tentadora «V» de sus muslos... Recordó cómo había reaccionado instintivamente a su pequeño azote y el sexo le palpitó dolorosamente. Necesitaba que fuera lo bastante mayor para poder poseerla a su antojo.

El cansancio y el deseo se mezclaron, e Isabella se movió sobre él con la misma combinación de sensaciones. Su falta de experiencia le impedía ocultar los estragos que la sacudían por dentro. Sam trasladó la mano desde la espalda a los glúteos de Isabella. Ella gimió de dolor, pero cuando las molestias cesaron levantó el trasero para presionarlo contra su palma.

—¿Sam?
—¿Qué?
—Así no puedo dormir.
—Es una lástima.
—Sí, lo es. Y tienes que hacer algo al respecto.
—¿Me estás dando órdenes?

A la débil luz de las ascuas Sam pudo ver cómo se lamía nerviosamente los labios.

—Sí.

Tiró de ella hacia arriba hasta que sus rostros quedaron a la misma altura. La trenza cayó entre ellos, uniéndolos.

—Eso es peligroso.
—También lo es dejarme así.

Le gustaba que fuera tan sincera con él.

—¿A qué te refieres exactamente?
—A dejarme dolorida y con la sensación de que me he perdido algo.
—¿Estás seduciéndome, por casualidad?
—¿Lo estoy consiguiendo?

Sam la colocó de costado y rodó sobre ella. Las uñas de Bella se le clavaron en el hombro como protesta por el cambio de postura.

Él le empujó las caderas con las suyas, haciéndole sentir su erección.

—Estás muy cerca.
—¿Qué tengo que hacer para conseguirlo del todo?
—Convencerme de que sabes lo que estás haciendo.

Los dedos de Isabella le tocaron la mejilla tan delicadamente como las alas de una mariposa.

—Por esta noche solo quería sentirme como la mujer que quiero ser y que, pase lo que pase en el futuro, nunca olvide este momento.

Así era Bella. Una mujer práctica y realista que proponía una solución igualmente práctica, convencida de que acabarían encontrándola, violándola y matándola.

—Pides mucho.

Ella unió las manos detrás de su nuca.

—No tanto para ti. Eres el infame Sam MacGregor.

Estaba decidida a conseguir su propósito. Y aquella pícara sonrisa resultaba cada vez más irresistible.

—Estás pidiendo algo que no conoces.

—Pero tú me lo darás.

No era una pregunta.

—Tal vez.

Ella le presionó la punta del dedo en la barbilla.

—Creo que no vas a poder resistirte.

Seguramente tenía razón, admitió Sam para sí. Le apartó el pelo de la sien, exponiendo los trazos azulados de las venas bajo la piel y sus aceleradas pulsaciones. ¿Sería miedo o excitación? Con Bella era difícil saberlo.

—¿Alguna vez te ha dicho alguien que hablas demasiado?

—No.

La intencionalidad cómica de la mentira era tan obvia que Sam soltó una carcajada y bajó la cabeza hacia Bella. Oyó cómo ella ahogaba un gemido y sonrió de satisfacción. Él tenía ventaja y sabía cómo usar el deseo de Isabella contra ella misma.

—Bien.
—¿Por qué...?

Fue increíblemente fácil acallar el resto de la pregunta. Lo único que tuvo que hacer fue cubrir los escasos centímetros que separaban sus labios y atrapar su gemido en su boca. Con eso bastó para hacerla suya. En cuerpo y alma, aunque su cabeza no estuviera de acuerdo. Podía luchar contra él todo lo que quisiera, pero ella tenía razón en una cosa. Una atracción tan fuerte no se sentía todos los días.

Le agarró las manos y se las sujetó sobre la cabeza. Se colocó enteramente sobre ella, poniéndole el muslo sobre los suyos, y odió la ropa que se interponía entre ellos. Odió la inocencia de Isabella. Y se odió a sí mismo porque estaba a punto de arrebatársela. No podía impedirlo.

Isabella se arqueó hacia arriba con un débil gemido. Sam se dio cuenta de que estaba ejerciendo demasiada fuerza en sus manos y se retiró ligeramente. Ella levantó la cabeza para prolongar el contacto de sus labios, pero él llevó la boca hacia un lado del cuello.

—No me voy a ninguna parte, duquesa.

Ella volvió a gemir y giró la cabeza, buscándole la boca a ciegas. Él le sujetó las manos, descargó casi todo el peso en su propio antebrazo y se hundió en la pasión que se le ofrecía abiertamente. Tal vez Isabella fuera inocente, pero estaba ardiendo de deseo. Mucho más que cualquier mujer a la que hubiera besado. Pero él necesitaba más.

Y también ella, a juzgar por su respuesta. Levantó las caderas de una forma que reflejaba su inexperiencia, pero su impaciencia compensaba cualquier ignorancia.

—Así —le indicó él, dirigiendo sus movimientos con cuidado de no frotarse contra sus muslos doloridos.

A Isabella solo le hizo falta una ligera inclinación de sus caderas para sentir la presión donde más la necesitaba.

Su exclamación explotó en el oído de Sam.

—¿Te gusta?

Ella asintió, mordiéndose el labio con sus dientes blancos y perfectos.

—¿Cuánto?

—No puedo describirlo.

—Inténtalo.

—¿Qué sientes tú? —le preguntó ella a su vez.

—Un calor delicioso —respondió él sin pensarlo.

—Sí... —echó la cabeza hacia atrás con un gemido—. Quema.

—Me gusta que estés ardiendo por mí —dijo él mientras se desabrochaba la bragueta.

Se liberó el miembro y colocó la punta entre las piernas de Isabella. Ella gimió y volvió a arquearse.

—Cuando consiga desnudarte, vamos a pasarlo muy bien...

—Quiero pasarlo bien ahora.

No tenía paciencia. Sam quería verlo como un defecto, pero la verdad era que estaba tan impaciente como ella.

Rodó de costado, arrastrándola consigo, y ella le rodeó el cuello con los brazos.

—No tengo tiempo para que te pelees con tu conciencia, Sam —le dijo, seguramente pensando en que Tejala o cualquier otro la encontraría muy pronto. Sam no se molestó en repetirle que eso nunca sucedería, porque sabía que Isabella no lo creería.

—Lo sé.
—Entonces, ¿vas a darte prisa? —le preguntó ella, batiendo las pestañas contra su cuello.

Él le acarició el pelo, agarró la trenza y deslizó la mano hacia abajo hasta deshacer el nudo. Sus mechones espesos y sedosos le hicieron cosquillas en los dedos.

—Las relaciones... —Sam empleó la palabra a propósito, para respetar la sensibilidad de Isabella— no pueden ser precipitadas.

Ella arrugó la nariz en una mueca de desagrado.

—¿Puedes dejar de usar esa palabra?
—Me parece una palabra muy bonita.
—Te parece graciosa.

Sam sonrió y bajó las manos por su espalda para agarrarle la falda.

—Eso también.

Con un rápido movimiento le levantó la falda sobre las caderas. Ella chilló, pero se mantuvo quieta, y Sam frunció el ceño ante la imagen que revelaba la falda. Le presionó con delicadeza la rodilla izquierda y ella apartó instintivamente la pierna. La cara interna de los muslos estaba despellejada y lacerada.

—Maldita sea...

Si sus muslos estaban en carne viva, su sexo debía de estar en un estado mucho peor. Sam le puso la mano sobre el tejido acolchado, y lo apretó suavemente. Debería habérselo imaginado, al ver cuánto sufría a lomos del caballo.

—Lo siento.
—¿Por qué? —le preguntó ella, frunciendo el ceño.
—Por no haber visto que lo estabas pasando tan mal.

—Intentaba ocultarlo.

De ninguna manera habría podido ocultárselo si él no se hubiera esforzado al máximo para no comérsela con los ojos.

—Ya veo... Bueno, si vuelves a ocultarme tus heridas, tendré que darte unos azotes en el trasero.

Isabella sonrió maliciosamente.

—¿Me lo prometes?

Él introdujo el dedo en la abertura de las enaguas de Isabella y empezó a hurgar entre los pliegues de su sexo.

—Te doy mi palabra.

—Estupendo... —ella se llevó las manos a la nuca y separó aún más las piernas.

—Eres muy servicial.

—Quiero complacerte —dijo, levantando las caderas al ritmo que él imprimía.

La confesión impactó de lleno en su miembro.

—Eso no es muy difícil.

Ella se retorció ligeramente bajo su tacto, aumentando la presión.

—Creo que es muy difícil... Tanto, que voy a tener que tomar cartas en el asunto.

Estaba respondiéndole con sus mismas palabras, buscando el placer sin importarle las consecuencias, con un entusiasmo tan imprudente y temerario que despertaba en Sam un impulso similar.

—¿Eso piensas hacer? —le preguntó mientras descendía entre sus muslos. Sabía que debería esperar. Sabía que lo primero era ocuparse de sus heridas. Pero no podía detenerse—. Antes deberías saber dónde te estás metiendo.

Le levantó las piernas y se las colocó sobre los

hombros. Ella gimió y él apretó los dientes. Se estaba comportando como un animal. Isabella no podía ni moverse y él se disponía a devorarla como una presa indefensa y suculenta.

Fuera o no animal, no podía detenerse. Dos centímetros lo separaban de la esencia femenina, de la apetitosa humedad que empapaba aquellos pliegues como un jugoso y exquisito néctar.

El sabor ácido y picante explotó en la punta de su lengua y se propagó por todo su cuerpo, como el calor de una tormenta de verano. Perfecto... Oyó el pequeño chillido de Isabella y reconoció el sonido de la sumisión total.

—¿Estás seguro de que los hombres y las mujeres hacen esto? —le preguntó ella.

—Completamente.

—Pero ¿no es indecente?

—En absoluto.

—¡Entonces hazlo!

Él obedeció de mil amores y procedió a lamerla a conciencia, escuchando sus grititos, gemidos y jadeos. La satisfacción infundió aún más pasión a la voracidad de su lengua. Volvió a introducirle el dedo para empaparlo con la promesa del placer. El pene le palpitaba dolorosamente mientras absorbía y aspiraba su intenso olor almizclado.

—Relájate y disfruta.

Sustituyó el dedo con la lengua y la penetró del único modo seguro. No se permitiría a sí mismo hacerlo de otra manera. Jamás en su vida había poseído a una mujer por la fuerza, y tampoco iba a hacerlo con una mujer desesperada y desfallecida. Pero estaba arriesgando su vida por ella y al menos merecía saborearla. Una prolongada degustación de lo que se estaba perdiendo.

—Separa las piernas —le ordenó, y ella obedeció al instante, separando los muslos hasta que Sam sintió cómo le temblaban los músculos—. Córrete para mí, Bella.

—No puedo.

—Sí puedes —le separó un poco más los muslos y mantuvo la tensión mientras le lamía con delicadeza el clítoris. Le imprimió a su lengua un ritmo cada vez más rápido e impidió que Isabella volviera a juntar las piernas—. Eso, es Bella. No te resistas. Córrete para mí.

Los dedos de Isabella le aferraron los cabellos y le sujetaron la cabeza contra su sexo, llevando la presión al límite mientras los espasmos la sacudían por dentro. Sam empezó a aliviar la presión a medida que las contracciones disminuían, y finalmente ella abrió las manos y dejó escapar un largo y tembloroso suspiro.

Entonces Sam se apoyó en los codos y levantó la mirada hacia ella. Bella lo estaba mirando con una mezcla de asombro y fascinación.

—¿Estás bien?

Ella asintió y se inclinó hacia delante para tocarle la frente con la suya. Su pelo cayó sobre ambos como una cortina de seda, creando la ilusión de que el tiempo se había detenido y que solo existían ellos dos.

—Tenías razón. No creo que fuera indecente.

—¿Pero te ha gustado?

—Oh, sí —volvió a asentir, haciendo que sus cabellos se agitaran sobre los hombros y la espalda de Sam—. Mucho.

Sam retiró los hombros de debajo de sus muslos

y le sujetó el brazo con una mano cuando ella se balanceó.

—Estupendo, porque no hemos acabado.

—Yo creo que sí.

—No te imaginas cuánto placer puedo darte —le soltó el brazo y la observó atentamente para cerciorarse de que no perdía el equilibrio. Ella le acarició los pelos de la nuca, relajándolo y excitándolo al mismo tiempo.

—¿Hay más?

—Mucho más. Échate hacia atrás.

Isabella lo hizo sin dudar lo más mínimo. Era imposible que alguien pudiera dudar cuando Sam empleaba ese tono tan sensual.

—¿Así? —preguntó, echando los pechos hacia delante y sacudiéndose el pelo de los ojos.

—Oh, sí... —cada sílaba que Sam pronunciaba intensificaba su deseo como una caricia de sus ásperas manos—. Exactamente así.

Sam se puso de rodillas y llevó las palmas hasta sus pechos, atrapándole los pezones entre los pulgares y el canto de la mano. El roce fue tan ligero que Isabella tuvo que esforzarse para sentirlo. Entonces Sam repitió el movimiento con un poco más de fuerza, y el placer volvió a recorrer sus venas.

Una mirada fugaz entre sus párpados semicerrados le hizo ver que el regocijo había desaparecido del rostro de Sam y que toda su atención se concentraba en sus senos. Su pelo le rozó la parte superior de los pechos cuando agachó la cabeza, y la aspereza de su barba incipiente se unió a las caricias de sus manos, un segundo antes de que sus dientes pusieran a prueba la resistencia de los pezones.

A Isabella se le puso la carne de gallina y se humedeció los labios. ¿Por qué había desarrollado tantas curvas? Con un cuerpo como el suyo, un hombre podía disfrutar a su antojo. Especialmente un hombre como Sam, que había descubierto lo sensibles que eran sus pechos y lo mucho que a ella le gustaba que la tocase. Apretó los dientes y tensó los muslos contra las caderas de Sam mientras el sexo le palpitaba frenéticamente con cada roce de sus dientes y lengua.

Cuando Sam llegó a su areola, Isabella estaba jadeando y sin el menor control sobre sí misma. Debería apartarse, pero no podía. Aún no. No cuando él estaba mordisqueándole la piel en torno al pezón endurecido, colmándola de una delicia incomparable. Se metió el pezón en la boca y la torturó con las prolongadas batidas de su lengua.

No podía soportarlo más. Entonces él le agarró la cabeza con una mano, enredó los dedos en sus cabellos e Isabella descargó todo el peso en la palma de Sam, dejando que él la sostuviera mientras su lengua avivaba las llamas que la consumían por dentro. Una súplica ahogada brotó de lo más profundo de su alma, llenando el escaso espacio que los separaba.

—Dime lo que quieres —murmuró él.

Aquella orden, formulada en torno a su pezón, alimentó aún más el fuego interno. Se estiró y tensó contra él, pero Sam no le dio lo que necesitaba. Bajó la mirada, y aunque la cabeza de Sam le bloqueaba la vista, pudo ver los dedos de su mano libre aferrándole el pecho. Respiró con dificultad mientras él le besaba el pezón en una suave y enervante caricia. Necesitaba más, mucho más, y él lo sabía.

Placer salvaje

Le clavó las uñas en el cuero cabelludo, pero la respuesta de Sam fue una simple carcajada silenciosa. La estaba volviendo loca a propósito, y no se detendría hasta que ella le diera lo que quería. La rendición total.

—Tu boca —jadeó—. Quiero tu boca...

Él la lamió con exasperante delicadeza.

—¿Dónde?

—En mis pechos...

Otra enervante pasada de su lengua.

—¿Cómo?

Ella le tiró del pelo, y por una vez odió que Sam fuera tan fuerte, porque él se liberó con una facilidad insultante y a ella no le quedó más remedio que reconocer su superioridad. Por un segundo sintió el placer culminante que tanto anhelaba, pero él se retiró enseguida para conservar el control.

—Más fuerte —murmuró Isabella mientras volvía a mordisquearle suavemente el pezón. Cerró los ojos. El deseo y la sensación de derrota libraban una lucha sin cuartel—. Por favor... Más fuerte.

Entonces sintió cómo el cuerpo de Sam se estremecía, como si aquel ruego hubiera conseguido traspasar su armadura. Él echó la cabeza hacia atrás, tirando del pezón con los dientes, e Isabella no pudo reprimir un fuerte jadeo como tampoco pudo sofocar su respuesta al tirón. El pezón se estiró, haciéndose más y más delgado, hasta que se liberó con un ruidito sordo.

Bella no se movió. No hizo nada. Dejó que el pelo de Sam se deslizara por su piel hasta que sus frentes se unieron, esperando a su próximo movimiento. Pero él tampoco hizo nada y los dos permanecieron unidos por el palpitante deseo que los conectaba. Ella abrió los ojos y vio que la estaba mirando. Sus ojos azules despedían un fuego abrasador y su expresión permanecía dura y severa. Pero había algo incomprensiblemente tierno en la sonrisa que curvaba sus labios.

—¿Suficiente? —le preguntó él, arqueando una ceja.

—Necesito más —respondió ella, sintiéndose completamente expuesta y vulnerable. Necesitaba mucho más que aquel momento físico.

La ternura de su sonrisa alcanzó el tacto de su mano.

—Solo tienes que decirme lo que quieres, duquesa, y te lo daré.

—No deberías hacer ese tipo de promesas —respondió ella. Sabía que Sam no podría darle todo lo que necesitaba.

—¿Por qué no? En estos momentos me siento muy generoso.

—Porque podría aprovecharme —consiguió soltar un gemido cuando Sam encontró el clítoris con la punta del dedo. Dios... Le estaba provocando estragos con la magia de sus manos.

Era él quien iba a aprovecharse, pensó Sam mientras contemplaba el rostro de Bella. Bastaba con mirarla para sentir un placer delicioso. No había nada más erótico ni tentador.

Sus dedos se impregnaron de una crema exquisita mientras seguía frotando delicadamente. Ella se arqueó para aumentar el contacto, y cuando se estremeció con una fuerte sacudida, Sam apretó su miembro contra su sexo hasta encajar la punta en la unión de sus nalgas. Ella ahogó un grito y se quedó helada, pero entonces levantó las caderas y lo acució a seguir.

—¿Qué quieres de mí, Sam?

Él le mordió el tendón a lo largo del cuello, riendo mientras ella volvía a gemir y movía la cabeza para facilitarle el acceso. Le recorrió la piel con los labios hasta la línea del cabello detrás de la oreja, y allí abrió la boca para lamerle una peca solitaria.

—Lo que puedas darme —le susurró al oído.

A Isabella le costó unos segundos reunir el aliento necesario para responderle.

—En ese caso necesito algunas reglas.

—No.

Ella abrió la palma contra su pecho. Una mariposa desafiando a un halcón.

—Insisto…

Él tiró de sus caderas hacia arriba y presionó aún más su miembro contra el perineo.

—Me parece que no estás en posición de insistir.

—Pero aun así me escucharás —replicó ella, curvando los dedos en un ruego silencioso.

Le encantaba dar órdenes. Sam le apartó el pelo de la mejilla para ver su expresión, y puso una mueca cuando las nalgas de Isabella le estrujaron el miembro.

—Eres muy mandona.

—Sé lo que valgo.

—Pero quizá me estés sobrevalorando a mí.

—Quizá.

Sam le acarició el clítoris con más intensidad y la besó en la mejilla hasta que todo el cuerpo de Isabella se puso rígido. Estaba muy cerca del orgasmo.

—¿Quizá?

—Dependerá de lo que estés dispuesto a satisfacerme.

—Tanto como puedas recibir, duquesa.

Un temblor la recorrió de la cabeza a los pies.

—Solo tengo una regla. No puedes pedirme lo que no vas a darme.

Él le recorrió la oreja con la lengua, saboreando su respuesta instantánea.

—Un intercambio justo, ¿verdad?

—Sí.

—¿Y si no puedo darte lo que quieres?

Ella giró la cabeza y lo miró con los ojos brillantes a la débil luz de las ascuas.

—Entonces no me lo pidas.

Era endiabladamente lista, admitió Sam mientras frotaba los labios contra su sien. Estaba colocando en él toda la responsabilidad.

—¿Empezamos esta noche?

—Si estás seguro...

No estaba seguro de nada, salvo de que Isabella lo afectaba de todas las maneras posibles. Por razones que no podía comprender, le resultaba imposible alejarse de ella.

—¿Estás segura de que quieres entregarme tu virginidad? —le atrapó el clítoris entre el pulgar y el índice y lo retorció suavemente, acelerándole sus jadeos.

—Sí.

—Bien —la besó en la mejilla, junto a los ojos y en la punta de las pestañas—. Entonces, córrete para mí —le ordenó, al tiempo que apretaba con fuerza el clítoris.

Placer salvaje

Y ella lo hizo. Gritó su nombre con todas sus fuerzas y sacudió violentamente la cabeza. El rubor de sus mejillas se intensificó, y el rostro se le contrajo en una expresión de placer sublime, para luego ir apagándose poco a poco en un gesto de satisfacción.

Sam le puso la mano sobre el sexo y la mantuvo allí mientras le quitaba las enaguas y colocaba su miembro en posición. Ella dio un respingo y gritó, y él gruñó al tiempo que presionaba. Maldición... Estaba demasiado tensa y cerrada. No podía penetrarla. Si lo hacía, no podría vivir en paz consigo mismo.

Le dio la vuelta y se colocó sobre su espalda. Se lubricó el pene con el flujo que emanaba de ella y lo apretó contra la tentadora unión de sus nalgas. Ella se arqueó hacia él y echó la cabeza hacia atrás, ofreciéndole la boca para que la besara y el cuerpo para que la tomara.

—Maldita sea...

El flujo vaginal le empapó la mano, bañándole los dedos con la esencia de la excitación femenina. La tentación para consumar su propio orgasmo era irresistible y lo llevó a deslizar su verga entre las nalgas. Toda su atención se centraba en el arrebato de pasión y lujuria, en la satisfacción que reflejaba el rostro de Isabella y en los restos del orgasmo que seguían sacudiéndola. Empujó con todas sus fuerzas en una frenética sucesión de embestidas salvajes, imaginándose que los glúteos eran los músculos internos de la vagina exprimiéndole el miembro. Entonces se le quedó atrapada la punta en el borde del ano, y el grito ahogado de Isabella lo llevó al límite.

Con un gemido ronco y gutural su semilla partió

de sus testículos, atravesó velozmente su miembro y se derramó en un chorro ardiente sobre la espalda de Isabella. Sam se echó hacia atrás y vio cómo la siguiente erupción llegaba más lejos que la primera, fundiéndose con la piel blanca y cremosa de Isabella y marcándola como suya hasta la última gota.

El corazón le latía desbocado y los pulmones le trabajaban laboriosamente. Se colocó de costado y mantuvo la mano en el sexo de Isabella mientras con la otra le extendía el semen por la espalda, como un tatuaje invisible. Era suya. La manta crujió y se estiró cuando ella giró la cabeza hacia él, apartándose el pelo de la cara para dejarle ver su expresión. El suave mohín de los labios, el rubor de sus mejillas y el recelo de sus ojos.

—No lo has hecho.

Él sonrió y la besó en la comisura de los labios. La hizo volver a tumbarse y ella no opuso resistencia.

—No saques muchas conclusiones al respecto.

Ella no se inmutó. Se limitó a observar su expresión y le tocó el cuello con sus suaves manos.

—Algún día me dirás por qué te escondes de mí —le susurró.

—Tal vez.

—Hasta entonces, esperaré.

Esperar. Estaba dispuesta a esperar. Sam quiso sacudirla, abrazarla, huir...

Le puso los pulgares sobre los labios carnosos, invadido por la culpa y el deseo.

—Deberías tener a un hombre más joven y romántico que te cortejara y te hiciera soñar.

—¿También tengo que buscar a una mujer para ti? —le preguntó ella, entornando los ojos.

—No.

—Entonces tendrás que aguantarte con mi elección.

Era terca como una mula. Y, a pesar de sí mismo, a Sam le encantaba que así fuera.

Le acarició las mejillas y la besó en la boca. Ella mantuvo los labios cerrados y él sonrió por su cabezonería. La besó en ambos extremos de la boca y movió la mano para colocar el pulgar sobre el clítoris. Bastaron dos pequeños roces para que ella abriera los labios y soltara un gemido. Él se aprovechó del momento y le introdujo rápidamente la lengua, buscando y encontrando la respuesta que lo aguardaba. Ahogó sus gemidos con los suyos propios y retiró lo suficiente para hablarle.

—Espero que sepas lo que haces.

Ella le echó los brazos al cuello.

—Lo sé.

Capítulo 9

Isabella sabía lo que hacía, pero Sam se empeñaba en desbaratar sus planes con su maldito sentido del honor y su determinación en protegerla de sí misma. Por mucho que intentó tentarlo durante los dos días siguientes, él permaneció firme en su propósito. Cualquier secuestrador con menos fortaleza moral le habría venido mejor.

Paseó la mirada por el pequeño claro donde Sam estaba cosiendo sus enaguas. Se había ofrecido a hacerlo, pero él había rechazado su ayuda del mismo modo que había rechazado todas sus ofertas. Parecía temer que, si ella se hiciera cargo de algunas de sus tareas, empezaría a verlo como algo permanente.

Suspiró y buscó una postura más cómoda contra el tronco caído que le servía de respaldo. Ser virgen no estaba resultando tan emocionante como parecía, y por quinta vez desde el día anterior por la mañana volvió a sacar el tema.

—Lo que estás haciendo no tiene sentido.

—Eso ya me lo has dicho —repuso Sam, pasando el hilo por el desgastado tejido rojo.

—Deberías tomarme, lo estás deseando. Todo el mundo piensa que ya lo has hecho.

—Me da igual lo que piensen los demás.

—Debería importarte lo que piense yo.

—Siempre le doy importancia a lo que tú piensas.

Isabella le dio un puntapié a una piedra que tenía delante.

—Si así fuera, ya no sería virgen.

Sam cortó el hilo con los dientes y la miró bajo sus espesas pestañas.

—Crees que Tejala acabará atrapándote...

—Sí.

—Y por esa certeza —siguió él como si ella no lo hubiera interrumpido—, estás dispuesta a depositar tu futuro en mis manos.

—De todos modos me culparán a mí. Para aquellos que van a dictar mi futuro, ya estoy corrompida.

—Tu marido, cuando lo encuentres, sabrá la verdad.

Isabella lamentó no tener más piedras cerca de ella. Y también lamentó no estar más cerca de Sam para darle una patada.

—Lo que sepa no tendrá importancia. Pero a él sí le importará lo que digan los demás.

—Eres lo bastante lista para escoger a un marido más razonable.

—Las mujeres no escogen a sus maridos.

—¿Y a sus amantes sí?

Irritada, Isabella se bajó el ala del sombrero

sobre los ojos, imitando el gesto desdeñoso que había visto tantas veces en Sam.

—Si son lo bastante afortunadas de tener la oportunidad, sí.

—¿Y tú me ves a mí como tu oportunidad?

—Sí. Y si no fueras tan cabezota, yo no sería tema de rumores y habladurías.

—¿Qué te hace pensar que la gente habla de ti?

—Tejala ha anunciado que quiere recuperarme. La gente se estará preguntando por qué he huido, dónde estoy y qué hará él conmigo cuando me encuentre.

—Bueno, al menos les estás dando un poco de entretenimiento a sus aburridas vidas —sacudió las enaguas y se acercó a ella—. Estas protegerán mejor tus piernas.

Isabella le arrebató la prenda. El tejido estaba limpio y suave por sus frecuentes lavados, y Sam había cosido un cordel en la cintura. Se puso en pie y se puso las enaguas sobre las piernas. Un poco largas para ella, pero le quedarían bien.

—Tienes muy buen ojo.

—Me he pasado dos días examinando las medidas.

Desde luego que sí. Por mucho que hubiera intentado mantener las distancias, se había asegurado de que ella estuviese lo más cómoda posible. Tal vez fuera así con todo el mundo, pero a Isabella no le parecía muy probable. Un hombre no insistía en coser la ropa para alguien de quien estaba impaciente por librarse.

—Esto también te resultará útil —dijo él, tendiéndole otro bulto.

Isabella miró la cinta con las dos piezas de tela. Sam le señaló el pecho.

—Evitará que te hagas daño.

—Gracias —dijo ella con una sonrisa torcida.

—No te hagas ilusiones. Lo he hecho para que las heridas de tus piernas no retrasen la marcha.

Ella suspiró. Sam siempre le espetaba algo desagradable cuando creía que lo estaba mirando con buenos ojos.

—¿Vamos a partir hoy?

—Si te sientes capaz.

Era ese tipo de preguntas lo que contradecía su imagen de asesino implacable. Isabella había creído que se pondrían en marcha el día anterior, pero al examinar sus muslos Sam había decidido esperar un día más.

—No estoy segura.

Él la miró con recelo.

—Ayer sí parecías estarlo.

Ella se encogió de hombros y se pasó las manos sobre los muslos, con cuidado de definir la amplitud de sus caderas. Sabía que a Sam le encantaban sus caderas.

—Lo estaba, pero después de lo de anoche... —volvió a encogerse de hombros— me escuecen un poco las piernas.

No era cierto. Sam había sido extremadamente cuidadoso al darle placer. En todo momento había tenido presente su estado y había respetado su inocencia, incluso cuando ella se la ofreció en bandeja.

—Maldita sea —masculló él—. Sabía que tendría que haberme afeitado.

Ella se apoyó en la pared rocosa y empezó a subirse la falda. Centímetro a centímetro.

—Quizá deberías comprobar tú mismo los daños causados...

Sam se dispuso a agacharse, pero se detuvo cuando la falda estaba por las caderas.

Maldición... Por un momento había pensado que lo tenía.

Rápido como una centella, la hizo girarse de cara a la pared. Le sujetó los brazos a la espalda y apretó su sexo contra las nalgas. Su miembro estaba tan duro como la pared rocosa que aplastaba los pechos de Isabella.

—¿Otra vez estás jugando con fuego, duquesa? —le susurró, rozándole la mejilla con los labios.

Ella se apretó contra su ingle.

—Hago lo que puedo.

El azote en el trasero la pilló por sorpresa.

—Vas a quemarte.

—¿Por qué?

—Porque eso es lo que les pasa a las jovencitas inocentes que intentan echar a correr antes de saber caminar.

—¿Qué te hace pensar que no estoy preparada?

—¿Qué te hace pensar a ti que yo soy el hombre apropiado?

Ella le mordió la mano con que Sam intentaba apartarla de él, pero el guante impidió que sus dientes pudieran causar el menor daño.

—El instinto.

Giró la cabeza y lo mordió en la muñeca desprotegida, pero Sam no se inmutó lo más mínimo. Isabella estaba harta de que no le prestara atención y mordió con más fuerza, y entonces él le agarró la barbilla y le hizo mirarlo. Sus ojos despedían unas llamas tan intensas que Isabella no pudo desviar la mirada.

—Ahora me toca morder a mí —le dijo en voz baja y amenazante.

Un estremecimiento le recorrió la columna. El calor la abrasó por dentro y los pechos se le hincharon dolorosamente. Se agarró los botones de la camisa y se imaginó el tacto de sus dientes.

—¿Es ahora cuando tengo que gritar de miedo?
—Sí.
—Lo siento. No puedo gritar.
—¿Por qué?
—Quiero tu boca. De la forma que sea.

Él sacudió la cabeza. El ala del sombrero oscurecía la expresión de su rostro. Isabella levantó los brazos sobre la cabeza como él le había enseñado, ofreciéndole todo lo que quisiera tomar de ella.

—Te dije que no voy a poseerte.
—Y yo te dije que te haría cambiar de opinión.
—Eso no va a pasar.
—¿Sam?
—¿Qué?
—Si me hicieras el amor, dejaría de sufrir.
—Yo no hago el amor.
—Es la única palabra que conozco. No quieres enseñarme otras.

—No —movió los labios hacia el extremo de su boca, y ella echó la cabeza hacia atrás para facilitarle la tarea.

—Enséñamelas y las emplearé.
—Si emplearas esas palabras serías irresistible.

La contradicción entre su honestidad y su resistencia confundió aún más a Isabella.

—Entonces no te resistas.
—Tengo que hacerlo.
—¿Por qué?
—Porque hay una parte de mí que quiere poder mirarse al espejo cuando me afeite.

Ella le tomó la mejilla en la mano.
—Me gusta tu barba.
—Es demasiado áspera para tu piel.

Isabella le arañó suavemente la mandíbula. Solo lo decía porque creía que él era demasiado áspero, demasiado basto para ella.

—Tu barba me excita —le confesó, a la vez que odiaba profundamente el rubor que ardía en sus mejillas. La hacía parecer ingenua, cuando intentaba parecer atrevida.

Un sonido parecido a un gruñido retumbó en la garganta de Sam.

—¿Cómo demonios has mantenido tu virginidad hasta ahora?

La respuesta no podía ser más fácil.
—No me encontré con la tentación adecuada.

Los ojos de Sam se oscurecieron.
—¿Bella?
—¿Qué?

La cabeza de Sam descendió hacia ella, ocultando el sol de la mañana.

—Cállate —murmuró, justo antes de que sus labios entraran en contacto.

Si Isabella volvía alguna vez a su pueblo natal, le pediría al sacerdote que hiciera lo posible por santificar a Sam.

Placer salvaje

Ciertamente, tenía la templanza y la moderación de un santo.

Pero de momento tenía que encontrar el modo de sortear esa resistencia. Suspiró hondo y se movió en la silla. Sam ni siquiera se molestó en girarse y siguió fumando tranquilamente. El humo de su cigarro la envolvía con aquel olor dulce y penetrante que solo asociaba con él.

Empezó a sentir el hormigueo entre los muslos, pero no le resultó del todo molesto. Sam era un hombre atractivo y tenía buen corazón, además de una tendencia innata a ponerse a prueba. E Isabella estaba decidida a aprovecharse de ello. Ningún hombre podía resistirse eternamente a la tentación.

—¿Adónde vamos?
—Al siguiente pueblo.
—¿No será peligroso?
—¿Para quién?
—Para mí. Alguien le dirá a Tejala dónde estoy.
—Cuando las noticias lleguen a Tejala, ya nos habremos marchado.
—Pero nos seguirá el rastro —y ella no quería que nadie los siguiera. Odiaba estar mirando siempre por encima del hombro, viviendo con la amenaza permanente de un ataque o una emboscada.
—Sin duda.

Isabella aferró con fuerza las riendas.

—Nos encontrará. Tú no lo conoces.

El cuero crujió cuando Sam la miró por encima del hombro.

—Nunca lo he visto en persona, pero he conocido a cientos como él.

Ella sacudió la cabeza. No había otro hombre

como Tejala. Era inteligente y astuto como nadie, y su obsesión no conocía límites.

—No puedo ir al pueblo.

—No voy a dejarte aquí sola.

—Tejala vendrá y matará a todo el mundo si no le dicen lo que quiere saber... o lo que él piensa que deberían saber. Igual que mató a los hombres del convoy —y a otros muchos, como a su padre.

Sam aflojó el paso y esperó a que ella lo alcanzara.

—No tenemos elección.

—¿Por qué?

—Estoy buscando a alguien. Y creo que puede estar en este pueblo.

«Alguien». La mujer que le había mencionado. Una mujer hermosa y con experiencia a la que no tuviera que proteger.

—Supongo que tiene mucha experiencia —dijo, sintiendo cómo una mano invisible le atenazaba la garganta.

—Eso me han dicho.

—La experiencia no lo es todo.

—Seguro que ella estaría de acuerdo contigo. Por eso podrías rezarle una oración a tu dios para que la encontremos en el pueblo.

—¿Qué tiene ella que no tenga yo para que estés tan empeñado en encontrarla?

—Una hermana que quiere que vuelva a casa.

La miró atentamente a los ojos, pero Bella no podía decirle que su madre también quería que volviera a casa... aunque solo fuera para entregarla a Tejala. Mientras Sam creyera que su familia no la quería, ella tendría una oportunidad de escapar.

—¿Se fugó de casa?
—La secuestraron.
Así que no era una amante. Era una misión. Isabella se sintió mucho más aliviada.
A lo lejos distinguió unos tejados. Casi habían llegado.
—¿Cuántos años tiene?
—Veinte.
El secuestro de una mujer adulta solo podía tener un propósito.
—¿Cuánto tiempo llevas buscándola?
—Tres meses.
—¿Estás enamorado de ella?
Sam volvió a mirarla a los ojos.
—No, pero estoy muy unido a su hermana.
—¿Cuánto? —preguntó Isabella sin poder evitarlo.
—Desi está casada con mi mejor amigo.
El afecto con que pronunció el nombre de la mujer inquietó a Isabella. No sería el primer hombre que se enamorara de la mujer de su mejor amigo. Y si así fuera, explicaría muchas cosas.
—¿Cuánto tiempo hace de su secuestro?
—Más de un año.
—¿Y nadie la ha visto desde entonces?
—No —se bajó el sombrero como hacía siempre que estaba enfadado y se adelantó con su montura. Era evidente que no quería revelar su expresión cuando pensaba en esa mujer.
Isabella espoleó a Guisante para alcanzar a Sam y lo tocó en el muslo. Él dio un ligero respingo para rechazar el tacto, pero ella no retiró la mano. Le dolía verlo sufrir.

—¿Crees que va a estar en el pueblo?

—He oído que hay una prostituta rubia trabajando en el *saloon* —lo dijo como si fuera lo más natural del mundo, pero Isabella puso una mueca de horror.

—Y no crees que esté ahí por propia voluntad.

—Nunca he conocido a una mujer que haga eso por propia voluntad.

Isabella parpadeó con asombro. A casi todos los hombres a los que había conocido les gustaba creer que las mujeres se prostituían por decisión propia, no porque no les quedara más remedio.

—¿No se te ha ocurrido que tal vez no quiera que la encuentren?

—Sí.

—¿Y qué harías en ese caso?

—Llevarla con su hermana.

—Quizá no puedas hacerlo.

Isabella jamás podría volver a su vida anterior si muchos hombres la hubieran poseído. Se dispuso a retirar la mano del muslo de Sam, pero él la agarró antes de que pudiera hacerlo.

—¿Qué harías tú si estuvieras en su lugar?

—Buscaría algún convento y me quedaría allí para siempre.

—¿Por qué?

—Por quebrantar las reglas.

—¿Aunque solo las hubieras quebrantado para evitar que te violaran?

—Sí —a veces la resignación importaba más que la realidad. Para escapar de Tejala ella había infringido las reglas de su familia, de la iglesia y de la sociedad. Había un precio que pagar—. Y si voy a ser condenada de todos modos... —lo miró fijamente a los ojos—, al menos quiero experimentar el placer.

Sam esbozó una media sonrisa.

—No vas a olvidarte de eso, ¿verdad?

—No puedo.

—Te dije que estarías a salvo.

Y ella le había dicho que no le permitiría sacrificarse para salvarla. Miró hacia el pueblo, cuyos tejados iban aumentando de tamaño. Se lamió los labios y pensó en la mujer desaparecida.

—Tal vez no quiera regresar contigo. Puede que prefiera seguir como está ahora en vez de ser rescatada.

—¿Qué te hace pensar eso? —preguntó él, mirándola con dureza.

—Es otra cosa en la que he pensado.

Él detuvo a Breeze y agarró las riendas de Guisante.

—Cuando Tejala me... —empezó ella.

—Si Tejala te encuentra —la corrigió él.

—Cuando Tejala me encuentre —repitió ella, ignorando la corrección—, mi mundo cambiará para siempre. No me hago ilusiones al respecto.

—¿Qué quieres decir?

—Cuando Tejala haga lo que considera su obligación, ni yo ni los que me rodean podrán verme como soy ahora. Seré una persona sucia, corrompida. Y eso lo cambiará todo.

Sam masculló en voz baja y le puso una mano en la barbilla para hacerle levantar el rostro.

—Explícate.

—No pienso vivir con la huella de sus manos en mi piel.

—Joder.

Isabella se sorprendió al oírlo. Incluso ella conocía el significado de esa palabra, a pesar de su educación.

—No deberías usar ese lenguaje conmigo.

—Y tú no deberías decir esos disparates.

Sam podría verlo como un disparate, pero no era él quien tendría que superar una violación. Ella conocía el tacto de las manos de Tejala, y sabía que no podría soportarlo.

Breeze agitó la cabeza y reanudó el trote, haciendo que Sam soltara las riendas de Guisante. Isabella le mantuvo la mirada a medida que la distancia aumentaba entre ellos.

—No voy a concederle esa victoria.

—Harás lo que tengas que hacer para sobrevivir.

Sam hizo dar media vuelta a Breeze, se acercó a ella y en un abrir y cerrar de ojos la había levantado de la silla y se la había colocado en el regazo. Su brazo era como una cadena de hierro alrededor de la cintura, y sus dedos le apretaban dolorosamente la barbilla. Pero eran sus ojos los que la estremecieron de terror, ardiendo de ira bajo el ala del sombrero.

A pesar del miedo, Isabella no se permitió flaquear.

—No lo haré.

—Lo harás.

—No puedes obligarme.

—Claro que puedo.

—No estarás siempre a mi lado para protegerme.

Sam miró el pequeño rostro de Isabella, sus grandes ojos marrones, su piel cremosa y suave, y tuvo que contenerse para no zarandearla. Nunca la abandonaría mientras Tejala fuese una amenaza. La idea de que otro hombre la tocara le revolvía el estómago. La idea de que Tejala la violara le provocaba náuseas. Y la idea de que ella acabara con su propia vida le resultaba aún más obscena.

—Siempre estaré ahí cuando me necesites.

—No, eso no es cierto. Estarás muy lejos, arrestando criminales, haciendo el amor con otras mujeres y viviendo tu vida, y a mí me abandonarás en mi propia desgracia.

Su lengua era tan afilada como una cuchilla de afeitar.

—Pero estarás viva.

—He visto lo que les hace Tejala a las mujeres. No querré vivir cuando haya acabado conmigo.

—Vivirás —insistió Sam—. Por mí.

—¿Para que tú también me desprecies? No lo creo.

—Yo no te despreciaré.

—Pero te compadecerás de mí. Y tampoco quiero tu compasión.

—Maldita sea, Isabella. Si alguna vez me necesitas, acudiré en tu auxilio.

Isabella suavizó su expresión y le puso una mano en la mejilla.

—Lo sé.

Su tono de resignación insinuaba que no lo creía. Maldición. Tenía que decirle la verdad.

—Cuando te haya devuelto a tu casa, voy a ir a por Tejala.

—No quiero que lo hagas —dijo ella, poniéndose rígida.

—No recuerdo haberte pedido permiso.
—Tejala es muy peligroso.
—Yo también.
—Está loco.
—Entonces tendré que curarlo de su locura —le acarició los labios con el pulgar. Le encantaba su boca, aquellos labios rosados, carnosos y tentadores que prendían fuego a su piel cada vez que lo besaban—. Pero tú no estás loca, Bella. Eres una mujer lista, valiente y decidida, y tienes que superar lo que puedan obligarte a hacer.
—No lo entiend...
—No estoy diciendo que la violación sea fácil de superar, pero tienes que intentarlo. Porque yo estaré esperando al otro lado.
—Para entonces ya te habrás casado con otra mujer.
—No —declaró él con vehemencia. Ella era la única mujer que lo había tentado de verdad en su vida—. Pero aunque así fuera, acudiría en tu ayuda.
—¿Por qué?
—Porque para eso están los amigos.
El destello de dolor que asomó en los ojos de Isabella fue un duro golpe para su conciencia. Nunca debería haberla tocado. Era demasiado joven e ingenua para separar la pasión del amor.
—No puedo prometerte eso, Sam.
Lo haría. Se lo prometería antes de que él la dejara.
—Vales mucho más de lo que puedan hacerte, duquesa.
—Solo para ti, pero tú eres incapaz de verlo, ¿verdad?

—El mundo que te espera es mucho mayor de lo que te imaginas, Bella.
—Me da igual.
—Eso lo dices porque no sabes lo que te estás perdiendo.

Ella suspiró y se retorció con fuerza. El sombrero se le deslizó por la espalda y cayó sobre el brazo de Sam.

—Pues enséñame lo que me estoy perdiendo.

Capítulo 10

El pueblo distaba mucho de ser un lugar bullicioso y animado. Los edificios presentaban un estado lamentable y apenas se veía gente por las calles. Las únicas muestras de actividad salían de la estructura de adobe que se levantaba en mitad de la calle principal. Dos postes estaban clavados a la entrada, a los que había atados cinco caballos. Sobre la puerta arqueada había un letrero de madera con la palabra *Saloon* pintada en rojo. Era el lugar para empezar a hacer preguntas, pero primero tenía que velar por la seguridad de Isabella.

Sam oyó un murmullo a su lado y giró la cabeza. El sombrero de Isabella se le había vuelto a caer sobre el rostro, lo que hacía suponer que aquel murmullo era una maldición impropia de una dama.

Sam no pudo evitar una sonrisa. Isabella podía ser muy contradictoria. No tenía ningún problema en ofrecerle su cuerpo, pero en cambio no se atrevía a maldecir en voz alta.

Placer salvaje

Bella levantó la mirada y el sol le iluminó el rostro. Ni una sola arruga cruzaba la tersa superficie. Y aunque sus ojos habían visto demasiados horrores, la vida aún tenía que curtirle el rostro.

Por el contrario, Sam podía sentir cada marca y arruga grabada en su piel. Solo tenía treinta y un años, pero a veces sentía que tenía más de sesenta. Como aquel día. No solo por Bella, sino por lo que pudiera descubrir en el *saloon*. Desi estaba desesperada por recuperar a su hermana. Tanto, que no podía ni imaginarse lo que pudiera quedar de la mujer que recordaba. Pero él sí lo sabía. Y no estaba seguro de poder forzar un reencuentro si Ari no quería regresar.

—El pueblo no es muy grande —dijo Bella, devolviéndolo al presente.

Kell gimió y Sam lo llamó con un chasquido de sus dedos.

—No, no lo es.

—Al menos, si esa mujer está aquí será fácil encontrarla.

Si Ari estaba allí, la tendrían bien escondida. Se había corrido la voz de que los Ocho del Infierno estaban buscando a Ari Blake, y eso dificultaba considerablemente la búsqueda.

—Esperemos que sí.

Un hombre salió tambaleándose del *saloon*, demasiado ebrio para tenerse en pie. Cayó de rodillas y empezó a vomitar. Isabella giró la cabeza y se llevó una mano al estómago, y Sam se imaginó a un borracho como aquel dando tumbos hacia la habitación del fondo donde las prostitutas esperaban a sus clientes. Desi le había dicho que Ari era idéntica a ella, y Desi era una mujer preciosa, rubia y delicada. Le repugnaba pensar en una sucesión de borrachos mugrientos corrompiendo su cuerpo día tras día, envenenando su dulzura, arrebatándole poco a poco sus recuerdos...

«No pienso vivir con la huella de sus manos en mi piel».

La declaración de Bella le pareció mucho más creíble.

Otro hombre salió del *saloon*. No estaba ebrio y se irguió en toda su estatura en cuanto miró hacia ellos. No era difícil imaginarse lo que le había llamado la atención. Bella era como una muñeca de porcelana en medio de una piara de cerdos.

—¿Bella? —la llamó Sam.

—¿Qué?

Sam sacó dos monedas del bolsillo de su chaleco y se las tendió.

—¿Por qué no vas a comprarte un sombrero de tu talla? —le sugirió, apuntando con el pulgar por encima del hombro.

—Pero...

Él sacudió la cabeza, interrumpiéndola.

—Enseguida vuelvo —volvió a mirar al hombre y le entregó a Isabella una de sus pistolas—. Espérame dentro.

Bella se mordió el labio, pero no discutió. Agradecido, Sam le ordenó a Kell que la vigilara y esperó a que hubiese entrado en la pequeña tienda antes de dirigir a Breeze hacia el desconocido. El hombre se limitó a ver cómo se acercaba, sin moverse. Sam lo observó, desde sus pantalones de brocado negros hasta la larga melena oscura que se agitaba sobre sus hombros. No iba armado, por lo que era más probable que fuera un jugador en vez de un pistolero. Sam desmontó.

—¿Qué tal?

El hombre encendió una cerilla y asintió.

—Gringo.

Sam sacó el rifle de la funda.

—Bonito caballo —afirmó el desconocido.

—Le tengo mucho aprecio.

—No tanto si lo dejas ahí.

—¿El robo de caballos es un problema por aquí?

El hombre tiró la cerilla al suelo y la pisó con una de sus elegantes botas negras.

—Como en cualquier otro sitio en territorio de Tejala.

Sam se tocó el ala del sombrero.

—Te agradezco el aviso, pero creo que correré el riesgo.

—Los de tu clase siempre lo hacéis.

—¿Los de mi clase?

El hombre le dio una calada al cigarro y el humo se elevó alrededor de su rostro.

—Los gringos que creen que todo el mundo les debe algo.

—Ten cuidado no vayas a romperte la espalda con el resentimiento que llevas a cuestas.

—No soy yo quien debe tener cuidado.

—Como ya te he dicho, agradezco el aviso.

Rodeó a un borracho que estaba apoyado en uno de los postes, y entró en el *saloon* acompañado por el hedor a vómito y orina. El olor se hizo aún más fuerte en el interior, atestado de cuerpos sucios y desechos de todo tipo. Se acercó a la improvisada barra, que apenas constaba de unas tablas sobre varias cajas.

—Un tequila.

El camarero puso un vaso no muy limpio en la tabla y lo llenó de licor. Sam pensó que era suerte que el interior estuviera tan oscuro. Así no podría ver lo que estaba ingiriendo.

Desde el exterior llegó el relincho de Breeze, seguido por el grito de un hombre, el golpe de unos cascos y un ruido sordo. Sam sonrió y apuró el vaso de un trago. A Breeze tampoco le gustaban mucho los extraños.

El licor impactó en su estómago como una bola de fuego. Reprimió una mueca de asco y le arrojó una moneda al camarero. La moneda chocó con un clavo incrustado en la tabla.

—¿Hay posibilidad de encontrar un poco de compañía femenina por aquí?

El camarero intercambió una mirada con el hombre que estaba sentado al final de la barra.

—Sí, hay posibilidad —respondió el hombre, sonriendo.

Sam se echó el sombrero hacia atrás.

—¿Y de qué depende?

—De lo que esté usted buscando.

—Bueno... Me gustan las rubias.

—¿Ya te has cansado de la mujer que viaja contigo?

Sam empujó el vaso sobre la barra.

—No hay nada malo en la variedad.

El camarero intercambió otra mirada con el hombre mientras volvía a llenar el vaso. Sam intentó reprimir las náuseas y adoptar una actitud despreocupada mientras tomaba un sorbo.

—¿Le interesaría hacer un cambio? —le preguntó el camarero.

—¿Qué cambio?

—Nuestra rubia por la puta que lo acompaña.

—No me interesa una variedad permanente. Solo pensaba en divertirme un poco —dejó el vaso en la tabla—. ¿Es posible o no?

—Sí, pero le costará más que esta moneda de oro —arrojó la moneda al aire—. Las rubias son muy escasas, como ya sabrá.

—Las rubias naturales —replicó Sam. Muchos mesoneros obligaban a sus chicas a teñirse el pelo. Y a muchos hombres no les importaba que fuera un color artificial, como tampoco les importaba que esas chicas no estuvieran deseando complacerlos.

El camarero y el hombre intercambiaron otra mirada.

—Es lo más natural que podrá ver en una mujer.

Seguramente era la primera verdad que había oído aquel día. Apuró el vaso y se sacó otra moneda de oro del bolsillo.

—Con esto bastará —dijo, arrojándola sobre la barra.

La moneda desapareció en la sucia mano del camarero.

—Sígame —no había mucha necesidad de un guía. La habitación solo estaba a diez pasos de la barra, separada por una cortina apolillada—. Betty es una salvaje —dijo el camarero, mirándolo con una sonrisa lasciva mientras retiraba la cortina—. No tema hacer lo que quiera con ella.

—Lo tendré en cuenta —entró por la estrecha abertura, sin dejar de observar al camarero.

El espacio era tan reducido que apenas había sitio para un colchón en el suelo. No había ventanas y la única luz la proyectaba una vela casi consumida. En el colchón yacía una mujer, inmóvil, tapada con una manta tan raída como la cortina. Tenía la piel blanca y unos mechones rubios asomaban por los bordes de la máscara negra que le cubría el rostro.

Sam miró al camarero por encima del hombro y señaló a la mujer con el pulgar.

—¿Por qué lleva una máscara?
—Betty es una dama muy misteriosa.
—¿Por qué no se mueve?
—Está entrenada para esperar instrucciones —dijo, pero Sam no estaba muy convencido.
—¿Le importa? —preguntó, haciendo un gesto hacia la cortina—. No me gusta tener público.
—Puede recuperar parte de su dinero si se ve capaz de tenerlo.

Sam dio dos pasos hacia la cortina y empujó al camarero hacia atrás.

—No, gracias —cerró la cortina y vio varios agujeros a la altura del rostro—. Y si siento que alguien me está observando, le meteré una bala en la cabeza a ese hijo de perra y luego preguntaré.
—Como desee, señor.
—Me alegra que nos entendamos —dijo, y se volvió hacia la mujer—. ¿Señorita?

No hubo respuesta. Dejó el rifle contra la pared y se agachó junto al colchón.

—¿Señorita? —la tocó en el brazo—. ¿Ari?

El pecho de la mujer dio una sacudida, y Sam deslizó el brazo bajo su espalda, sintiendo la dureza de los huesos. La joven volvió a sufrir una convulsión y sus costillas se expandieron espasmódicamente en un esfuerzo por respirar. La manta se deslizó sobre su torso, revelando las marcas del esternón y una llaga abierta.

—Joder.

Las hebillas de la máscara estaban muy apretadas, y el cuerpo era un peso muerto. Sam gruñó y se colocó el torso sobre la rodilla.

—¿Betty está siendo de su agrado, señor?

Sam no respondió y volvió a gruñir. La hebilla inferior cedió, y la siguiente se abrió con mucho menos esfuerzo. Levantó el borde de la máscara a tiempo de oír un jadeo estentóreo en su garganta.

—Dios Bendito...

La mujer estaba completamente flácida y se deslizó sobre su pierna. Sam la agarró por los hombros y la colocó en el suelo para desabrocharle el resto de las hebillas.

Al retirarle la máscara, se encontró con un rostro demacrado y magullado, y unos ojos color avellana que miraban al vacío. A un lugar que no era el de los vivos.

No era Ari. Aquello le alivió, pero no por mucho tiempo.

Respiró hondo, intentando contener la ira, y cerró con cuidado los párpados de la mujer. Era algo que había aprendido a hacer cuando los soldados acabaron con su madre. Solo que entonces lo había hecho para no ver el horror y su propio fracaso reflejado en sus ojos.

Suspiró y sacudió la cabeza.

—Lo siento, cariño.

Lo sentía por el destino que la había llevado hasta allí. Lo sentía por no haberla encontrado antes. Lo sentía por no haber retirado la maldita máscara a tiempo. Y también sentía que los hombres fueran unos salvajes. Tapó el cadáver esquelético con la manta y le hizo una promesa en voz alta.

—Si puedo encontrar a tu familia, se lo contaré.

No les contaría dónde ni en qué estado la había encontrado, la mujer se merecía un recuerdo mucho más digno, pero sí les haría saber que había muerto. Abrió el pequeño cofre que había junto a la pared y buscó alguna pista de su identidad, algo que le permitiera encontrar a su gente. Pero todo lo que encontró se reducía a aquella habitación sucia y claustrofóbica.

La cortina se descorrió con un chirrido metálico.

—Ha matado a nuestra Betty.

Le habían tendido una trampa. Primero lo sacudió la certeza, y luego una ira asesina. Le había dado su revólver a Bella, pero su rifle estaba a un brazo de distancia y en las botas tenía sus cuchillos.

—No era tan salvaje como me prometió. Exijo que me devuelva mi dinero.

—Nos debe una puta nueva.

Bella. Querían a Bella. A pesar de su cólera, no pudo evitar una sonrisa.

—Me temo que no estoy de acuerdo con el trato.

—Eso no importa.

—Para mí sí importa.

Se dio la vuelta y arrojó el primer cuchillo en la dirección del ruido. Se clavó con un sonido sordo en el pecho del hombre que había estado al final de la barra. Un movimiento por el rabillo del ojo lo hizo tirarse al suelo, un segundo antes de que un disparo le pasara rozando la cabeza. Restos de adobe cayeron sobre él mientras se giraba y lanzaba el segundo cuchillo. Alcanzó al camarero en el hombro, pero fue insuficiente para dejarlo fuera de combate. Maldición. Su rifle estaba demasiado lejos. No podría alcanzarlo a tiempo. Se impulsó con todas sus fuerzas y se lanzó contra las rodillas del hombre, arrojándolo a través de la cortina al salón. La cortina se rasgó y cayó sobre sus cabezas, enredándolos en sus fétidos pliegues. Sam oyó ruido de mesas y sillas, botas alejándose y otras acercándose.

Le propinó un cabezazo a la barbilla del camarero y consiguió liberarse. Arrojó la cortina a un lado y agarró la escopeta mientras el camarero se tambaleaba hacia la barra y caía al suelo, aferrándose el hombro y gimiendo de dolor. Sam solo tenía un segundo. Pero no se había incorporado del todo cuando una orden lo detuvo.

—Suelta el arma, gringo.

Sam levantó la mirada. El hombre que había intentado robar a Breeze estaba en la puerta. La sangre le manaba del labio y parecía tener el costado izquierdo dañado. Pero el arma que sostenía apuntaba directamente al pecho de Sam.

—Estás acabado, gringo. Por aquí no nos gustan los rangers.

—Qué curioso, a los Ocho del Infierno tampoco nos gustan los proscritos cobardes y miserables como tú.

El fugaz parpadeo del hombre le indicó que al principio no había reconocido a Sam.

—Así que... adelante. Aprieta ese gatillo y ya veremos lo que queda de ti y de Tejala cuando los Ocho vengan clamando venganza.

—Nunca lo sabrán.

—No puedes esconderte de ellos.

Otro parpadeo. Las reputaciones eran ciertamente útiles en ocasiones como esa.

—Tejala se ocupará de los Ocho del Infierno.

—Tejala tiene los días contados.

El cuerpo del camarero estaba a medio metro de distancia, un poco a la derecha. Sam solo necesitaba una ligera distracción y podría lanzarse a por el cuchillo. Pero el hombre de la puerta no le quitaba los ojos de encima.

—Los tuyos ni siquiera merece la pena contarlos.

Aquello sonaba peligrosamente cierto. Sam se balanceó sobre los dedos de los pies, sintiendo el escozor de la herida de bala del otro día, y miró a los ojos del hombre. Supo el momento exacto en que el hombre tomó la decisión de disparar y se lanzó a por el cuchillo al tiempo que abría fuego. Un dolor abrasador le traspasó el muslo. ¡Maldita sea! Otra vez no.

Oyó otro disparo. Y otro más. El ruido de las detonaciones le resultaba familiar. Y los ladridos también. Era Kell.

Arrancó el cuchillo del hombro del camarero y lo lanzó hacia su objetivo. Pero no era el proscrito quien estaba en la puerta. En su lugar estaba Bella, con un arma en la mano.

—¡No! —exclamó al tiempo que el cuchillo salía disparado de sus dedos. La hoja se clavó en el marco de la puerta, junto a la cabeza de Isabella.

Sam se puso en pie de un salto y volvió a maldecir.

—¡Te dije que me esperaras en la tienda!

Kell gruñía a escasos centímetros del cuello del hombre al que tenía inmovilizado en el suelo. Entonces Sam oyó el ruido de una bota detrás de él.

El camarero.

Sam volvió a derribarlo con un codazo en la cara y se apresuró a rematar la tarea rompiéndole el cuello. Entonces miró a Isabella y la encontró inmóvil en la puerta, mirando el cuchillo que vibraba en el marco, como si no pudiera imaginar cómo había llegado hasta allí. Seguía aferrando el arma en la mano, y lo apuntaba directamente a él sin mirar.

Desde fuera llegaron varias voces de curiosos.

—Es hora de irse.

Se levantó, pero Isabella no se inmutó siquiera. Sam se apartó de la línea de fuego y ella se giró al mismo tiempo que él.

—¿Bella?

No parecía que lo hubiese oído. Pero lo que sí se oyó claramente fue un grito. No tenían tiempo que perder.

Cruzó la distancia que los separaba y chasqueó con los dedos para llamar a Kell.

—Hay que irse de aquí.

El perro liberó a su presa, sin dejar de gruñir. Sam se agachó brevemente para tomarle el pulso al hombre al que Bella había disparado, aunque el charco de sangre no dejaba lugar a dudas.

—¿Está muerto? —le preguntó ella.

—Más muerto que vivo.

Entonces ella lo miró finalmente, con los ojos muy abiertos.

—Iba a matarte.

Sam se había acercado lo bastante para quitarle el arma. Lo hizo con mucho cuidado y volvió a retirar el percutor.

—En efecto.

—No podía dejar que te matara.

—Y por eso te estoy muy agradecido, duquesa.

La retiró de la puerta y miró hacia la calle. Las buenas gentes de aquel agujero se estaban envalentonando por momentos.

—Bella, necesito que vayas a la tienda y traigas los caballos.

—Ya los he traído hasta aquí.

Estaba llena de sorpresas, y sin embargo seguía conmocionada por haber matado a un hombre. Pero Sam la necesitaba fría y alerta.

—Ahora no puedes derrumbarte, Bella.

Ella lo miró con el ceño fruncido.

—Yo no me derrumbo.

Por lo que él podía ver, estaba a punto.

—Bien —metió dos balas en el revólver y se lo devolvió a Bella—. Lo que necesito es que te coloques detrás de la puerta y apuntes con el arma hacia fuera. Si alguien se acerca, dispara.

Ella se movió a un lado de la puerta y lo miró, con ojos muy abiertos y las manos temblorosas.

—¿Y si son amistosos?

—Nadie con intenciones amistosas se atreverá a acercarse después de un tiroteo, te lo aseguro.

Isabella frunció aún más el ceño.

—Puede que sean amistosos pero estúpidos.

—Tendremos que correr el riesgo.

Ella se mordió el labio y bajó la mirada a la pierna de Sam.

—Estás sangrando.

—Solo es un rasguño —la sangre le empapaba el pantalón y el dolor era horrible, pero podía mover la pierna sin problemas—. Estoy bien.

Ella no pareció quedarse muy convencida, pero asintió. Sam se cercioró de que no iba a ponerse histérica y volvió a la habitación del fondo a por su rifle. La prostituta yacía donde la había dejado. Un bulto sin la menor utilidad para nadie. Como si la hubieran arrojado al fondo de un barranco para que los coyotes la devorasen. Los habitantes de aquel pueblo no se molestarían en enterrar a una simple fulana. Un triste final para una triste vida.

—¿Sam? —lo llamó Bella.
—¿Sí? —respondió él, dirigiéndose hacia la puerta.
—¿Has encontrado a la mujer?

El tono ligero y melódico de su voz quedó completamente fuera de lugar en aquel antro de depravación.

—Sí.
—¿Es la amiga de tu hermana?

Sam se volvió para mirar el cuerpo otra vez.

—No.

Si lo hubiera sido se habría llevado el cuerpo consigo, por respeto a Desi. Para que fuera enterrada en su hogar, en la tierra de su familia, con la bendición de un sacerdote.

—Te la vas a llevar, ¿verdad?

Cualquier otra mujer se habría negado a aceptar la compañía de una prostituta, pero Isabella, a pesar de todos sus defectos, no dejaría a una mujer en aquel lugar.

—¿Alguna vez te ha dicho alguien que eres muy mandona? —le preguntó él.
—Solo estaba comentando lo que me parece más correcto.
—¿Qué ves ahí fuera?
—Parece que la gente se está armando de valor.

En otras palabras, la situación no pintaba nada bien. No podía perder tiempo con un cadáver.

Las imágenes del pasado cruzaron por su cabeza. El cuerpo sin vida de su madre, el ejército mexicano rodeándolos, la imposibilidad de hacer otra cosa que susurrarle unas últimas palabras de amor y arrastrarla junto al cadáver de su padre... Años más tarde regresaría al lugar. La casa estaba en ruinas y los cuerpos de sus padres habían desaparecido, seguramente devorados por los animales salvajes y absorbidos por la tierra. Bajo el suelo del dormitorio había encontrado la Biblia de su madre y el fajo de cartas de amor que siempre había conservado. Las cartas en las que su padre le hablaba del futuro que él iba a ofrecerles. Las cartas en las que su padre depositaba los sueños que su madre había albergado en su corazón, creyendo con toda su alma en el hombre al que amaba, creyendo en el futuro que tenían por delante, en la nueva vida que los aguardaba.

Sin ningún cuerpo que enterrar, Sam había enterrado aquellas cartas, junto a los últimos sueños que aún albergaba sobre el amor y la familia. Un hombre que elegía aquella clase de vida no tenía derecho a alimentar los sueños de una mujer. Esos sueños solo conducían a una muerte segura.

—¿Sam? —volvió a llamarlo Isabella—. ¿Vas a llevártela o no?

Sam envolvió el cuerpo con las mantas. Betty no había tenido a nadie que la cuidara en los últimos años de su vida, pero maldito fuera si no le daba el entierro que se merecía.

—Sí. Me la llevo.

Capítulo 11

De pie al otro lado de la sepultura, Isabella observaba la inescrutable expresión de Sam. Era un enigma. Su reputación lo precedía como el miembro más temible de los Ocho del Infierno, frío y despiadado, capaz de matar con una sonrisa. Y sin embargo se había molestado en sacar del pueblo el cuerpo de una mujer por el que nadie se hubiera preocupado, y había perdido un tiempo precioso en darle un entierro decente a una desconocida. Y lo había hecho con todo el respeto que le habría dedicado a un miembro de su propia familia. Era imposible entender su lógica.

Sam arrojó la última pala de tierra a la tumba y volvió junto a Breeze. Ni un solo músculo de su cara reflejaba su consternación, pero Bella había querido abrazarlo con fuerza desde que lo vio sacando el cuerpo de Betty del *saloon*. Y, por alguna razón incomprensible, ese deseo no hacía sino crecer por momentos. Necesitaba aliviar la emoción que intuía en los ojos de Sam.

El viento soplaba sobre la llanura, bajando por las colinas con un aullido lastimero. Sam levantó la cabeza y siguió la dirección del aire con los ojos, ofreciéndole a Isabella una imagen de su recio perfil. Sus labios se separaron ligeramente mientras tomaba aire.

Le echó otro vistazo a la tumba y siguió asegurando la pala a la silla de Breeze como si nada hubiera pasado. Pero era demasiado tarde. Isabella había visto la emoción que le atormentaba.

Estaba solo. Aquel hombre que se preocupaba por darle un entierro digno a una desconocida era un alma solitaria.

Isabella lo observó pensativamente. La muerte de aquella mujer le había afectado de un modo muy extraño, y ella quería saber de qué se trataba. Tenía la sensación de que era la llave para comprender la verdadera naturaleza de Sam MacGregor.

Sam volvió a la tumba. Ella esperó a que dijera algo, pero él permaneció callado y quieto como una estatua, con una sombra de dolor oscureciendo sus ojos.

—¿Vas a decir una oración? —le preguntó ella cuando no pudo aguantar más el silencio.

Los labios de Sam se comprimieron como siempre que ella le hablaba de oraciones o de esperanza.

—Yo no rezo.

—Hay que hacerlo —insistió Isabella. No importaba que quisiera hacerlo o no. Una mujer había muerto y acababa de ser enterrada.

Sam se quitó el sombrero.

—Hazlo tú.
—No sé las palabras en inglés.
—No creo que a Betty le importe.

Tenía razón. Isabella se santiguó y agachó la cabeza, pero las palabras no acudieron a su mente. Solo podía pensar en la imagen de Betty cuando Sam la dejó en la tumba, en su cuerpo carcomido por la enfermedad y las heridas, como el testimonio imborrable de los abusos que había sufrido a lo largo de los años.

Era el mismo futuro que esperaba a Isabella. Cuando Tejala la encontrase, su vida sería un largo y agónico grito en una habitación cerrada. El hombre que encontrara su cuerpo sin vida no sería como Sam. No se molestaría en enterrarla ni en pronunciar una oración. Su cuerpo sería arrojado a los cerdos...

Parpadeó y respiró hondo. No permitiría que eso ocurriera. Encontró su voz y pronunció la oración lo bastante alto para que Sam la oyera. Le había dicho que no rezaba, pero si se había tomado tantas molestias con el cuerpo de Betty, tal vez las palabras le brindaran algo de consuelo. Al acabar, volvió a santiguarse, y Sam se puso el sombrero y se volvió hacia Breeze. Isabella permaneció un momento junto a la tumba. Necesitaba decir algo más, y lo dijo en inglés, por si acaso el espíritu de Betty aún seguía allí.

—Betty, siento que no te hayamos encontrado antes. Siento que tu vida acabara de esta manera, y que hayas muerto sin saber que alguien estaba dispuesto a ayudarte —miró a Sam, que estaba comprobando las alforjas como si nada le afectara. Parecía ajeno a todo aquello, pero Isabella sabía que no era así—. Porque Sam te habría ayudado. Tal vez no fueras tú la mujer a la que estaba buscando, pero no te habría abandonado. Te habría llevado consigo, y te habría mantenido a salvo.

Igual que hacía con ella.

—Lo habría hecho porque es un buen hombre y siempre hace lo correcto —agarró un puñado de tierra y la esparció sobre la tumba, sellándola simbólicamente—. No quedan muchos hombres como él, así que te ruego que no lo atormentes —se mordió el labio y miró a Sam—. Creo que ya arrastra demasiados fantasmas.

Dos horas después, Sam seguía sumido en aquella enervante melancolía. Bella estaba acostumbrada a su silencio y a sus sonrisas vacías, pero no creía que pudiera acostumbrarse a aquella nueva faceta. Cabalgaba a pocos metros por delante de ella, pero era como si estuviera solo en el mundo, rodeado de una oscuridad impenetrable.

A Isabella no le gustaba verlo así, y no estaba dispuesta a tolerarlo.

—¿Sam?

Él la miró por encima del hombro.

—¿Sí? —incluso aquella pregunta sonó inexpresiva.

—¿Falta mucho?

—¿Por qué?

—Solo preguntaba...

Sam tiró de las riendas de Breeze.

—¿Estás cansada?

—Lo siento. No estoy acostumbrada a montar tanto.

—No será una excusa para echarte encima de mí, ¿verdad?

Ella dibujó una sonrisa en su rostro y se puso derecha en la silla.

—Me lees el pensamiento —le hizo un gesto para que se moviera—. Podemos seguir.

Pero él no se movió. El sombrero le cubría los ojos, pero Isabella estaba segura de que tenía el ceño fruncido y se bajó su propio sombrero sobre el rostro. No quería que todas las ventajas fueran para él.

—¿De verdad estás cansada?

—No importa.

Él permaneció inmóvil. Esperó a que Isabella lo alcanzara y entonces se inclinó para agarrar las riendas de Guisante.

—No puedo llevarte delante de mí.

—Lo entiendo.

Los ojos de Sam destellaron peligrosamente bajo el ala del sombrero.

—No sería seguro.

—No lo discuto.

Él suspiró y le tendió la mano.

—Puedes montarte detrás de mí y apoyarte en mi espalda —le hizo un gesto con los dedos—. Dame las riendas.

Ella le puso la correa de cuero en la mano.

—Gracias.

Sam sacó el pie del estribo más cercano y se encogió de hombros.

—Llevamos montando mucho rato.

Había una gran distancia hasta el suelo, e Isabella sabía que sus músculos no podrían soportarla.

—Con cuidado —le dijo Sam, sujetándola por el brazo.

Ella se giró y cambió el caballo por el muslo de Sam. El caballo ofrecía más espacio, pero el muslo era infinitamente más tentador.

La silla crujió cuando el brazo de Sam la rodeó por la espalda. La sujetó por la axila y le apartó el sombrero.

—Mete el pie en el estribo.

La orden le recorrió la espalda como un susurro. ¿Cómo era posible que una simple orden sonara tan erótica? Isabella obedeció y se echó hacia atrás, apoyándose en el fuerte brazo de Sam.

—Pasa la pierna por encima.

Así lo hizo y se sentó detrás de él. La falda se le subió, apenas cubriéndole las rodillas, y por un momento se sintió avergonzada a pesar de las enaguas que Sam le había hecho. Su madre se quedaría horrorizada si la viera.

Rodeó la cintura de Sam con los brazos y se acurrucó contra su espalda. No le importaba. Ahora estaba con Sam, y de momento él era su única realidad.

—¿Estás cómoda?

Ella asintió, aspirando su fragancia masculina, mezclada con el sudor del caballo y el olor a tabaco.

—Sí.

—Bien.

Sam chasqueó con la lengua e hizo avanzar a los caballos. Montar detrás de él resultó una experiencia sorprendentemente sensual. Con cada paso del caballo Isabella se mecía contra su espalda, frotando los pezones a un ritmo exquisitamente erótico. El borde de la silla se le clavaba en el interior de los muslos y le estimulaba poderosamente el clítoris. Se le escapó un gemido. No podría aguantar mucho tiempo en esa postura.

—¿Vas bien ahí detrás?

—Sí, muy bien.

—Me ha parecido oír un gemido.

¡Maldito fuera! Sam sabía muy bien lo que ella estaba sintiendo. Y quizá había mantenido la mano en su pierna para intensificar la sensación. Muy bien, ella también podía jugar...

—Era un gemido de delicia, por estar tan cerca de ti.

Sam se puso rígido y ella sonrió. No era, ni mucho menos, la única sinceridad que iba a permitirse. La camisa de Sam estaba caliente por el sol, y bajo el algodón ella podía sentir el calor de su piel, esperándola. El hormigueo en sus dedos se propagó por las palmas. Era un verdadero placer tocar a un hombre tan bien formado.

—Debe de haber muchas mujeres que se mueran por tocarte.

—Creo que te confundes. Es el hombre quien toca.

—Hoy no —susurró ella, sintiéndose cada vez más atrevida—. Hoy mi deseo es complacerte.

Sam murmuró algo ininteligible y le puso la mano sobre la suya. ¿La estaba deteniendo o animando a seguir?

Isabella descendió con las palmas sobre los duros músculos de su abdomen y encontró los botones de su bragueta.

—¿No quieres que te dé placer?
—Eres virgen.
Ella se echó a reír y le besó la espalda.
—Ser virgen no es lo mismo que ser idiota, Sam.
—Yo no he dicho eso.
Dos botones cedieron. Isabella deslizó los dedos y palpó la carne ardiente y una intrigante línea de vello que le hacía cosquillas en los nudillos. Tiró suavemente y él dio un brinco. Aquello iba a ser muy divertido.
—Entonces, ¿qué es para ti una mujer virgen?
—Tímida e insegura.
Otro botón más.
—¿Inexperta, tal vez?
Sam soltó el aire entre dientes mientras ella bajaba las manos hasta encontrar su miembro.
—Sí.
—No soy insegura, Sam.
—Ya me he dado cuenta.
El tono de su voz la excitó casi tanto como la idea de complacerlo.
—Estoy intentando adaptar mi timidez, pero siempre seré inexperta... —volvió a acercar la boca a su espalda y esa vez le hizo sentir los dientes, al tiempo que cerraba la mano alrededor de la base del miembro— a menos que tú me enseñes.
—Eso no es justo.
Le mordisqueó el hombro, sintiendo su reacción.
—Te quedarías muy decepcionado si lo fuera.
Él no respondió. Pero ella no necesitaba su respuesta. Lo que necesitaba era que se levantase para poder liberar su sexo.
—Ayúdame, Sam.

Él le retiró la mano con una maldición ahogada, y ella se echó hacia atrás. A Sam le costó liberar su miembro, pero cuando lo hizo, ella se apresuró a agarrarlo con la mano, provocándole un fuerte gemido. Isabella suspiró y apoyó la mejilla en su espalda mientras deslizaba los dedos sobre el enhiesto falo.

—Me encanta sentirte en mi mano... fuerte y duro, anhelando el placer que voy a darte.

La mano de Sam cubrió la suya. Ella volvió a sentir su lucha interna entre la conciencia y el deseo, y tomó partido por lo segundo con un pequeño apretón y un ruego que Sam no podría resistir.

—Enséñame a darte placer, Sam. Solo esta vez.

—No supondrá ninguna diferencia.

Ella asintió, sabiendo que él sentiría el gesto de su cabeza.

—Lo sé.

—No será bueno para ti.

La advertencia la hizo sonreír. Sam no se imaginaba lo bueno que sería para ella.

—Aun así, quiero que me enseñes a darte placer.

El miembro de Sam sufrió una sacudida y sus costillas se expandieron contra la mejilla de Isabella. Respiró al mismo ritmo que él, deleitándose con el aire estival y el resquicio que había conseguido abrir en sus defensas.

—Así —murmuró él con una voz áspera y casi inaudible, y le hizo subir y bajar las manos por su verga. Isabella no se ofendió. No podía esperar una sonrisa en un hombre al que estaba tentando en contra de su sentido del honor, pero al menos podía esperar su cooperación.

El ritmo que imprimió era rápido y fuerte. Isabella frunció el ceño. No era lo que había esperado. Sam siempre la provocaba con roces y caricias ligeras para llevarla al límite de la desesperación, pero aquello parecía una carrera endiablada hasta la culminación del placer.

La espalda de Sam se tensó y sus manos se apartaron, dejándole a ella todo el control. Ella lo aceptó y lo acarició con una suavidad extrema.

—Creo que vas muy deprisa, Sam.

—¿Por qué lo dices?

—Tú me tocas de un modo distinto.

—Los hombres no necesitan las mismas caricias que las mujeres. Nos gusta que sea rápido.

Ella frunció el ceño, sopesando la verdad de sus palabras. Sam nunca mentía, pero sí encubriría la verdad para conseguir sus propósitos.

—Creo que te gustaría recibir algo más suave… de mí.

Necesitaba recibir dulzura más que ninguna otra persona que ella hubiera conocido. Se lo merecía. Siempre se estaba preocupando por quienes lo rodeaban, siempre se esforzaba por hacer lo correcto. Un hombre como él merecía ser recompensado. Debería recibir la ternura que nunca pediría por sí mismo.

—Me gustaría correrme sin acabar con una bala en el trasero —espetó él.

—¿Estamos en peligro aquí?

—Aún estamos en territorio de Tejala, y casi con toda probabilidad nos están siguiendo. Cualquier lugar es peligroso.

Aquella posibilidad no aterrorizó tanto a Isabella como sería de esperar.

—Pero ahora no hay peligro a la vista, ¿verdad?
—Hasta donde yo puedo ver, no. Pero eso no significa nada. Podríamos sufrir una emboscada en la próxima colina.
—O puede que no ocurra nada.
Él sacudió la cabeza.
—Es más probable que sí ocurra algo.
—Estás intentando asustarme.
—Estoy intentando que uses la cabeza.

No, lo que intentaba era distraerla y que acabara lo antes posible porque... No sabía por qué, pero el instinto le dijo que, a pesar de sus duras palabras. Sam ansiaba recibir la misma dulzura que él le daba.

—Creo que lo haré a mi manera —decidió.
—¿Pase lo que pase?

Isabella ignoró la pregunta y le acarició lentamente el miembro. Extendió la palma sobre la punta y descubrió una gota de fluido. No sabía que los hombres también soltaran líquido, y se mojó la punta de los dedos con aquella extraña humedad.

Sam la agarró fuertemente de la muñeca y se giró en la silla.

—¿De verdad quieres darme placer, duquesa?

Sus ojos ardían de furia y pasión contenida. Tal vez había ido demasiado lejos, pensó Isabella, pero se negó a tener miedo. Estaba dispuesta a pagar el precio por haber violado su vulnerabilidad.

—Sí.
—Entonces dame tu boca.

Ella obedeció y le mantuvo la mirada mientras separaba lentamente los labios, invitándolo a tomar lo que necesitara. Sam necesitaba mucho más que saciar un simple deseo sexual, pero no tomaría nada más. Ella lo entendía y lo aceptaba, pero mientras estuviera con él no le negaría nada. Sam podía darle pasión. Ella podía darle ternura.

La expresión de Sam se endureció y ella se preparó para recibirlo. Él le llevó los dedos humedecidos a sus labios, tan cerca que Isabella pudo oler su esencia masculina. Un olor semejante al de la hierba aplastada, picante, intenso, y extrañamente tentador.

—Esto es todo lo que puedo ofrecerte.

Isabella inclinó la cabeza y lamió la humedad de sus dedos sin dejar de mirarlo a los ojos, haciéndole ver que aceptaba su semilla de cualquier manera en que se la ofreciera. Le supo a tierra y sal, y sería un sabor que nunca olvidaría mientras viviera. Se lo tragó y se lamió los labios.

Sam le acarició la mejilla y deslizó la mano hasta rodearle la cabeza con los dedos, y a Isabella no le costó ni un segundo adivinar sus pensamientos. Quería su boca. En su sexo. Una corriente de excitación y lujuria le recorrió las venas. Volvió a lamerse los labios y saboreó los restos de humedad que le quedaban en la lengua. La idea de tenerlo a su merced, completamente indefenso, del mismo modo que había estado ella ante su boca voraz e insaciable, le resultaba tan intrigante como irresistible.

—Te deseo... y quiero hacer con la boca lo mismo que tú me hiciste a mí.

Sam entornó los ojos y ahogó un pequeño gruñido.

—Piénsalo bien, Bella. No sentirás ningún placer haciéndolo, y habrá un momento en que no te dejaré que pares, aunque tú quieras detenerte.

—¿Por qué iba a querer parar?

—Eres virgen. No sabes lo que estás pidiendo.

—Entonces tendrás que enseñarme.
—Así no. No a lomos de un caballo, en mitad de la nada.
—Es lo único que tenemos.
—Te mereces algo mejor.
Siempre creía que ella merecía algo más, algo mejor. Le agarró el miembro y lo curvó hacia ella.
—Tú eres lo único que deseo.
—No siempre puedes tener lo que deseas.
Isabella le pasó el pulgar sobre la punta, ancha y suave, como un capuchón de terciopelo sobre una barra de acero.
—Puedo tenerte a ti.
—Solo por ahora —aceptó él en voz baja y sensual.
—Entonces hagamos que el momento sea irrepetible —se estiró hacia delante para colocarse en posición. La parte trasera de la silla se le clavó en la cadera, pero no le importó.
—Bella...
Ella no quería oír más lamentos.
—¿Por qué pareces tan triste, cuando estoy segura de que puedo hacerte muy feliz?
—No te gustará hacerlo.
—Te equivocas.
Antes de que él pudiera responder, Isabella se metió el miembro en la boca. El gemido y el estremecimiento de Sam fueron como un bálsamo sobre su inquietud inicial. El sexo de Sam era mucho más grande de lo que había previsto, y ella tuvo que abrir la boca todo lo posible para engullirlo. Sam empujó ligeramente y Breeze se agitó. El pene le golpeó la cara interna de la mejilla y se hundió hasta su

garganta. Isabella sintió arcadas e intentó retirarse, pero él la sujetó con fuerza durante unos segundos antes de sacar el miembro de su boca.

—Lo siento, duquesa. Has sacado mi lado salvaje.

El extremo de su verga se movió suavemente por la lengua de Isabella. Pero Sam siempre la llevaba hasta el límite, y ella iba a hacer lo mismo con él.

—Me gusta tu lado salvaje.

Él la detuvo antes de que pudiera intentarlo.

—Prefiero así —entrelazó los dedos en su pelo y le masajeó el cuero cabelludo describiendo pequeños círculos—. Así está bien.

Era demasiado tarde, porque Isabella había descubierto lo que a Sam le gustaba. Y lo que le gustaba era que se metiera su sexo en la boca. Por mucho que intentara ocultarlo, ella podía sentir el deseo que latía desesperadamente en su interior.

—Suéltame —le ordenó.

—No.

Retiró los labios y le hizo sentir el borde de sus dientes.

Él echó la cabeza hacia atrás y sonrió.

—Tentándome no conseguirás que cambie de opinión.

No lo estaba tentando. Lo estaba amenazando. Y él debería verlo en su cara.

—Vas a llevarte una gran sorpresa cuando veas quién soy realmente, Sam.

—Es lo que intento evitar.

—¿Evitar qué? ¿Sorprenderte?

—Ver quién eres realmente.

—¿Por qué?

—Porque no sería bueno para ninguno de los dos.

—Estoy dispuesta a arriesgarme.
—Yo no.
—Entonces sigamos con esto.

Le dejó a él la responsabilidad de mantenerla sobre el caballo y volvió a meterse su miembro en la boca. Le encantó sentir cómo se estremecía. Tanto como su sabor, su olor, sus gemidos... Descendió sobre su inmensa verga, imprimiendo un ritmo rápido y frenético con los labios, la lengua y los dientes.

—Usa las manos —le ordenó él.

Le costó unos minutos encontrar el ritmo que Sam pedía, pero cuando lo hizo recibió una grata recompensa. El sexo de Sam se hinchó aún más y se endureció como si estuviera hecho de granito. Isabella lo chupó y succionó con más fuerza y le mordió la punta antes de pasarle la lengua por encima; todo mientras lo bombeaba furiosamente con la mano. Quería llevarlo hasta el orgasmo.

Retiró la boca lo justo para susurrarle una única súplica.

—No te contengas.

No podría soportarlo si se contenía. Esa vez no. No con ella. Necesitaba que él también la necesitara. Necesitaba que se abandonara al placer por ella. Su propio sexo le palpitó de deseo y sus pezones prendieron en llamas.

—No lo haré, nena. Voy a darte todo lo que tengo... —le puso la mano en la mejilla—. Y tú vas a tragarte hasta la última gota... —le acarició el cuello con los dedos—. Hasta la última gota bajando por tu garganta...

Ella asintió, asustada, excitada e impaciente a la vez.

—Hasta el fondo, Bella. Toma aire y trágatela hasta el fondo.

Y ella lo hizo. Su apetito era tan voraz que sofocó las arcadas y la acució a llenarse la boca con el enorme pene de Sam. Le arañó los testículos y la base del falo y chupó con todas sus fuerzas hasta que él le agarró la cabeza, se tensó al máximo y descargó en su boca el torrente de savia salada. Isabella se lo bebió hasta el final, hasta la última gota, hasta que las convulsiones cesaron y el pene de Sam se posó flácidamente en su lengua. Solo entonces se retiró y lo miró.

—¿Te ha gustado?

—Sí.

—Bien, porque así será más fácil la próxima vez.

—¿Más fácil?

Isabella se incorporó con dificultad y volvió a acurrucarse contra su espalda. Gimió débilmente cuando la silla se presionó contra su clítoris hinchado.

—Estás en deuda conmigo por haberte salvado la vida. Y ya he decidido lo que quiero.

—¿Y qué quieres?

—Quiero perder la virginidad contigo.

—Esa recompensa no sería de tu agrado. Las primeras veces no suelen ser buenas.

—Eso es lo especial. Quiero que me hagas sentir tan bien como yo acabo de hacerte sentir a ti.

—No pides mucho.

Ella le besó la espalda y aspiró su olor mientras se pasaba la lengua por los labios, paladeando los restos de su sabor.

—Solo pido lo que sé que puedes darme.

Capítulo 12

Bella le estaba ofreciendo su mayor fantasía. Una noche de sexo salvaje sin ataduras de ningún tipo, y lo único que él tenía que hacer era procurar que para ella no fuese una pesadilla. El trato no podía ser más ventajoso para un hombre tan reacio a los compromisos como él. Entonces, ¿cuál era el problema?

Miró a Isabella y la vio lamiéndose los labios de nuevo. Siempre hacía lo mismo cuando estaba nerviosa. Y era lógico que lo estuviera. El juego había llegado a la dura realidad, y cualquier mujer inteligente se lo pensaría dos veces antes de seguir.

Suspiró y se obligó a calmarse. Aquella noche no iba a pasar nada.

—¿Tienes dudas?

Isabella levantó la mirada de la taza de café que había estado manoseando durante los quince últimos minutos. La luz de las llamas danzaba en su rostro, ensombreciendo misteriosamente sus ojos bajo el sombrero y exaltando su aura de feminidad.

Iba a costarle horrores mantenerse alejado de ella.

—No. ¿Por qué lo preguntas?

—Porque pareces más nerviosa a cada instante que pasa.

—Es una tontería sin importancia —dejó la taza en el suelo y volvió a pasarse la lengua por los labios.

El deseo le hirvió la sangre a Sam. ¿Qué tenía aquella mujer que tanto le excitaba?

—Tontería o no, dime de qué se trata —insistió. Debían ocuparse de sus miedos antes de seguir avanzando.

—Desde esta tarde has mantenido las distancias conmigo.

—Eso no es nada nuevo. Llevo haciéndolo desde el día que nos conocimos.

—Esto es distinto —repuso ella—. El momento ha llegado y no sé cómo debo proceder —se tiró de la manta sobre los hombros—. Por eso estoy preocupada.

Sam no estaba seguro de haberla oído bien.

—¿Preocupada por qué?

—No sé qué hay que hacer. Ni cómo hay que hacerlo.

La confesión sorprendió a Sam. Era el único temor que no se había imaginado.

—¿No sabes cómo seducirme?

—Eso es exactamente lo que no sé —dijo ella, mirándolo como si él tuviera la culpa.

De alguna manera siempre conseguía sorprenderlo. Y a pesar de los remordimientos que lo asaltarían después de aquella noche, Sam sintió ganas de sonreír.

—Perdóname. Es la primera vez que voy a desflorar a una virgen.

—¿Eso es cierto?

—Hay que proteger a los inocentes y a su inocencia.

—¿Igual que me proteges a mí?

—Es parte de mi trabajo. Soy un ranger de Texas. Tenemos que respetar nuestro credo.

—¿Y violarías tu credo si haces esto?

Podría decirle que sí, y de esa manera ella se sentiría tan culpable por hacerle quebrantar sus reglas que desistiría de su locura. Pero no sería cierto. Y además, él no era el hombre que debería ser. Deseaba lo que ella le ofrecía. Lo mismo que había tenido Caine. Lo mismo que habían tenido sus padres... Apuró el resto del café. ¿A quién quería engañar? Deseaba a Bella.

—No. Tan solo me haces desear lo que no puede ser.

—Ya lo hemos hablado. El mañana no existe.

—Tienes razón —admitió él, pero no bastaba para acallar su conciencia.

—No pareces muy contento. ¿Tendrás remordimientos si lo hacemos?

Sam contempló la dulzura de su rostro, la sensualidad de sus curvas, el hoyuelo de su mejilla izquierda, el valor de sus ojos, el deseo que ni siquiera se molestaba en ocultar...

—No podría arrepentirme de nada, pero cuando me haya ocupado de Tejala te darás cuenta de que todo ha sido en vano.

—Creo, Sam, que querría pasar esta noche contigo aunque Tejala no fuera una amenaza.

—Eso no cambia el hecho de que no soy la clase de hombre con quien una chica debería hacerlo por primera vez.

Ella se levantó y se sujetó la manta bajo los brazos.

—Así que ese es el problema —rodeó lentamente la hoguera, contoneando las caderas y con una seductora sonrisa de sirena—. Sigues viéndome como a una niña.

—Eres muy joven.

Ella se detuvo, lejos de su alcance, y dejó caer la manta. Esta se deslizó lentamente por su cuerpo y cayó al suelo sin el menor ruido. Iba vestida únicamente con la camisa y la falda, y la sonrisa que lucía su rostro era la misma que una mujer esbozaría al desnudarse ante un hombre. Una sonrisa tímida, inocente, pero al mismo tiempo sensual y seductora. La clase de sonrisa a la que un hombre no podía resistirse.

—Soy una mujer, Sam —se desató la trenza y le arrojó el lazo. Él lo atrapó al vuelo, sin apartar los ojos de ella—. Sé lo que valgo como mujer.

—Aún puedes echarte atrás.

Ella le hizo un guiño y se dio la vuelta, ofreciéndole una vista de su voluptuosa figura. Tenía el cuerpo de una pequeña Venus, todo curvas y seducción. Lo miró por encima del hombro y batió las pestañas.

—Sé lo que vales como hombre —dijo, deslizándose las manos por el cuello y bajo el pelo—. Y sé cuánto vale lo que tenemos —le clavó la mirada mientras su pelo caía alrededor del rostro como una cascada de seda—. Creo que la pregunta debería ser... ¿Lo sabes tú?

Sam tuvo que esforzarse para encontrar su voz.

—¿No habías dicho que no sabías cómo proceder?

—No lo sabía, pero tú me lo has recordado —se puso las manos en las caderas y descargó el peso en el pie derecho, enfatizando la curva de la cadera y la esbelta cintura.

Sam sintió un picor en los dedos. Ansiaba tocar aquella cintura, aquellas caderas, aquel cuerpo...

—Eres un hombre muy servicial.

No lo suficiente.

—Y si te he enseñado a proceder, ¿cómo es que te has quedado a mitad de camino?

—Porque no me lo has enseñado todo.

Aquella réplica era una advertencia. Un desafío. Sam se enderezó un poco más mientras Isabella se llevaba las manos a los botones de la camisa.

—¿Qué se me ha pasado por alto?

—No me has demostrado que tú también lo deseas.

El pene de Sam estaba tan duro que iba a destrozarle los pantalones.

—Creo que eso es evidente.

Isabella dejó caer las manos lentamente, bajándolas hasta la ingle.

—Para mí no lo es —volvió a subir las manos hasta los pechos, cubriéndose el corazón—. Aunque por esta zona sí lo siento.

Sus manos eran demasiado pequeñas para cubrir unos pechos tan grandes. Sam flexionó los dedos. Isabella necesitaba unas manos más grandes. Las suyas.

Ella inclinó la cabeza hacia un lado y el pelo le cayó sobre su delicado hombro, llegando hasta la cadera.

—No es mi intención violarte, Sam —le dijo con una encantadora sonrisa.

Los restos de su resistencia se desvanecieron ante aquella muestra de humor y ternura. Era una mujer irresistible.

—No podrías violarme, Bella —respondió, tendiéndole una mano.

Ella colocó la palma en la suya con una confianza absoluta.

—¿Porque eres más fuerte que yo, quizá?

Él negó con la cabeza, tirando de ella hacia su regazo.

—Porque nunca encontrarías resistencia por mi parte.

Ella frunció el ceño.

—Y sin embargo te resistes a lo que hay entre nosotros.

Él le colocó el dedo entre las cejas y le borró las arrugas con una ligera presión.

—Porque sé lo que ocurrirá si te quedas conmigo —deslizó el dedo sobre sus pestañas—. Eres una duquesa, Bella. Te mereces a un duque.

Ella se acurrucó contra su hombro.

—¿Y ese duque me amará como a una mujer, Sam, o me pondrá en un pedestal y esperará que me comporte siempre como una duquesa?

—Más le vale que te trate bien.

—¿O si no qué? ¿Le darás una lección?

Sería capaz de matarlo.

—Siempre estaré ahí para ti.

—¿Qué clase de matrimonio sería ese, Sam? Contigo interponiéndote siempre entre el duque y yo. Una amenaza constante para él, una tentación continua para mí.

—Te olvidarás de mí en cuanto vuelvas a casa y te libres de Tejala.

—¿Porque soy joven y no sé lo que quiero?

Sam se encogió de dolor, pero lo reprimió antes de que pudiera reflejarse en sus ojos. Por desgracia, no pudo impedir que se manifestara en su voz.

—Sí.

Isabella sacudió la cabeza y suspiró.

—No voy a discutir contigo esta noche, pero muy pronto tendrás que enfrentarte a esa parte de ti que escondes y tomar una decisión —se dio una palmada en el pecho—. No tengo mucha paciencia, Sam. No puedo prometerte que vaya a esperarte para siempre.

—No te he pedido que lo hagas.

—Sí, ya lo sé. Eso es casi tan lamentable como lo otro.

—¿A qué te refieres?

—No finjas que no lo sabes —lo reprendió ella, golpeándolo en el hombro.

A Sam no se le ocurría nada, pero entonces vio el brillo en los ojos de Isabella y su media sonrisa y supo que había caído en la trampa. Aun así le siguió el juego, sabiendo lo mucho que ella necesitaba creerse que tenía el control.

—Tendrás que darme alguna pista, porque no lo sé.

—Está visto que no haces honor a tu reputación —dijo ella con un exagerado suspiro.

—Explícate.
—Estoy sola en medio de la nada con el famoso Sam MacGregor, sentada en su regazo —se señaló los tres botones abiertos del cuello—, medio desnuda, y sigo siendo virgen.

Sam sonrió sin poder evitarlo. Aquella mujer era incorregible.

—¿Y?
—Creía que cualquiera de esas cosas me arrebataría la dignidad y me dejaría...
—¿Cómo?

Ella meneó las cejas.

—Jadeando de placer.

Sam la tumbó de espaldas en el suelo, protegiéndola del golpe con una mano. Probablemente aquella noche no fuera lo que Isabella esperaba. Había oído que desflorar a una mujer virgen no era cosa fácil, y él no tenía la menor experiencia al respecto por la sencilla razón de que nunca había querido hacerlo.

Salvo con Bella. Bella le hacía desear cosas que nunca había deseado. Pero eso no lo eximía de la responsabilidad de buscar lo mejor para ella. Y eso significaba evitar los golpes y las magulladuras.

Isabella le rodeó el cuello con los brazos y esperó. Si él quería demostrarle que era un hijo de perra, aquel era el momento. Se colocó encima y ella se lamió los labios. A pesar de su descaro, seguía estando nerviosa.

—Puedes cambiar de opinión cuando quieras, Bella. No estás obligada a hacer nada.

Ella suspiró y le frunció el ceño.

Placer salvaje

—¿Sam?

—¿Qué? —la besó en la punta de la nariz, en las mejillas y en la comisura de los labios.

—Si vuelves a decirme eso, te daré una bofetada.

Sam se echó hacia atrás. Una cosa era complacerla, pero otra era ser un juguete en sus manos.

—¿Duquesa?

—¿Sí?

—Si vuelves a amenazarme... —le tocó la nariz con la punta del dedo—, tendré que darte unos azotes.

—¿Como a una niña?

Sam se agachó ligeramente. El cuello abierto de la blusa revelaba las pulsaciones bajo su exquisita piel.

—Como a una mujer.

El fuego se estaba extinguiendo, pero aún proyectaba luz suficiente para que Sam viera la expresión de Isabella. Y en vez de estar asustada, parecía estar intrigada.

Se imaginó sus nalgas enrojecidas por los azotes. El tacto ardiente de su piel cremosa contra los muslos, los pliegues empapados de su sexo... Tendría que empujar con fuerza para romper la resistencia inicial.

Los testículos se le contrajeron e inflamaron. Joder... Podría correrse con las fantasías que Isabella le inspiraba.

Le desabrochó los dos botones siguientes de la camisa y le apartó el cuello de la misma con la nariz. La fragancia de su piel le embriagó los sentidos mientras le besaba la clavícula. La suavidad de su piel era deliciosamente adictiva, pero solo era una reminiscencia del incomparable sabor que encontraría entre sus muslos.

—Esta noche vamos a hacerlo despacio y suave.

Era la noche de ambos y no iba a precipitarse.

La lamió por debajo de la barbilla, saboreando su deseo salado y sintiendo sus temblores.

Le desabrochó otro botón y la besó hasta el valle perfumado que se hundía entre sus pechos.

—Rápido —jadeó ella.

No tenía ni idea de lo que le estaba pidiendo.

—Vas a tener que aguantarte, porque yo prefiero que sea despacio.

—¿Por qué sabía que dirías eso? —preguntó ella, echando la cabeza hacia atrás.

—Porque tenemos toda la noche y soy un hombre meticuloso.

—No olvides que yo también soy una mujer meticulosa.

—No lo olvidaré. Mañana serás una mujer meticulosamente satisfecha.

—Y jadeante de placer.

Sam le apartó la camisa del hombro derecho y tiró del bajo para revelar sus pechos y su improvisado sostén.

—Preciosos.

—Siempre hacen que me avergüence.

—Curioso… Para mí es una delicia poder contemplarlos —tomó uno de ellos en su mano y retiró el sostén para que nada se interpusiera entre su mano y la piel. Apenas se distinguían ya las marcas de sus heridas—. Lo que hiciste con ellos fue una crueldad. No vuelvas a hacerlo.

—Son mis pechos.

—Esta noche son míos.

La besó en la parte inferior de cada seno y fue subiendo por la curva hasta la areola.

El pezón le pinchó la mejilla. Hinchado y erguido, suplicando las caricias de su lengua. Sam lo lamió una, dos, tres veces, antes de metérselo en la boca y arrancarle un débil gemido a Isabella. Empezó a sorber suavemente, aumentando poco a poco la succión, hasta que ella se arqueó y lo agarró del pelo para tirar con fuerza.

Soltó el pezón y lo lamió una vez más antes de levantar la mirada. Ella lo estaba mirando con una expresión inquieta en sus grandes ojos marrones.

—¿Por casualidad hay algo que te preocupe?

Isabella se mordió el labio inferior.

—No quiero que pienses que no estoy impaciente.

Sam le retiró el sostén del otro pecho. El enorme fruto carnoso demandaba una atención inmediata, coronado por el pezón erecto como la guinda de un suculento pastel.

—Lo sé —dijo, agarrando la cintura de la falda.

—Necesito saber lo que pasará y lo que puedo hacer. No quiero quedarme quieta y pasiva.

A Sam le encantaría si se quedara quieta y pasiva, pero eso era imposible en Bella. Era un torbellino imparable que siempre buscaba el control, y si él quería que se relajara tendría que darle algo que hacer. No solo eso; tendría que parecer que se le había ocurrido a ella. De lo contrario, pensaría que lo estaba obligando a hacer algo que no quería.

—¿Lo dices en serio?

—Sí.

Sam la besó en el cuello de camino a su boca. Los

labios de Isabella se abrieron inmediatamente, pero él no se aprovechó de la invitación.

—No has acabado de desnudarte.

—¿No me he desnudado lo suficiente? —preguntó ella, sorprendida.

—Ni mucho menos.

Ella se agarró la cintura de la falda, pero él negó con la cabeza.

—Aquí no.

—¿Dónde?

—Junto al fuego.

Una sonrisa maliciosa curvó los labios de Isabella.

—¿Quieres que acabe lo que he empezado?

—Desde luego.

—¿Y después me harás jadear?

—Te haré gritar.

Isabella se levantó de un salto y se acercó al fuego, aferrándose las solapas de la camisa y mirándolo con una expresión escrutadora y desafiante.

—Estoy pensando, Sam... que quizá te haga jadear yo a ti primero.

Rodeó la hoguera, incitándolo a seguirla con el contoneo de sus caderas. Entonces se dio la vuelta y ladeó sensualmente la cabeza al tiempo que se introducía los dedos bajo el cuello de la camisa y se la retiraba del hombro. La manga se deslizó por su brazo mientras la parte frontal quedaba suspendida sobre su pecho, a un suspiro de revelar toda su hermosura.

Sam se echó el sombrero hacia atrás. Se le secó la garganta y su libido lo acució a ir hacia ella y apartarle la camisa por completo. El rostro de Isabella se iluminó de seguridad y sensualidad al ver su expresión.

—Parece que te gustan mis pechos...
—No —corrigió el—. Me encantan tus pechos.

Ella se tiró de la otra manga. La camisa volvió a quedar suspendida en el mismo lugar.

Pasaron varios segundos y la maldita prenda no caía.

—Duquesa, ¿crees que podrías respirar hondo?

Ella negó con la cabeza.

—Si quieres ver mis pechos, tendrás que enseñarme el tuyo.

—Podría verlos a la fuerza.

El gemido de Isabella le indicó lo mucho que la excitaba esa posibilidad.

—Pero no lo harás.

—¿No?

—No —le encantaba darle órdenes.

—¿Por qué no?

—Porque te gusta provocarme tanto como yo a ti.

Era cierto.

—Deberías saber que hay un precio por provocarme.

—Estaré encantada de pagarlo.

—Ni siquiera sabes cuál es el precio.

—No hace falta. Confío en ti.

El autocontrol de Sam pendía de un hilo. Se sacó la camisa de los pantalones y se puso en pie.

—No deberías.

Isabella dejó caer la blusa al suelo.

—Pero lo hago.

Capítulo 13

Sam solo necesitó dos segundos para llegar junto a ella. El cuerpo de Isabella se unió al suyo sin el menor murmullo de protesta, desprovisto de todo instinto de supervivencia.

La profundidad de su escote le hizo bajar la mirada. El peso de sus grandes pechos tiraba ligeramente de ellos hacia abajo, lo suficiente para que encajaran a la perfección en la palma de su mano.

Sam levantó la mano, ofreciéndole el apoyo prometido, y ella se giró entre sus brazos. Se llevó los dedos a los botones de la camisa y un rubor coloreó sus pómulos.

—¿Está bien que quiera verte desnudo?
—Mejor que bien.

Ella lo miró a través de sus espesas pestañas.

—¿Y si me desmayo?

Él se echó a reír y le acarició sus ruborizadas mejillas.

—Te prometo que te despertaré enseguida.

La risa de Isabella flotó entre ambos, envolviéndolos en el momento con más fuerza que la pasión.

—Gracias.

A Sam le encantaba reírse, pero en su vida había disfrutado de pocos momentos divertidos. Con Isabella, en cambio, la risa fluía del modo más natural posible.

Le deslizó la mano por la cintura, apretándola contra él, y llevó la boca hasta su oreja para lamerla con la punta de la lengua.

—Te deseo —le susurró, y sonrió para sí mismo cuando ella se estremeció.

Isabella se giró, cruzó los brazos al pecho y arqueó una ceja mientras retrocedía hacia el saco de dormir.

—¿Te parece que me estoy resistiendo?

Seguramente no se imaginaba cómo se le hinchaban los pechos por tener los brazos cruzados sobre ellos. Él, en cambio, no podía apartar los ojos de la tentación.

—¿Eso es un desafío? —le preguntó, siguiéndola.

Ella bajó la mirada a su boca, parpadeó, y siguió bajándola hasta su ingle. Los ojos se le abrieron como platos al ver el bulto de su erección.

—Porque te aseguro, Bella —repuso él, acercándose—, que puedo darte tanto placer como quieras, y tan salvaje como quieras.

Ella dio otro paso atrás. Casi había llegado al saco de dormir.

—Se te va toda la fuerza por la lengua —le dijo, aún mirándole la entrepierna.

—Por la boca —corrigió él—. Se dice «se te va toda la fuerza por la boca».

—Boca, lengua… ¿Qué más da?

Sam se acercó más, lo suficiente para ver las pulsaciones en el cuello de Bella.

—Pierde algo de gracia.

La miró a los ojos y dio el paso final. El paso que lo llevó hasta los fabulosos atributos de Bella.

—No me tienes miedo, ¿verdad? —preguntó Sam, posando su dedo índice en el cuello de Isabella.

Ella se lamió los labios, dejándolos mojados y temblorosos.

—No.

—Entonces, ¿por qué te retiras?

Ella dio un respingo y miró fugazmente por encima del hombro.

—Sabes que no te haré daño, Bella.

—Lo sé.

Entonces la levantó en sus brazos y se arrodilló en el saco de dormir. Se apoyó en los antebrazos y la miró con una sonrisa.

—¿Por qué estás nerviosa, entonces?

Bella colocó las manos sobre su pecho, pero sin acariciarlo ni presionarlo.

—Esta noche quiero ser lo que tú quieras que sea.

—Soy yo, Bella. Nada más.

—¿Y te parece poco?

Él le retiró un mechón de la boca.

—Puedes manejarme a tu antojo —le dijo, y ella volvió a recompensarlo con aquella sonrisa pícara y maliciosa.

—Sí… Creo que puedo hacerlo —murmuró, acariciándole los músculos con las palmas.

Sam le subió la falda e introdujo la mano por debajo. Le palpó la piel desnuda y fue subiendo hasta los suaves rizos del pubis. Le dio un pequeño tirón y vio cómo se le dilataban las pupilas y soltaba un sensual gemido. Se inclinó y atrapó el final del suspiro en su boca.

—Delicioso...

Isabella cerró los ojos y ofreció su boca a Sam, invitándolo a tomar cuanto quisiera. Él subió la mano hasta su mandíbula y la apretó, obligándola a mantener la boca abierta e indefensa. Entonces ella volvió a gemir y él la besó, entrelazando la lengua con la suya y saqueando sus profundidades al igual que su alma. Quería que se rindiera por completo a él. Y ella lo hizo con un grito inarticulado.

—Eso es, Bella. Muéstrame quién eres... enséñame lo que te hago sentir.

—Me haces sentir mucho.

El dulce aroma de su excitación femenina lo atraía poderosamente. Estaba húmeda. Hinchada. Impaciente.

—Vaya, vaya, duquesa... Parece que tu sexo tiene hambre.

—¿Y qué esperabas, después de estar cuatro días haciéndome la boca agua?

—No mucho, supongo —concedió él, riendo.

Le apretó el clítoris con el canto de la mano y lo frotó con suavidad.

—¡Sam!

—Aquí estoy.

Volvió a apretarla y ella agitó frenéticamente la cabeza de lado a lado.

—Hazlo otra vez.

—Aún no —si lo hacía de nuevo ella llegaría al orgasmo, y era demasiado pronto para eso.

El puño de Isabella impactó en su espalda.

—No puedo esperar.

—Lo harás.

Ella levantó las manos, pero volvió a posarlas en su hombro, abrasándolo a través de la camisa. Quería recibir todo su calor.

—Levanta —le ordenó, tirando de la cintura de la falda.

Ella obedeció y él le retiró la falda de las caderas. Los muslos de Isabella se abrieron ante él, con la humedad de sus rizos reflejando el resplandor de las llamas y los labios de su sexo ardiendo de expectación. Sin apartar la mirada de sus ojos, Sam le separó los labios y le introdujo dos dedos en la vagina. Ella tembló y se mordió los labios.

—Eres preciosa, Bella.

—Tú también.

—Los hombres no son preciosos.

—Tú sí —dijo ella, con voz ronca y apasionada.

Sam descargó el peso en su antebrazo y profundizó aún más con los dedos, viendo cómo la carne rosada engullía el primer nudillo. Se detuvo cuando ella jadeó y se tensó.

—Tranquila.

—Soy demasiado pequeña —se quejó ella.

—No, simplemente eres nueva en esto —el clítoris apuntaba directamente hacia él, implorando sus atenciones, y su olor lo rodeaba como una fragancia primaveral.

Sam no podía esperar para liberar aquel caudal de pasión contenida. La deseaba sin que nada se interpusiera entre ellos. Ni el pasado, ni el futuro, ni los temores o expectativas de nadie. La deseaba como ella era, pletórica de optimismo y esperanza. Deseaba que recordara aquella noche con una sonrisa.

Le tocó el clítoris con la lengua, apenas un leve susurro sobre la punta hinchada. Lo suficiente para avivar el fuego que ardía en su interior. El chillido de Isabella resonó en la noche.

Sam le sujetó las caderas con el brazo y se colocó entre sus muslos.

—Voy a devorarte, Bella...
—Me volveré loca si lo haces.
—No... —se colocó el tobillo derecho sobre su hombro y repitió la operación con el izquierdo—. Vas a disfrutar con lo que te haga, pero no llegarás hasta el final. No hasta que yo te dé permiso.
—¿Quién eres tú para darme permiso?
—Tu amante.

Su declaración quedó suspendida entre ellos. Sam comprobó su disposición con los dedos y empezó a lamerle el clítoris sin dejar de mirarla a los ojos. Ella dio una sacudida y metió la mano entre su vulva y la boca de Sam, pero él la sujetó por la muñeca y deslizó el pulgar entre el sexo y su mano.

—Confía en mí, Bella.

Por un segundo pareció dudar, pero entonces le permitió envolver su mano con la suya y entrelazar sus dedos a la par que crecía su confianza con el deseo.

Sam sonrió y le pellizcó el clítoris, sujetándoselo mientras una ola de intenso placer recorría los músculos de Isabella y una capa de sudor le cubría la piel.

—Dime lo que deseas.

El rubor de sus mejillas se intensificó. Tal vez la estuviera presionando demasiado, pero entonces ella se apartó el pelo de los ojos y aceptó el desafío.

—Deseo tu... polla dentro de mí. Por favor, Sam.

Podía darle lo que pedía. Le lamió una vez más el clítoris y sacó los dedos para posicionarse entre sus muslos. Su sombra le cubrió el rostro, bloqueando la luz de sus ojos.

—Rodéame el cuello con los brazos y agárrate con fuerza.

Ella obedeció sin dudarlo, confiando completamente en él. Sam apretó los dientes para refrenar el impulso de penetrarla mientras ella se apartaba la falda, y el esfuerzo a punto estuvo de acabar con él. Pero, finalmente, estuvieron pegados, piel contra piel, y una oleada de emoción lo barrió por entero. Toda su vida había rechazado aquella sensación, pero ahora iba a permitírsela por una sola noche. Una sola noche antes de que Bella siguiera adelante con su vida.

—Por favor, Sam.

Fue aquel segundo ruego lo que acabó por desarmarlo. Isabella rara vez le pedía las cosas por favor, y aquella súplica le recordaba que, a pesar de todo su coraje y sinceridad, se sentía insegura. Pero él no quería que le suplicara. Quería que se dejara dominar por un deseo salvaje y desenfrenado.

—Puedes decirme lo que quieres de mí, Bella. No lo pidas. Dímelo.

«Quiero que me quieras».

Isabella se quedó helada.

Santo Dios... ¿Lo había dicho en voz alta? No

había sido su intención. Ni siquiera se había percatado de que aquella absurda esperanza seguía latente en su interior.

Sam seguía mirándola, despidiendo llamas de pasión por sus ojos azules. Esperando una respuesta.

Cerró los ojos y suspiró de alivio. Solo había pronunciado las palabras en su cabeza.

—Hazme sentir bien. Mejor de lo que nunca me haya sentido.

Él se echó a reír y descendió por su cuello y su clavícula, prodigándole un reguero de besos cada cual más ardiente. Isabella jadeó cuando sus labios llegaron al valle de sus pechos, a su estómago, al pubis...

Los ojos de Sam se clavaron en los suyos mientras su lengua le rodeaba el clítoris. Una llamarada le recorrió todo el cuerpo y la dejó sin respiración. Apretó los músculos y empujó las caderas hacia arriba, aumentando la presión contra la boca de Sam. Jadeó sin aliento cuando él atacó con su lengua implacable, y se arqueó para ofrecerle hasta el último temblor de su cuerpo.

Lo necesitaba desesperadamente. Él podía pensar que sería feliz con otro hombre, pero se equivocaba. Sam era lo que siempre había buscado. Era su redentor. Su salvación. Su única esperanza.

Las delicias de su lengua eran incomparables y la marcaban con su fuego particular. Era de Sam. A él le pertenecía y a nadie más. Su útero se tensó cuando los dedos de Sam le separaron las rígidas paredes de su sexo. Se aferró a aquella sensación con todas sus fuerzas, deseando que no acabara nunca.

El murmullo de satisfacción que emitió Sam avivó aún más su deseo.

—¿Sam?

Necesitaba el orgasmo, necesitaba explotar, pero justo cuando llegó al límite, justo cuando estaba a punto de deshacerse en mil pedazos, él se retiró y la besó con delicadeza en su sexo, privándola del empujón final hacia el clímax.

—¿Qué?

—Voy a matarte.

Su risa ronca fue un incentivo más para querer cumplir la amenaza.

—No, no lo creo —una última y prolongada pasada de su lengua y de nuevo estuvo subiendo por su cuerpo, como si tuvieran todo el tiempo del mundo—. Vas a correrte para mí. Alrededor de mi polla.

La besó con tanta fuerza en el cuello que le hizo sentir sus dientes. Otro estremecimiento la recorrió, un segundo antes de que él la cubriera con su cuerpo, protegiéndola de la realidad.

—Como he estado soñando hasta ahora —concluyó con un gruñido de anticipación.

Las mantas crujieron junto a la cabeza de Isabella mientras él colocaba el peso sobre el brazo para quitarse las botas y los pantalones. Unas sombras familiares oscurecieron la pasión que ardía en sus ojos. Isabella las conocía muy bien porque eran las mismas sombras que ella arrastraba, y le reconfortó saber que a él también lo acosaban recuerdos dolorosos.

—Si esta noche sueñas conmigo... —le puso una mano sobre el hombro y le acarició una vieja cicatriz con el pulgar. Tenía demasiadas heridas. Demasiadas cicatrices. Y las más recientes eran por haberla defendido a ella—, serás feliz.

—Tú eres la que va a ser muy feliz esta noche —respondió él.

Ella le sonrió.

—En ese caso, tienes que hacerme jadear.

—Oh, desde luego que te haré jadear, pero... —la besó con dureza en los labios—, no hasta que yo te lo diga.

Un estremecimiento le sacudió el cuerpo y el alma. Por mucho que intentara reprimir su naturaleza, no podía cambiarla. Y cuando Sam se hacía cargo de ella, solo tenía goce y alegría para ofrecerle.

El miembro de Sam se situó en la entrada de su sexo.

—¿Ese pequeño temblor significa que estás de acuerdo? —quiso saber él.

Ella ahogó un gemido al recibir la presión y le puso la otra mano sobre el pecho.

—Sí.

—Me esforzaré al máximo para no hacerte daño, Bella —le prometió.

Ella parpadeó y entonces se dio cuenta de que lo estaba empujando, intentando apartarlo a pesar de que la confianza manaba a borbotones de su sexo. Respiró hondo y el pelo de Sam le acarició la mejilla, seguido por sus labios.

—¿Quieres que pare?

El tono de su voz le dijo cuánto le costaría detenerse en ese momento. E Isabella también supo por qué lo haría. Sam nunca le hacía daño a la gente que le importaba.

—No —respondió, negando con la cabeza—. Quiero saber lo que se siente al tener tu cuerpo dentro del mío.

Un espasmo sacudió las caderas de Sam.

—Maldita sea, Bella. No puedes decirme esas cosas cuando estoy intentando hacerlo fácil.

Ella se arqueó un poco, preparándose para aceptar a Sam en su interior.

—Tal vez no pueda ser fácil.

Vio cómo él tragaba saliva, luchando contra su propio deseo. Pero cuando abrió la boca para decir algo más, Sam la acalló con un beso.

—Sé que estás preocupada, y que tus preocupaciones te están refrenando. ¿Por qué no me las dejas a mí para que yo me haga cargo de ellas por esta noche?

—¿Qué preocupaciones? —le preguntó ella.

Él sonrió y le acarició la boca con el dedo.

—Tus pechos no son desproporcionados, tu naturaleza no es descabellada y tu sentido del humor no es ridículo en absoluto —le tocó la mejilla en un gesto tan protector y posesivo como la luz que brillaba en sus ojos—. Eres perfecta, Bella. Eres dulce, generosa y valiente, y cualquier hombre al que le prestaras atención debería darle las gracias al Cielo por su buena suerte.

Ella suspiró y le rodeó las caderas con las piernas, un poco más tranquila, y Sam volvió a besarla con íntima suavidad, animándola a abrirse.

—Confía en mí, Bella. Solo necesitas confiar un poco —le deslizó las manos bajo la cabeza, a pesar de lo fuertemente agarrado que Isabella lo tenía por las muñecas, y la besó en los párpados cerrados. Soltó una mano de su agarre y le acarició la mejilla y los pechos, antes de colocársela en la cadera y tocarle el clítoris mientras la besaba en los labios. La presión de su verga se incrementó, y también la sensación de calor—. Un poco más.

—Creo que he cambiado de idea.

Sam apretó aún más su sexo y le pasó la lengua por los labios, avivando la pasión con los movimientos circulares de su dedo pulgar y llenándole la boca con su calor y su sabor. No le estaba exigiendo nada. Más bien parecía estar convenciéndola, jugando con su lengua como si no hubiera nada más urgente que aquel beso. Pero sí lo había, y la prueba de ello palpitaba medio metro más abajo.

—Sam...

—Shhh —susurró él. Su cálido aliento le acarició la mejilla y una mezcla de placer y dolor le hizo encoger el cuello. La risa de Sam le provocó un estremecimiento por la espalda, y el tacto de su lengua le provocó otro más, obligándola a apretar su sexo contra el pene—. Relájate y déjame entrar, duquesa.

El cariñoso apelativo alivió un poco sus miedos. La boca de Sam se movió sobre su cuello, mordisqueando, besando, lamiendo, y su pene empezó a penetrarla. El placer se elevó en una ola de éxtasis que sofocó el dolor, e inconscientemente levantó las caderas.

—No. No te muevas. Déjame hacerlo a mí, despacio y suave.

Una embestida más y algo en el interior de Isabella cedió con una llamarada de dolor. Gritó y lo empujó en los hombros, pero él no se retiró y la sujetó mientras ella luchaba por asimilar la realidad. Había aceptado a Sam en su cuerpo. Ya no era virgen. No había vuelta atrás.

Le clavó las uñas en los hombros y levantó las caderas. Necesitaba convencerse de que era cierto.

—Gracias.

Él le dio un beso extremadamente suave en los labios.

—No me des las gracias todavía. Es demasiado pronto.

—No me importa.

—A mí sí —su pene se flexionó en el interior de Isabella y ella apretó los músculos para mitigar el dolor—. No, no tenses tu cuerpo —le ordenó con una voz profunda y sensual.

—Eres parte de mí.

—Sí —empujó con las caderas y su enorme pene la penetró hasta una profundidad que parecía imposible—. Relájate. Puedes aceptarlo todo.

Isabella no pensaba lo mismo. Era demasiado pequeña y él era demasiado grande. Pero no podía rechazarlo. Su cuerpo, su corazón y su alma lo pedían a gritos.

El roce de sus dedos en el clítoris hizo que el deseo superase cualquier otra sensación.

—Eso es —murmuró él, avanzando de manera imparable—. Siente el placer —su pene alcanzó un punto que desató una nueva oleada de deseo—. Pon las manos detrás de la cabeza y entrelaza tus dedos.

Ella obedeció, aunque tuvo que desenredar las manos de sus cabellos para hacerlo.

—Ahora dame tus pechos.

La orden hizo que se le acelerase aún más la respiración. Echó los hombros hacia atrás y arqueó la espalda para ofrecerle sus frutos carnosos y turgentes.

—Quédate así.

La postura casi le resultaba dolorosa, pero la siguiente embestida de Sam le provocó una descarga de placer para la que no estaba preparada. Una sensación increíble que se propagó en espiral desde el centro de su ser mientras Sam se retiraba para volver a empujar. Una parte de ella quería que lo hiciera con dulzura, pero otra imploraba que la penetrase de un modo salvaje. Puso la espalda rígida y acercó los pechos a la boca de Sam. El movimiento hizo que el clítoris entrase en contacto con su pene.

No sabía qué la excitaba más, si la sensación de estar colmada por su durísimo miembro o la expresión de Sam mientras contemplaba sus pechos. Se le escapó un gemido involuntario y todo su cuerpo se abrió para entregarse a él.

—Sí...

El murmullo de aprobación de Sam selló su rendición definitiva. Consiguió resistir el primer impulso, pero el segundo le hizo apretar los músculos internos, exprimiendo el miembro de Sam con todas sus fuerzas.

—Hazlo otra vez y habremos acabado mucho antes de lo que pensaba —le advirtió él.

A Isabella le encantó el sonido de aquella amenaza y le sonrió a Sam, que entornó los ojos y maldijo en voz baja antes de cerrarlos por completo y empujar hasta el fondo.

El placer era demasiado intenso. El vello púbico de Sam le rozaba el clítoris, avivando las llamas con cada acometida. La tensión aumentó hasta límites insostenibles. Cada centímetro que Sam avanzaba era una victoria de la perseverancia sobre la resistencia. El mundo de Isabella se disolvió a su alrededor, y solo fue consciente del pene de Sam en su vagina y del ferviente placer con que la poseía. Era algo increíble. Maravilloso.

Empezó a sollozar sin poder controlarse. Estaba a punto de llegar a la cúspide del placer absoluto. Sam pareció intuirlo y le dio una fuerte palmada en las caderas. La mordedura de sus dedos deshizo aún más sus fragmentados nervios.

—Vamos, duquesa... Córrete para mí.

«Para mí». Aquellas palabras se repitieron una y otra vez en su cabeza, más y más alto. Sí, quería correrse. Para ella. Para él. Especialmente para él. Clavó la mirada en su rostro y se desprendió de todos sus temores e inquietudes. Arqueó aún más la espalda, desafiante, animándolo en silencio a que la llevara aún más alto, y añadió una súplica cuando él redujo el ritmo.

—Más rápido.

—Tenemos mucho tiempo.

Ella sacudió la cabeza. El rostro de Sam se tornó borroso ante sus ojos.

—Ahora... —lo necesitaba ya, antes de que pudiera pensar en otro final posible.

Lo estrujó con sus músculos internos cuando él intentó retirarse, y jadeó de alivio cuando volvió a embestirla con fuerza. Sintió cómo él también perdía el control.

—Bella...

Ignoró el murmullo de advertencia y volvió a estrujarlo una y otra vez, hasta que Sam estuvo cubierto de sudor y un gruñido feroz escapó de su garganta.

Ella también gruñó y se aupó para morderlo con

fuerza en el pectoral izquierdo. El sabor salado de su piel se propagó por su lengua.

Él siguiente gruñido de Sam fue tan furioso como su expresión y aumentó las embestidas a un ritmo salvaje, como si quisiera dejarle una marca permanente.

Y ella quería que la marcara. Se aferró a esa fantasía y se imaginó las posibilidades mientras sus caderas seguían el ritmo endiablado de Sam.

—Córrete para mí —repitió él con una fuerte arremetida.

No había nada que Isabella deseara más y se tensó al máximo, en busca del elusivo orgasmo. Sam le apretó el clítoris con el dedo, se lo pellizcó con fuerza y aquello hizo el resto. Una terrible explosión hizo añicos la poca resistencia que le quedaba y le hizo traspasar la última frontera invisible.

Gritó el nombre de Sam y oyó cómo él también gritaba. Sintió sus brazos alrededor de ella, sujetándola con fuerza mientras la corriente de placer seguía desbordándola. Una embestida, otra más, y con un grito ronco Sam se estremeció violentamente y se lanzó con ella al orgasmo.

Pero entonces se retiró rápidamente, descargó su pesada verga sobre el vientre de Bella y derramó el torrente líquido en su piel. Su semilla. Ella se arqueó bajo el siguiente chorro, y jadeó con el tercero mientras él le mordía el cuello. Se abrazó a él con todas sus fuerzas, alargando el placer lo más posible hasta que los espasmos cesaron y el pecho de Sam se relajó.

Sam la besó suavemente por todo el rostro y le puso una mano en el pecho, aliviando los restos de deseo que aún vibraban en su interior.

—¿Estás bien? —le preguntó, mirándola intensamente a los ojos.

—Muy bien.

—Estás jadeando.

Cierto, estaba jadeando. Lo besó en el pecho y sonrió.

—Apuesto a que no puedes conseguirlo de nuevo.

Capítulo 14

El ataque se produjo antes del alba. El gruñido de Kell despertó a Sam de un sueño profundo. Rápidamente empujó a Isabella y se apartó, recibiendo la cuchillada en el hombro en vez de en el pecho. El dolor le recorrió el brazo, pero lo sofocó con un arrebato de ira despiadada.

Se giró y consiguió bloquear el siguiente golpe. Agarró el brazo del agresor y tiró de él hacia abajo, usando el peso del hombre para derribarlo. Kell se lanzó a su yugular, y mientras el perro remataba el trabajo, Sam agarró la pistolera, sacó el revólver y disparó al movimiento que se percibía en las sombras, a unos metros de distancia. Se oyó el impacto de la bala en la carne y la sombra cayó al suelo. Sam se levantó de un salto y miró a su lado. Isabella estaba donde él la había empujado, con los ojos muy abiertos y aferrando la manta contra sus pechos.

—Vigílala, Kell.

El perro se acercó inmediatamente a Bella y se quedó junto a ella. Sam asintió, pero en ese momento vio otra sombra moviéndose al otro lado del fuego. Agarró a Bella del brazo y la empujó hacia el tronco caído que le había servido de asiento la noche anterior.

—Tírate al suelo y no te muevas.

Necesitaba tenerla localizada. A esa hora apenas se veía nada, y no quería dispararle a la sombra equivocada. Oyó el crujido de unas ramitas y el roce de unas botas contra la roca. Los asaltantes estaban tomando posiciones.

Se agachó en la sombra de la pared rocosa y apuntó lejos del escondite de Bella. Kell gimió y Sam lo hizo retroceder con un gesto. Había al menos tres hombres acechando en la oscuridad. Podían ocultarse entre los árboles, pero tendrían que salir al claro para atacar. Una de las razones por las que Sam había elegido aquel sitio para acampar era por la pared rocosa a sus espaldas y el empinado repecho por delante, lo que le confería cierta ventaja.

Una bala pasó silbando sobre su cabeza e impactó en la roca. Algunas astillas se le clavaron en la mejilla, justo debajo del ojo. Disparó en la dirección del fogonazo, sabiendo que no acertaría, y se desplazó a lo largo de la pared siguiendo los ruidos de los hombres. El hecho de que solo le hubieran disparado a él era muy revelador. Querían a Bella. Algo que él no estaba dispuesto a consentir.

El final de la pared era una pequeña hendidura entre la roca y la espesura del bosque. Se deslizó en las sombras sin hacer ruido, con todos sus sentidos en alerta. Sentía la proximidad de alguien. Se pegó a un árbol y se abrochó la pistolera a la cintura. Sacó las balas de la cartuchera y cargó silenciosamente el arma.

Su atacante no tomaba tantas precauciones como él. Una ramita crujió a medio metro de distancia, seguido por el susurro de un arbusto. Quienquiera que fuera, estaba al otro lado del tronco. Sam llevó la mano hasta el cuchillo, pero no estaba en su funda. Maldición... Solo una persona podía habérselo quitado. Bella.

«No viviré con la huella de sus manos en mi piel».

Una peste a sudor lo alcanzó antes de oír un roce en la corteza del árbol. Sonrió. El proscrito estaba siendo muy amable al ponérselo tan fácil. Sin hacer ruido, rodeó el tronco.

Un hombre vestido de negro saltó hacia atrás.

—¡Hijo de p...! —no llegó a acabar la frase, porque Sam lo derribó con un fuerte puñetazo en la tráquea. La empuñadura de un cuchillo asomó por la cintura de sus pantalones. Perfecto. Sam le inmovilizó los brazos con las rodillas, le tapó la boca con la mano y le quitó el cuchillo.

—¿Lo tienes, Ricco? —preguntó una voz al otro lado del claro.

Sam miró al hombre y le pegó la hoja del cuchillo a la garganta.

—Diles que sí. Nada más.

El hombre tragó saliva y Sam presionó la hoja en la carne hasta hacerlo sangrar.

—¡Sí! —gritó el hombre.

—Bien. Entonces ven a ayudarnos con esta.

—Ya está desnuda y lista —dijo otro.

Sam apretó la mano contra la boca del hombre y descargó toda su ira en la mirada.

—Bella es de los Ocho del Infierno.

El rostro del hombre se contrajo en una mueca de terror.

—Aún más... —rugió Sam—. Es mía.

La sangre le salpicó la mejilla cuando hundió el cuchillo en la garganta del hombre, acabando con su vida en cuestión de segundos. Aquel hombre había ido a por Bella, no con intención de matarla, pero sí para condenarla a una existencia peor que la muerte. Solo por eso merecía una muerte lenta y dolorosa. Limpió el cuchillo con la camisa del hombre, irritado por haberlo matado tan rápido.

Se levantó y metió el cuchillo en su funda, antes de volver a fundirse con las sombras. Rodeó el claro rápida y silenciosamente hasta la posición de Bella, con su determinación creciendo a cada paso. Ninguno de esos cerdos la tocaría. Jamás. Cuando acabara con ellos llevaría a Bella a casa, y luego se ocuparía de Tejala.

El débil gruñido de Kell lo llevó hasta el borde del claro. La tenue luz de la aurora le permitió distinguir a los otros dos hombres, flanqueando a Bella. Estaba de pie y desnuda detrás del árbol caído, con la espalda contra la pared, la cabeza alta y el cuchillo en la mano. Kell estaba delante de ella, con la cabeza agachada y enseñando los colmillos. Lo único que impedía a los hombres disparar al perro era que podían errar el tiro y alcanzar a Bella.

No había tiempo que perder. Sam salió al claro con las pistolas preparadas, y el grito de guerra de los Ocho del Infierno rompió el silencio de la mañana. Los dos hombres se giraron. El primer disparo alcanzó de lleno su objetivo. El hombre de la izquierda se retorció y cayó de costado. El de la derecha levantó el arma, pero apuntó a Bella en vez de a Sam.

—¡Atácalo, Kell!

El perro se lanzó al ataque y sus poderosas fauces se clavaron en el brazo del hombre. Este chilló de dolor y abrió fuego. Isabella gritó y cayó.

—¡Bella!

No hubo respuesta. Kell aulló y aferró a su presa. El forajido se revolvió e intentó agarrar la pistola con su mano ilesa. Kell se revolvió con él, lo que impedía disparar a Sam, y entonces el hombre consiguió apuntar al costado del perro.

—¡Al suelo, Kell! —gritó Sam.

Pero el perro no lo escuchó, o no quiso escucharlo. Siguió gruñendo y zarandeando el brazo del hombre, sin saber que era una blanco fácil.

Sam se movió a un lado. No podía disparar al bandido sin arriesgarse a matar al maldito perro. A ese paso tendría suerte si no acababan todos muertos.

Entonces consiguió apuntar al hombre y apretó el gatillo, pero en ese instante Isabella apareció en la trayectoria del disparo, arrojándose hacia el hombre con un grito salvaje.

Sam levantó el brazo justo a tiempo y la bala se perdió en el aire, pero las náuseas por haber estado a punto de dispararle a Isabella no desaparecieron tan fácilmente.

—Maldita sea, Bella. ¡Aléjate!

Ella no respondió. El forajido se tambaleó hacia atrás por el peso de la mujer y el perro. Isabella levantó la mano y el acero destelló en la penumbra.

Se oyó un disparo y Kell cayó al suelo, con sus ladridos repentinamente silenciados. El hombre también cayó y tiró a Isabella con él, atrapándola bajo su cuerpo. Un charco de sangre se formó debajo de ellos.

—¡Bella!

Durante unos angustiosos segundos fue incapaz de respirar. Apartó al hombre y se encontró con el rostro de Isabella, manchada de sangre y mirándolo con sus grandes ojos marrones. Estaba viva.

—¡Maldita seas, Bella! Te dije que te apartaras.

La boca de Bella se movió, sin pronunciar palabra, y sus ojos se llenaron de lágrimas.

—Ni se te ocurra llorar —le advirtió él—. Estoy muy enfadado contigo.

—¡No me digas lo que tengo que hacer! —gritó ella, mirándolo furiosa e intentando contener las lágrimas.

—¿Estás herida? —le preguntó él, tendiéndole la mano. Su hermosa piel estaba obscenamente cubierta de sangre. En cuanto pudiera, le daría un baño.

—No —se apartó del cuerpo del hombre y se dobló para ver a Kell. Sam siguió la dirección de su mirada. El perro yacía inmóvil en el suelo—. ¡Dios mío, Kell!

Sam la agarró por el hombro.

—Déjame ver —le dijo, aunque no había nada que pudiera hacer. El perro ya debía de estar muerto o agonizando, pero no quería que Bella lo viera.

Ella se soltó de su agarre y se inclinó sobre el animal, enterrando las manos en su pelaje ensangrentado y susurrándole palabras en español mientras buscaba la herida. Gritó de espanto al encontrarla y siguió buscando. Y volvió a gritar al encontrar la siguiente.

Sam se acercó al perro. Aún seguía vivo, y su mirada reflejaba el dolor, la lealtad y la súplica silenciosa. A Sam se le formó un nudo en la garganta. No era médico y no podía hacer nada. Intentó apartar el dolor, igual que hacía con todas sus emociones, y pronunció las palabras que el perro necesitaba oír.

—Lo has hecho muy bien, Kell.

Kell meneó débilmente el rabo. Había reconocido la despedida en la voz de su amo. Y también Isabella.

—No le digas adiós —sollozó ella.

—Está gravemente herido, Bella.

—Ayúdalo.

Sam haría lo que fuera por salvar al perro, pero era inútil. Siempre ocurría lo mismo con sus seres queridos.

—No soy médico, Bella. Lo único que sé hacer es matar.

Se giró sobre sus talones y fue al saco de dormir a por su rifle. Podía sentir la mirada de Bella fija en él. Al girarse de nuevo vio que seguía arrodillada junto al perro, mirándolo. Era demasiado joven y vulnerable. Agarró la manta y se la llevó. Ella no dijo nada; se limitó a mirarlo con una mezcla de incredulidad y furia mientras él le echaba la manta sobre los hombros.

—¿Adónde vas?

—Tengo que asegurarme de que no hay más bandidos.

—Muy bien —dijo ella, asintiendo—. Vete. Estaremos muy bien sin ti.

Sam estuvo a punto de perder los nervios. ¿Acaso creía ella que era fácil para él?

—Un día de estos, pequeña, voy a tener que enseñarte quién lleva los pantalones aquí.

Tal vez a Isabella le quedaba un resto de cordura, o tal vez Sam ofrecía una imagen realmente peligrosa, porque no dijo nada más. Él se dio la vuelta y se alejó, antes de hacer algo de lo que ambos acabaran arrepintiéndose.

Como estrecharla entre sus brazos y enseñarle lo que significaba realmente ser su mujer.

Isabella se aferró a la manta y lo vio alejarse, tan seguro de sí mismo como siempre.

«Pequeña».

Tenía razón en llamarla así. Se había comportado como una cría egoísta y desconsiderada. Sam quería a Kell tanto o más que ella, aunque no lo demostrara. Su cuerpo y su alma estaban llenos de cicatrices, pero albergaba sentimientos muy profundos. Era un hombre bueno y valiente, dispuesto a sacrificarse por los demás.

Kell gimió y le lamió la mano.

—No te preocupes, amigo. Vamos a curarte, y luego... —se encogió de hombros y sonrió—. Luego le daremos una lección a Sam.

Kell volvió a gemir.

—Lo sé, no será fácil. Pero merece la pena intentarlo —le dio una palmadita en la cabeza—. Para curarte tenemos que ponernos en marcha, y para eso tengo que prepararme. No puedo dejar que Sam haga todo el trabajo, ¿no crees? —Kell meneó la cola

Placer salvaje

y ella tuvo que reprimir las lágrimas al ver la sangre—. Tranquilo. No voy a dejar que mueras —se lo debía por haberle salvado la vida... y porque no podía permitir que Sam sufriera otra pérdida.

Miró el cuerpo del hombre al que había matado. Ya no parecía tan malvado, y ella debería sentir remordimientos. Su alma estaba en peligro. Pero no se sentía culpable. Aquel hombre había intentado matar a sus seres queridos. Lo perdonaría porque así se lo exigía Dios, pero nunca lamentaría haber frustrado su intento.

El perdón, sin embargo, no iba a ayudarla en esos momentos. Necesitaba el cuchillo que le había clavado al bandido en el cuello. Agarró el mango y se le revolvió el estómago. Kell gimió. Isabella se mordió el labio y se obligó a sofocar las náuseas. Sam no dudaría en hacerlo. Haría lo que tuviera que hacer. Y ella también.

La hoja rechinó contra el hueso e Isabella sintió la vibración por todo el brazo. Era más de lo que podía soportar, y en cuanto sacó el cuchillo se dio la vuelta y vomitó. Después, agarró un palo del montón de leña y removió las brasas. Encontró algunas ascuas encendidas y las prendió con unos cuantos soplidos y unos manojos de hierba, añadiendo algunas ramitas y varios palos.

Su impaciencia crecía mucho más deprisa que el fuego. Kell se estaba desangrando. Finalmente las llamas se elevaron lo suficiente para prender los troncos que quedaban de la noche anterior. Isabella miró al cielo y agarró sus enaguas del montón de ropa.

—Lo dejo en tus manos... Haz que arda.
—¿También le das órdenes a Dios?

Sam. Había vuelto, y lucía aquella sonrisa con la que ocultaba sus verdaderos sentimientos. Isabella suspiró. Su tarea iba a ser más dura de lo que pensaba.

—Jamás se me ocurriría decirle a Dios lo que tiene que hacer.

—¿De dónde has sacado eso? —le preguntó él, mirando el cuchillo que tenía en la mano.

—De él —respondió, señalando el cadáver.

—Por Dios, Bella —un destello de culpa brilló fugazmente en sus ojos.

—Era necesario.

—Una mujer no puede hacer esas cosas.

—Son las cosas que tu mujer necesita hacer.

—Tú no eres mi mujer.

Ella puso una mueca.

—Estás empezando a hartarme con las tonterías de siempre —le mantuvo la mirada mientras se acercaba a él, hasta que sus pechos le rozaron el torso desnudo a través de la manta. Agarró el cuchillo y las enaguas con una mano y le deslizó la otra sobre su hombro sano, rodeándole la nuca y tirando de su cabeza hacia ella—. Lo siento, Sam —le susurró cuando su boca estuvo a un suspiro de la suya—. No siempre pienso antes de hablar, y a veces no digo lo que realmente quiero decir.

—¿Como qué?

«Como que te quiero».

No podía decírselo en esos momentos. Empezaba a entender a Sam, y una declaración semejante no le haría ningún bien.

—Tenemos cosas que hacer —le dijo en vez de responderle.

—Lo sé —murmuró él, mirando a Kell—. Yo me ocuparé.

Isabella se cubrió con la manta mientras Sam se acercaba al perro y se agachaba a su lado. No oyó lo que le decía, pero supo que eran palabras de afecto. Colocó el cuchillo sobre el fuego y vio cómo la hoja se ponía candente. Una buena señal.

—Gracias —dijo, elevando la vista al cielo.

Miró entonces a Sam, que seguía hablándole a Kell con los brazos sobre las rodillas. Sus dedos apretados delataban su angustia, por más que quisiera ocultarla.

Isabella agarró las enaguas y calculó el trozo que debía rasgar para hacer un vendaje. Mientras tanto, Sam acarició el hombro del perro y le agarró el pelaje del cuello. Kell soltó un gemido lastimero y le lamió la muñeca, y Sam le sujetó la cabeza para que no se golpeara contra el suelo. Isabella sonrió. Era un buen hombre. Y sería un padre maravilloso. Atento, cariñoso, divertido...

Sam puso una mueca de dolor y se echó hacia atrás. Le dio unas palmaditas al perro y le puso una mano sobre los ojos mientras con la otra agarraba su pistolera. Por un segundo Isabella se quedó completamente aturdida. Sam pegó el extremo del cañón a la cabeza del perro y sus siguientes palabras llegaron claramente a los oídos de Isabella.

—Lo siento, chico.

—¡Alto! —gritó Isabella, poniéndose en pie.

—No mires, Bella.

—No lo hagas.

—Está sufriendo.

—Y tú también —espetó ella arrojándole las enaguas, que apenas volaron medio metro antes de caer al suelo—. Y no por eso te estoy apuntando con un arma a la cabeza.

Sam miró las enaguas, después a ella y finalmente al perro.

—Si alguna vez me veo en este estado, tienes mi permiso para hacerlo.

—¡Jamás! —exclamó ella. Se arrodilló a su lado y le arrebató el arma—. Yo nunca te abandonaré, Sam —Kell gimió y se movió ligeramente, inquieto por la furia que despedían las palabras de Isabella. Ella respiró hondo e intentó calmarse, pero no podía entender por qué Sam estaba haciendo algo así—. No es esto lo que tenemos que hacer.

—¿No?

¿Cómo podía estar tan ciego? Se cambió la pistola de mano y acarició al perro.

—No. Kell necesita toda nuestra ayuda, y vamos a dársela.

Sam le puso la mano sobre la suya, deteniendo sus caricias.

—Solo es un perro.

Ella giró la mano y entrelazó los dedos con los suyos, mirándolo fijamente a los ojos.

—Un perro al que queremos.

Sam sacudió la cabeza. La estaba mirando, pero no parecía verla.

—Al final morirá de todos modos, duquesa, y todo el sufrimiento habrá sido en vano.

—También es posible que viva. Tenemos que aferrarnos a esa esperanza.

Los labios de Sam se apretaron fuertemente mientras miraba al vacío.

—Si muere, te sentirás culpable. Créeme, una persona puede hacer sufrir mucho a otra solo por la necesidad egoísta de mantenerla con vida.

Otra pista del tormento que lo acosaba.

—¿Por quién luchaste tú, Sam? —le preguntó, apretándole los dedos. ¿Por quién había luchado y a quién había perdido?

—Fue hace mucho tiempo.

—Dímelo.

—No me des órdenes —espetó él, mirándola con dureza.

—No es una orden —replicó ella, reprimiendo una mueca de exasperación—. Y no me mires con esa cara —añadió antes de que él pudiera decir nada—. Vamos a salvar la vida a Kell.

—Eso dímelo después de haberlo sostenido mientras oyes sus aullidos de agonía.

Isabella tragó saliva. La imagen era del todo espeluznante.

—¿Por qué iba a aullar?

Era una pregunta estúpida, pero él la respondió de todos modos.

—Tengo que sacarle las balas —y por la expresión de sus ojos no creía que ella fuera capaz de soportarlo.

—Tienes mucho que aprender de mí, Sam MacGregor.

Capítulo 15

Sam observó a Isabella mientras cabalgaban, con Kell viajando en una improvisada litera que arrastraba el más dócil de los caballos de los forajidos.

Era una buena mujer, y podría casarse con cualquier hombre que deseara, fuera virgen o no. Un hombre de buena posición y que pudiera protegerla y darle todo lo que necesitara. Un hombre con quien nunca se viera en la situación de tener que extraer un cuchillo de un cadáver para sacar las balas de un perro herido.

El caballo de Isabella dio un pequeño traspié, haciendo que sus pechos se balancearan bajo la camisa. Aquel hombre, fuera quien fuera, aún no había aparecido. Bella estaba con él. Y Sam no era ningún santo.

—¿Bella? —la llamó, pero ella no se giró—. ¿Hasta cuándo vas a estar sin hablarme?

—Hasta que se me pase el enfado.

Llevaban cabalgando más de dos horas, y Sam nunca la había visto callada más de dos minutos.

—¿Y eso cuándo será?
—Te avisaré.

Sam soltó un profundo suspiro y la observó atentamente.

—Eres una mujer muy dura, Bella Montoya.
—¿Ya no soy «pequeña»?
—Ninguna niña pequeña podría estar en silencio tanto tiempo —repuso él con una sonrisa.
—Creía que me preferías callada.
—Cierto.
—¿Echas de menos mi charla?
—No saques conclusiones precipitadas.

Le pareció oír un bufido, pero era difícil saberlo, ya que Isabella no lo estaba mirando. Urgió a Breeze a avanzar más deprisa, y el caballo obedeció inmediatamente. Por desgracia, el caballo del forajido no estaba tan dispuesto a colaborar y a punto estuvo de tirar a Kell de la camilla. El perro protestó con un gemido.

—Tranquilo, chico.
—¿Le hablas al caballo o al perro? —le preguntó Bella.
—A cualquiera que me escuche —respondió, intentando controlar al caballo. Kell se revolvió en la camilla. El caballo de carga se asustó, y Sam se vio en apuros para impedir que se desbocara.

Oyó a Isabella chasquear con la lengua y tuvo un vistazo de sus pantorrillas cuando ella se acercó para canturrearle al caballo. El animal movió la cabeza, pero se calmó.

—Sea lo que sea lo que estés haciendo, no te pares.

Ella lo miró con una expresión desdeñosa y altanera.

—¿Es una orden?

A Sam le gustó que le espetara sus propias palabras, y su lado más lujurioso se deleitó con la promesa que lo esperaba en cuanto la relación volviera a su cauce.

—Todo desafío tiene un precio, duquesa.

—Solo preguntaba.

No, Isabella nunca se limitaba a preguntar sin más. Sam aprovechó la distracción del caballo de carga y lo hizo enfilar de nuevo hacia el camino.

—Deberías quedarte junto a Kell —le dijo a Isabella—. A su caballo parece gustarle el tuyo.

—Bueno —aceptó ella. Tendió la mano hacia las riendas, pero Sam las retuvo con la simple intención de irritarla. Se ponía adorable cuando se enfadaba.

—No sé… Se asusta fácilmente. Quizá no puedas sujetarlo.

—Le gusta mi caballo. No habrá ningún problema.

—¿Estás segura?

—¿También dudas de mí para esto?

—No eres una experta amazona.

—No hace falta mucha experiencia para guiar un caballo a un paso lento.

Sam fingió que lo pensaba, antes de entregarle las riendas.

—Despacio.

Ella agarró las riendas con un resoplido.

—No soy estúpida.

No. Era lista, sexy y, a pesar de su juventud, mujer de sobra para él. Isabella ató las riendas al arzón de la silla y acercó el caballo hasta que sus rodillas casi se tocaron.

—¿Quieres algo? —le preguntó él.

—Un beso.

Sam parpadeó. Isabella siempre conseguía sorprenderlo.

—No hay otra mujer en el mundo como tú, Bella.

—En ese caso, deberías apreciarme —dijo ella, extendiendo los brazos.

—Supongo que sí —se giró en la silla y le rodeó la cintura con un brazo, levantándola a medias de la silla antes de que ella se diera cuenta de sus intenciones—. ¿Qué tal así?

—¡Tu brazo!

—Está mejor cuando te tiene cerca —dijo él, y enganchó las riendas de Isabella en su propia silla. Bella se retorció en su regazo y le levantó el borde del vendaje para examinarle la herida. Sam no se lo impidió. Había pasado mucho tiempo desde que una mujer se preocupara por él.

—Deberías haberme dejado que te la cosiera.

—No había suficiente catgut para Kell y para mí. Y Kell lo necesitaba más que yo.

—Lo que te pasa es que no te gusta que te cosan.

Había dado en el clavo. Sam la apretó contra su pecho y ella se derritió entre sus brazos, entregándose sin reservas. Él le echó la cabeza hacia atrás y la besó con toda la pasión contenida, pero enseguida se retiró y le depositó los restos del beso en el labio inferior.

—No ha sido buena idea.

—Me gusta.

—No te gustaría por mucho tiempo —dijo él, apoyando la frente en la suya—. No puedo controlarme después de una pelea.

—No te entiendo.

—Estoy al límite.

Ella frunció el ceño y él suspiró.
—Te deseo, Bella.
—¿Ahora?
—Sí.
—¿Y a qué esperas?
Sam sacudió la cabeza. Isabella no sabía lo que le estaba ofreciendo.
—No sería tan delicado como anoche.
—Tal vez lo prefiera así —dijo ella, desabrochándole el botón superior de los pantalones.

Siguieron dos botones más, y el pene de Sam se presionó contra la tela en busca de Isabella. Ella le introdujo la mano, sin apartar la mirada de la suya, libre de toda duda e inseguridad, y Sam no intentó sofocar un gemido cuando la mano se cerró alrededor de su miembro, ni reprimió un estremecimiento cuando le pasó el pulgar por la punta.

Se desabrochó él mismo los botones restantes y levantó a Isabella. Ella gritó de pánico y se aferró a sus hombros, quedando los pechos a la altura de su boca.

—Pasa las piernas por encima —le dijo él, moviéndola un poco hacia la derecha.

—¿Es posible? —le preguntó ella. Parecía asustada, pero era evidente que le gustaba la idea. Le deslizó el muslo por encima del suyo y Sam le atrapó el pezón derecho con los dientes. Un gritito ahogado le dijo que había ejercido la presión ideal.

—Apártate la falda —le ordenó, pero ella subió las manos hasta su cabeza—. Ahora.

El estremecimiento que la sacudió confirmó sus sospechas. Por mucho que a Bella le gustase tener el control, estaba más que dispuesta a rendirse al placer.

—Despacio, preciosa —le advirtió—. No debemos asustar a los caballos.

Ella volvió a tirar.

—¡Se me ha enganchado el pie en la falda! —exclamó con voz quejumbrosa.

Sam nunca la había visto tan nerviosa por no poder cumplir sus órdenes. La sujetó por la cintura con un brazo y le cubrió la mano con la suya.

—Ya te tengo —centró las caderas de Isabella contra su torso y la bajó lentamente. Apenas había descendido tres centímetros cuando dio un respingo—. ¿Qué ocurre?

—Los botones.

Sam bajó la mirada. El sexo de Isabella estaba alineado con los botones de su camisa.

—¿Te duele? —le preguntó, pero ella se ruborizó y no contestó—. ¿Sí o no?

—No.

—Entonces disfruta del paseo —murmuró él, y la hizo descender un poco más. Su verga asomaba por la abertura de las enaguas, y la punta se introdujo lentamente en el húmedo sexo de Isabella. Ella se contrajo involuntariamente—. Despacio.

—Has dicho que no querías hacerlo despacio.

Tenía razón. Su intención era hacerlo del modo más salvaje posible y liberar toda la tensión en un arrebato frenético, como siempre hacía.

—Había olvidado lo deliciosa que eres —siguió bajándola lentamente, dejando que el peso de su cuerpo traspasara la resistencia inicial.

Ella echó la cabeza hacia atrás y se mordió el labio.

—¡Sam!

—Aprieta las rodillas contra mis muslos.

—¿Por qué?
—Para que puedas controlar los movimientos.
—¿Y qué harás tú?
—Esto —llevó el pulgar hasta su clítoris y lo masajeó en círculos—. ¿Alguna queja?

Ella negó enérgicamente con la cabeza, agitando su trenza, y abrió los ojos a tiempo de ver cómo se suavizaba la adusta expresión de Sam. Parecía estar encantado con lo que veía y sentía. Su pene palpitaba poderosamente entre los muslos de Bella, fundiéndola con su calor y su fuerza. Su tamaño era inmenso y parecía imposible que su cuerpo pudiera acogerlo por completo. Pero Sam le puso una mano en el hombro y empujó suavemente hacia abajo.

Isabella volvió a cerrar los ojos y empezó a absorber su longitud y grosor.

—Despacio, Bella —le recordó él, agarrándole las nalgas—. Con suavidad.

Pero a Sam no le gustaba hacerlo despacio y suave. Él mismo se lo había dejado claro, y si ella iba a llevarse algo de aquella aventura era la certeza de haberlo complacido al máximo. Sin remordimientos ni dudas. Tal vez en sus sueños lo hicieran con velas, champán y susurros de amor, pero la única realidad, lo único que podría recibir de Sam, era la dureza de sus embestidas. Todo lo demás quedaba fuera de su alcance.

Se obligó a sonreír y ajustó su cuerpo contra él. Sabía lo que a Sam le gustaba, y sabía que si le daba placer ella también lo recibiría. Lo único que tenía que hacer era superar la primera vez, acostumbrar su cuerpo y echar a volar.

—¿Cómo se llama lo que estamos haciendo? —le preguntó con voz entrecortada.

—Hacer el amor.
Ella negó con la cabeza y aceleró sus movimientos.
—¿Cuál es la palabra sucia?
Él dudó, y ella se inclinó hacia delante y le mordió el cuello mientras su miembro la iba penetrando centímetro a centímetro.
—Si me la dices, la repetiré para ti.
Sam tragó saliva y masculló una maldición. Ella le sorbió la carne del cuello y lo tentó con un movimiento de sus caderas.
—Dímela.
Él la agarró por el pelo y tiró de su cabeza hacia atrás.
—Follar... La palabra es «follar».
Sus ojos despedían un calor abrasador, pero ella lo hizo esperar. Se pasó la lengua por los labios y esperó a que él contuviera la respiración y la agarrara con fuerza. Entonces acercó la boca a su oreja y le mordió el lóbulo antes de susurrar.
—Fóllame, Sam. Hazme sentir tu fuerza. Demuéstrame cuánto me deseas...
—¡Joder!
Fue como si aquellas palabras hubieran desatado su lado más salvaje. Tiró de ella hacia abajo, con fuerza, penetrándola hasta el final con su enorme y durísima verga, colmándola con una sensación abrumadora, violenta y febril. Y lo único que podía hacer era aferrarse al delirio y recibir las poderosas y cada vez más profundas acometidas de Sam.
—Córrete conmigo, Bella.
Ella se mordió el labio hasta casi hacerlo sangrar, sintiendo cómo su respuesta a las embestidas era cada vez más intensa y frenética.

—Sam...

Breeze dio un pequeño brinco e Isabella ahogó un grito cuando el pene de Sam le rozó un punto concreto en las paredes internas de la vagina.

—¿Ahí? —gruñó él—. ¿Justo ahí?

Ella no lo sabía. No era consciente de nada más que el palpitante deseo que exigía una satisfacción inmediata. El pene de Sam le frotaba vigorosamente las terminaciones nerviosas, cada vez más hinchado y grueso, y el algodón de sus enaguas le rozaba el clítoris con cada empujón.

—Sam... no puedo más... —jadeó—. Córrete ya.

El cuerpo de Sam dio una sacudida y empezó a retirarse, pero ella apretó las piernas alrededor de sus caderas.

—En mí... Córrete dentro de mí.

Quería sentir su semilla, ardiente y sabrosa, en su interior. Por un momento pensó que iba a conseguirlo, pero él era mucho más fuerte y logró sacar su miembro.

—No, quiero que...

—Esto es lo que quieres.

Le agarró con fuerza el trasero y le separó los glúteos con los dedos, abriendo el orificio anal. Su falo se deslizó entre el líquido cremoso que brotaba del sexo de Isabella y la punta se situó en el agujero prohibido.

—Esto es lo que quieres, Bella —repitió—. Lo que ambos queremos.

El primer chorro de semen la aturdió como un golpe de calor. Se retorció ante la sensación desconocida e intentó apartarse, pero él la sujetó mientras la segunda oleada seguía a la primera.

—Aguanta. Déjame llenarte así, por lo menos...

Ella obedeció y confió ciegamente en él mientras enterraba el rostro en su cuello. Otra sacudida. Otro chorro de calor líquido. Otra fricción en el clítoris.

—Acéptame, Bella —la acució él, y ella pudo sentir cómo se abría ante la presión.

—Esto no está bien...

—Sí está bien, Bella. Déjame darte un poco más y ya lo verás.

Era demasiado para ella. Intentó apartarse otra vez, pero él no se lo permitió.

—Duele —se quejó mientras la punzada se hacía más aguda y penetrante.

—Shhh... No te resistas. Frota el clítoris contra mí y deja que ocurra.

Iba a ocurrir quisiera ella o no. El pene de Sam, embadurnado de flujo vaginal y de su propio semen, acabó ganando la batalla contra los músculos apretados de Isabella.

—Al principio te dolerá —le susurró al oído—. Hasta que esta parte de tu cuerpo haya perdido la virginidad. Respira y acéptalo. Despacio.

Ella no podía respirar, pero tampoco podía parar. Una parte de ella ansiaba recibirlo, pero otra parte se resistía.

—No puedes —el miedo la invadió a medida que la presión crecía.

—Sí puedes.

El dolor se hizo insoportable, pero también el placer. Un escozor incomparablemente erótico se propagó por su cuerpo, alcanzando los pezones y el clítoris e hinchándolos como guijarros incandescentes.

—Un poco más...

Casi habían alcanzado el punto de no retorno.
—¿Sam?
—¿Qué?
—Bésame. Bésame con todas tus fuerzas. De la forma más salvaje posible.

Él no dudó un instante y la besó con una voracidad insaciable, dejándola sin aliento, sin voluntad y sin el menor resto de temor.

—Dame tu culo, Bella —murmuró contra sus labios—. Vamos.

Ella aguantó la respiración y descendió al tiempo que Sam empujaba hacia arriba. La última barrera cedió y una plenitud imposible la llenó.

Se apretó contra Sam y él le puso una mano entre los omoplatos para apretarla aún más.

—Shhh… Relájate.
—Es demasiado.
—No —tenía las facciones tensas y apretadas. Con la otra mano le presionó el clítoris, provocándole una indescriptible sensación de dolor y placer—. Muévete.

Ella empezó a moverse, al principio muy despacio, hasta encontrar un ritmo adecuado. La sensación se hizo más intensa. El pene de Sam se hinchó. Necesitaba más. Su cabeza cayó hacia atrás y los ojos se le cerraron involuntariamente.

—Eso es… Sigue.

No tenía elección. Nunca había imaginado una experiencia más salvaje y decadente. Giró el rostro para inhalar el olor de Sam, le mordió el pecho, jadeó y se introdujo aún más su miembro. Los dedos de Sam le pellizcaron el clítoris, provocándole otra espiral de doloroso placer.

—Otra vez —gimió ella, meneando las caderas en un vano intento por llevarlo más adentro.

Él volvió a pellizcarla, pero no era suficiente.

—Tu polla... Necesito tu polla entera.

—Dios.

—Por favor.

Sam le dio otro pellizco, que ni mucho menos bastó para satisfacerla.

—Cuando estemos en una cama te follaré hasta el fondo. Pero ahora estás demasiado seca. Te destrozaría.

—Me da igual... —volvió a mover las caderas—. Por favor.

—¿Estás a punto de llegar?

—Sí.

Sam le frotó frenéticamente el clítoris, negándole cualquier otro tipo de placer.

—¿Quieres correrte, Bella? ¿Quieres correrte con mi polla en tu culo?

—Sí... Sí, por Dios.

Él le tiró del clítoris y movió las caderas con fuerza.

—Pues córrete.

Isabella sintió que estallaba en mil pedazos. Ahogó el grito contra el pecho de Sam, se contrajo al máximo y estrujó su verga con sus prietas nalgas para que la llenara con su rica y cálida leche.

—Eres mía —le murmuró él al oído.

Ella no intentó contradecirlo. Se desplomó contra su pecho mientras las últimas convulsiones del orgasmo llegaban hasta su alma.

—Siempre.

Capítulo 16

Isabella sintió que se convertía en el centro de atención en cuanto entraron en el pueblo. No era un pueblo perdido en mitad de la nada. Tenía establos, una casa de huéspedes y un *saloon*. Era un pueblo con expectativas de crecimiento, donde no todas las mujeres trabajaban en el *saloon*. Y la manera en que aquellas buenas mujeres la miraban la hizo ser sumamente consciente de la semilla de Sam entre sus piernas. ¿Acaso el pecado que había cometido con Sam la marcaba para que todos la vieran?

Levantó la cabeza y se encontró con la mirada de una mujer rubia y recatadamente vestida de gris que salía de la tienda. La mujer apartó rápidamente la mirada, y por primera vez desde que conoció a Sam, por primera vez desde que decidió lo que quería hacer, sintió vergüenza de sí misma.

—Mantén la cabeza bien alta, Bella. Es normal que la gente sospeche de los recién llegados.

Isabella miró a Sam. Por su expresión parecía dispuesto a romperle el cuello a cualquiera que la mirase con malos ojos.

—No me importa.

—Entonces, ¿por qué te has puesto colorada?

—¡Porque ahora sé lo que piensan cuando me miran!

—¿Y eso te molesta?

—No me gusta que me imaginen desnuda contigo.

El ala del sombrero le ocultaba los ojos, pero sus labios se curvaron en una sonrisa.

—No podías guardarte ese comentario para ti sola, ¿verdad?

—¿No crees que las mujeres lo están pensando?

—La verdad es que no.

Isabella asintió hacia la mujer con el sencillo vestido gris.

—Seguro que esa lo está imaginando.

—¿Tú crees? No parece el tipo de mujer que piense esas cosas.

—¿Y cuál es el tipo?

Sam señaló el *saloon*. Tres mujeres estaban apoyadas en la pared, tomando el sol. Llevaban vestidos de vivos colores que dejaban al descubierto la mitad de las piernas y la parte superior de sus pechos. Isabella volvió a ruborizarse. Incluso en su pequeño pueblo bajo la constante influencia de Tejala, las mujeres no se exhibían de aquella manera. Tal vez aquel pueblo no fuera tan civilizado como parecía.

—Creo que esas mujeres se están preguntando cuánto dinero llevas encima, más que imaginándose nuestros cuerpos desnudos.

—Puede que tengas razón —aceptó él—. Pero me cuesta creer que una mujer decente imagine cosas conmigo y otra persona.

—Las mujeres no son tan distintas de los hombres. Ellas también imaginan cosas.

—Vaya… —la miró por el rabillo del ojo—. Ya no podré ir a ninguna reunión social sin ruborizarme.

—Me gustaría ver eso.

—¿Ruborizarme?

—No, verte en una reunión social. Creo que sería muy interesante.

—Quieres conocer todos mis secretos, ¿eh?

—Sí —afirmó ella, mirando a su alrededor. La gente empezaba a percatarse de su presencia y se detenía en la calle para mirarlos. La llegada de unos forasteros siempre levantaba rumores, y aún más si los recién llegados llevaban un perro en una camilla improvisada. A eso había que añadir que ella era hispana y que aquel pueblo parecía estar habitado mayormente por texanos. Las heridas de la guerra eran muy recientes y las dos razas recelaban profundamente entre ellas.

Los dos hombres que estaban hablando con la chica del *saloon* se apartaron de ella y bajaron a la calle. Isabella los reconoció al momento. Eran esbirros de Tejala.

—Ponte el sombrero, Bella, y colócate a este lado.

Ella no dudó ni un segundo. Se sentiría mucho más segura si Sam se interponía entre ella y los hombres que la miraban con codicia.

Los hombres no entraron en el *saloon*, lo que resultaba bastante sospechoso debido al calor que hacía.

Sam le tendió las riendas del caballo de carga a Isabella.

—¿Adónde vamos? —le preguntó ella, aceptando las riendas.

—Primero vamos a buscarte un lugar seguro, y luego iré en busca de Tucker.

—¿Tucker es tu amigo?

—Más que amigo. Es de la familia. Te gustará.

—¿Cómo se llama este pueblo?

—Lindos.

La cosa se ponía cada vez peor.

—No estamos lejos de mi casa.

—Me lo imaginaba. Montoya está a dos pueblos de distancia. Vives allí, ¿verdad?

—¿Cómo lo sabes?

—No es difícil imaginárselo, duquesa —respondió él con aquella enervante sonrisa—. Tus modales aristocráticos, tu apellido y el hecho de estar en territorio de Tejala reducían considerablemente las posibilidades.

Isabella se sintió ridícula y estúpida. Había creído que su secreto estaba a salvo.

—No quiero ir a casa.

—Hablaremos de eso más tarde —los dos hombres se acercaron, no lo bastante para bloquearles el paso, pero sí para que a Isabella le diera un vuelco el corazón—. ¿Sam?

—Ya los veo —dijo él, y escupió su cigarro al suelo.

—¿Qué quieres que haga?

—Quédate donde estás y piensa en lo que vas a decirle a tu madre.

La última vez que había visto a su madre tuvieron una amarga discusión. Y seguramente volverían a tenerla. Su madre quería asegurar una alianza con Tejala, pero Bella no podía casarse con él, ni siquiera por el bien de su familia. Tejala solo la quería para demostrar que podía someterla, y luego la mataría. Y a su familia también.

—No iré —declaró.

Sam levantó una mano para indicarle que la había oído, pero siguió avanzando lentamente hacia los hombres. ¿Por qué siempre tenía que buscar pelea?

—¿Puedo ayudarlos, caballeros? —les preguntó, tocándose el ala del sombrero.

El hombre de la derecha se adelantó y se acarició el mostacho. Isabella se esforzó por recordar su nombre... Manuelo. El otro hombre, afeitado, se quedó atrás y se desplazó ligeramente hacia la izquierda. Isabella no consiguió recordar su nombre.

—Esa mujer que está contigo nos resulta familiar.

—Esa mujer es mía.

Isabella se emocionó al oírlo, a pesar de su tono amenazante.

—Creo que te equivocas —dijo el hombre del mostacho.

—No sería la primera vez.

Era agradable verlo tan sarcástico con otras personas.

—Esa mujer es de Tejala.

—¿Por derecho propio?

—Por ley. Están prometidos.

Isabella perdió toda esperanza. Sam había descubierto la verdad.

—No me digas —dijo Sam, moviéndose sobre la

silla. Breeze también se movió de tal manera que Isabella no estuviese en la línea de fuego—. ¿Quieres decir que hay papeles por medio y todo eso? —no parecía que estuviera especialmente furioso.

—Su padre firmó el compromiso de matrimonio.

—Creía que su padre estaba muerto.

—Lo firmó antes de morir.

Era cierto. Lo había hecho antes de que ella se desmayara por la falta de aire. Se tocó la garganta y volvió a sentir la opresión. Volvió a oír la voz agónica de su padre, suplicando por la vida de su hija y ahogándose en su propia sangre después de que Tejala lo hubiera degollado, una vez que tuvo el contrato firmado.

—Bueno, de donde yo vengo las mujeres no se pueden vender como si fueran ganado, y como su padre no está aquí para discutirlo, ese contrato no tiene el menor valor para mí.

—A Tejala no le hará ninguna gracia —dijo Manuelo—. ¿Quieres enfadar a Tejala?

—Estaré encantado de discutirlo con él.

La tensión aumentó, y más hombres salieron del *saloon* para unirse a los dos primeros.

—Puedes discutirlo con nosotros.

—No creo que tengáis la inteligencia suficiente para hablar.

—¿Cómo has dicho?

—Ya me has oído. Hablaré con Tejala si alguna vez se atreve a salir de su escondrijo.

La irritación de Manuelo era evidente, al igual que la sed de sangre de sus amigos.

—Tejala no es un cobarde.

—Después de haber visto cómo se limita a abusar de mujeres y niños, comprenderás que mantenga mi opinión.

—Eres un hombre muy estúpido... señor.

Bella no podía estar más de acuerdo, y Sam la iba a oír en cuanto salieran de allí.

—Eso me han dicho, pero tengo un mensaje para que se lo transmitas a Tejala.

—¿Qué mensaje?

—Bella pertenece ahora a los Ocho del Infierno.

Los ojos de Manuelo se estrecharon en dos finas rendijas.

—¿Quién eres tú, gringo?

—Mi nombre es Sam MacGregor.

Un susurro recorrió el grupo.

El hombre afeitado dio un paso atrás, y Manuelo dobló los dedos.

—¿Qué hace un ranger de Texas en territorio de Tejala?

—Cazar.

—¿Cazar qué?

—Antílopes, pumas o...

Manuelo desenfundó su revólver, pero Sam fue más rápido. Dos disparos seguidos y Manuelo cayó al suelo con una mancha de sangre en el pecho. Su cómplice se desplomó contra la pared y también cayó al suelo con un ruido sordo.

—Parece que tendré que buscar a un nuevo mensajero —dijo Sam. Se sacó varias monedas del bolsillo y las arrojó a los pies de uno de los curiosos—. Ocúpate de que no ensucien la calle.

El hombre asintió, pero no se movió. Nadie se movió, ni siquiera Isabella. El tiroteo había sido fulminante y no sabía si sentirse aliviada, horrorizada o furiosa con Sam porque casi había conseguido que lo mataran.

La mujer rubia a la que había visto antes se abrió camino entre la multitud, ignorando las armas y el peligro. Se arrodilló junto al hombre afeitado y le abrió la camisa para examinarle la herida. Apretó los labios y sacudió la cabeza antes de mirar a Sam y decirle:

—Si has pagado por dos entierros, tienen que devolverte dinero.

—Puedo remediarlo.

—No, hoy no vas a remediar nada.

—Le pido perdón, entonces.

—No es mi perdón el que deberías pedir, sino el de Dios.

—Dios y yo no nos hablamos mucho.

—Dios le habla a todo el mundo. Incluso a los tontos —chasqueó con los dedos para avisar a dos hombres en el *saloon*—. Enrique, Paolo, llevad a este hombre a mi casa —se levantó y se sacudió el polvo de la falda. Su cofia blanca se agitó con la brisa. Era una mujer alta y tenía un rostro cuadrado y bonito—. Deberías haber intentado hablar en vez de disparar.

—Es un forajido.

—Es un hombre herido que necesita ayuda.

—Es un hombre que no dudaría en acuchillarla mientras duerme.

—No hay que temerle a la muerte, Sam.

Sam abrió la boca, pero la cerró sin decir nada. Isabella sabía exactamente cómo se sentía. Nunca había visto a una mujer manejar de esa manera a los hombres.

—Déjalo, Sam. Es inútil intentar razonar con Sally Mae cuando se enfada.

Isabella parpadeó de asombro al ver al hombre que acababa de salir del *saloon*. Sam era alto, pero aquel hombre era un gigante de piel morena y poderosa musculatura. El único rasgo que tenía en común con Sally Mae, esbelta y delicada, eran sus ojos grises.

—No te he dado permiso para usar mi nombre de pila, señor McCade —dijo ella fríamente—. Haz el favor de no tomarte tantas familiaridades.

—Tu apellido es impronunciable —repuso el hombre con expresión divertida.

—Pues procura aprenderlo antes de que nos volvamos a ver —replicó ella, y se alejó a paso rápido.

—No me importaría clavarle el diente a ese trasero —comentó un hombre de pelo castaño.

Con una naturalidad asombrosa, McCade lo agarró por el cuello y lo tiró por la ventana del *saloon*. El estrépito de cristales rotos asustó a los caballos y a Kell, e Isabella estuvo a punto de salir despedida de la silla.

—¡Maldita sea, Tucker! —gritó alguien desde el interior del *saloon*.

Isabella volvió a parpadear. ¿Aquel era el amigo de Sam que supuestamente iba a gustarle tanto? ¿Un gigante que arrojaba a los hombres por las ventanas?

—Apúntalo en mi cuenta, Brian —respondió Tucker por encima del hombro, antes de mirar a Isabella. Irradiaba un atractivo brutal, pero su mirada era fría y hostil—. Creía que habíamos acordado que solo traeríamos rubias —le dijo a Sam.

¿Qué significaba eso? Isabella se volvió hacia Sam, que estaba atendiendo a Kell.

—Bella era una tentación demasiado grande para dejarla pasar.

Tucker le quitó el sombrero a Isabella y la examinó como si se tratara de una yegua.

—Tiene potencial —dijo, mirándole la boca.

Ella le quitó el sombrero y lo usó para quitarle el suyo de la cabeza. Tucker lo sujetó sin la menor muestra de fastidio, e incluso esbozó una sonrisa.

—Sigue molestándola, Tucker, y tú y yo tendremos unas palabras.

—Desi nos manda en busca de rubias. Y ella no lo es —lo dijo como si el pelo negro y la tez oscura de Isabella fueran un defecto. Precisamente él, mucho más moreno que ella.

—Sally Mae tiene razón —espetó Bella—. Te tomas demasiadas familiaridades.

—Así soy yo —replicó él, clavándole sus ojos negros.

Sam se acercó y la agarró de la mano. Era un gesto insignificante, pero en público parecía una declaración de intenciones. Llevaba varios días mandándole ese tipo de señales. ¿Qué intentaba decirle?

—Necesito un lugar para que Bella se quede.

Tucker suspiró y miró hacia Sally Mae, que se había detenido frente a un patio vallado.

—Sally Mae es la dueña de la casa de huéspedes, pero...

—Es ahí adonde se ha llevado al hombre de Tejala —concluyó Sam.

—La señora Schermerhorn tiene unas creencias muy profundas.

—Creía que no sabía pronunciar su nombre —observó Bella.

—Es una habilidad pasajera —respondió él con un atisbo de sonrisa.

—Empiezo a ver el parecido familiar —dijo ella, mirando a Sam.

El hombre a quien Sam le había arrojado las monedas agarró el cadáver por las manos y empezó a arrastrarlo por la calle.

—Y esa Sally Mae... ¿está loca o qué? —preguntó Sam—. El hombre a quien pretende curar la violará y la matará en cuanto pueda.

—Para ella no tiene importancia.

—¿Cómo que no tiene importancia? —preguntó Bella.

—Es una cuáquera. Cree que toda vida es sagrada y que el resto depende de Dios.

Sam empezó a liar un cigarrillo. Se llevó el papel a la boca e Isabella sintió un picor en la entrepierna al recordar el tacto de aquella lengua mortífera.

—Así que está realmente loca.

—No, no lo está. Es una mujer de principios, nada más.

—Sus principios van a conseguir que la maten.

—Yo me encargo de vigilarla.

—¿Desde el *saloon*?

—Desde el granero que hay detrás de la casa de huéspedes.

—¿Te has erigido en guardián de una mujer que ni siquiera te permite alquilar una habitación en su casa de huéspedes?

—Fue mi elección.

—Desde luego.

—Cállate, Sam —murmuró Tucker con un extraño brillo en sus ojos.

Isabella se dio cuenta de que sentía algo por esa mujer.

—No es asunto tuyo, Sam —le dijo, poniéndole la mano en el muslo.

Tucker miró su mano y arqueó las cejas. Ella levantó el rostro y lo desafió con la mirada. Le daba igual lo que pensara.

—Tal vez haya habitaciones en el *saloon*.

—No es lugar para una dama decente, señorita.

Isabella decidió agarrar el toro por los cuernos.

—Tal vez yo no sea una dama decente.

—Por el bien de Sam, espero que no.

Isabella se puso colorada y Tucker se echó a reír. Entonces Sam la rodeó con un brazo y tiró de ella para besarla. Isabella se sintió mucho mejor en cuanto sus labios se rozaron. Aquel era el Sam que conocía.

—Puedo ocuparme del esbirro de Tejala —sugirió Tucker.

—Solo estás buscando una excusa para irritar a Sally Mae.

—Es verdad —se acercó al caballo de carga—. ¿Quién es este?

Kell estaba al límite de sus fuerzas, pero consiguió levantar la cabeza y mostrar los colmillos.

—Se llama Kell. Lo encontré al otro lado de las montañas. Es medio lobo, pero creo que se le puede domesticar.

Kell gruñó y Tucker sonrió. Tenía una bonita sonrisa, decidió Isabella.

—No le gusta que lo toquen —le advirtió cuando Tucker alargó la mano hacia el perro.

—Lo tendré en cuenta —dijo él. Se quitó el sombrero y lo dejó en el suelo, junto a la camilla. Su larga melena cayó hacia delante, ocultándole el rostro, y empezó a hablarle al perro en una lengua incomprensible para Isabella. Kell siguió gruñendo, pero no intentó morderlo cuando Tucker le levantó los vendajes.

—¿Cómo lo ha hecho? —le preguntó Isabella a Sam.

—A Tucker se le dan bien las criaturas salvajes.

—Sus heridas se han infectado —dijo Tucker, poniéndose en pie.

—¡Oh, no! —exclamó Isabella. No quería oír que se iba a morir.

—¿Conoces a alguien que pueda curarlo? —preguntó Sam.

—Sí, pero no te va a gustar.

—¿Sally Mae?

—Su marido era médico.

—¿Era?

—Un paciente insatisfecho lo mató el año pasado.

—Sam también necesita que lo curen —intervino Isabella.

—Estoy perfectamente —dijo él, echándole una mirada severa.

Tucker sonrió y agarró las riendas del caballo de carga para echar a andar por la calle.

—A ver si lo adivino... ¿Puntos?

—¿Cómo lo sabes?

—Siempre ha sido muy sensible a las agujas.

Isabella le sonrió dulcemente a Sam e ignoró la advertencia de sus ojos azules.

—Hoy podrá soportarlo.

—¿Por qué lo dices? —le preguntó Tucker.
—Porque me lo ha prometido.

—¿Me abandonas?
Isabella estaba secándose el pelo en la mecedora de la habitación. Dejó la toalla en su regazo y miró a Sam.
—No quedan más habitaciones en la casa. Estaré con Tucker en el granero.
—La cama es lo bastante grande para los dos —dijo ella, pasando la mano sobre el colchón.
—Ahora estamos en un pueblo, Bella. No podemos seguir como antes.
A Isabella se le encogió el estómago.
—No quieres que te vean conmigo.
—Tienes que proteger tu reputación.
—No creo que me quede reputación después de haber estado cabalgando contigo.
—Nadie de aquí sabe lo que ha pasado, pero es mejor no arriesgarse.
—Sam, sabía lo que hacía cuando me entregué a ti. No me arrepiento de nada.
—Mañana te llevaré con tu madre. No quiero que me esté esperando con una escopeta.
—Estará tan contenta de que me lleves a casa que no se preocupará por mi estado.
Sam dio un paso hacia ella, pero la distancia entre ambos parecía haber aumentado.
—Me cuesta creer eso.
—Mi madre se casó porque sus padres se lo ordenaron. No quería abandonar España y nunca ha sido feliz aquí. Ha esperado mucho tiempo para mejorar su situación.

—Ninguna mujer que criase a una hija tan independiente como tú se preocuparía por su posición.

Isabella sonrió, recordando los momentos más felices de su infancia.

—Mi madre no me crio. Tenía otras distracciones.

—¿Quién te crio?

—Mi padre, hasta que mi madre descubrió lo independiente que me había vuelto.

—¿Y entonces?

Recordó el horror de su madre cuando la vio subir las escaleras con unos pantalones.

—La vida dejó de ser tan emocionante.

Sam se sentó en la cama, junto a la butaca.

—Has dicho que tu madre tenía otras distracciones. ¿Cuáles?

Ella no quería decírselo, y él le acarició el labio con el pulgar.

—¿Veía a otros hombres?

—¡No, por Dios! Se... se medicaba para el dolor.

—¿Estaba herida?

—En el corazón.

—Ah. Entiendo. Tomaba narcóticos.

La rodeó fuertemente con los brazos y ella se acurrucó contra él.

—Necesito que me abraces... Solo un momento.

—Duquesa, voy a estar ahí mismo, detrás de la casa —le susurró él, acariciándole el pelo.

—Lo sé —también sabía que era el primer paso para separarse, y que llevarla a casa sería el segundo. Sam nunca le había prometido nada permanente, pero tampoco se despediría de una manera cruel.

—Entonces, ¿por qué estás temblando?
—Tengo miedo de ir a casa.

No quería perder la magia que tenía con él. No quería volver a su agobiante existencia. No quería vivir con un vacío en su alma...

—Tucker y yo nos ocuparemos de Tejala —le dijo él.

Ella negó con la cabeza y se echó hacia atrás para que Sam pudiera ver su expresión.

—Eso es demasiado peligroso, y no quiero que te sacrifiques por mí, Sam.

—¿Quién ha dicho que vaya a sacrificarme?

—Me sentiré muy desgraciada si te matan por mi culpa.

Él se la colocó en su regazo y le acarició la mejilla con la palma.

—¿Me estás chantajeando?

—¿Funcionaría? —le preguntó ella, pasándole el dedo por la barba incipiente.

—Pruébalo y verás.

Estuvo tentada de hacerlo. Muy tentada. Pero no podía obligarlo a quedarse con ella.

—No. No estaría bien —Sam debía hacerlo por su propia voluntad.

—¿Y si me persuadieras? —le sugirió con una sonrisa—. ¿Estaría bien?

Ella deseaba que así fuera. Se clavó las uñas en las palmas y lo besó en los labios.

—No.

—Entonces, ¿todo depende de mí?

No parecía disgustado ni preocupado. Deslizó la mano en el interior de su bata y le acarició el pezón con el pulgar.

—Sí —respondió ella en un gemido ahogado.

—Bien... Eso hará que las cosas sean más fáciles —le dio un casto beso en la punta de la nariz y volvió a sentarla en la butaca.

—¿Qué cosas? —le preguntó ella, pero él no respondió. Se limitó a recoger su sombrero y salió silbando por la puerta. ¡Silbando! Isabella agarró la almohada de la cama y se la arrojó a la espalda, pero erró el tiro y la risa de Sam se perdió por el pasillo.

Quería gritar. Quería tener esperanza. Pero no podía hacer ninguna de las dos cosas.

Un movimiento en la puerta le hizo levantar la mirada. Sally Mae estaba en el umbral, y a pesar de haber curado al forajido, a Kell y a Sam aún tenía el pelo pulcramente recogido. Se agachó y recogió la almohada del suelo.

—Los hombres pueden ser desesperantes, ¿verdad?

—Y Sam más que ninguno —corroboró Isabella con un suspiro.

Sally vaciló en la puerta.

—¿Puedo pasar?

—Por supuesto —respondió Isabella, levantándose y apretándose el cinturón de la bata.

Sally dejó la almohada en la cama y suspiró, pasándose la mano por su pelo impecable.

—Esto es muy incómodo para mí...

—Entonces debes decirlo cuanto antes.

—Sé quién eres. Eres la mujer a la que Tejala ha estado buscando y...

—Y quieres que me vaya.

—¡Claro que no! —exclamó Sally, horrorizada—. Quería ofrecerte refugio.

—¿Por qué? —haría falta una fortaleza para repeler a Tejala.

—Edmund Burke dijo una vez: «Lo único que necesita el mal para triunfar es que los hombres buenos no hagan nada».

—Tú no eres un hombre.

—Mi religión no coloca a los hombres por encima de las mujeres.

Era un concepto interesante, admitió Isabella.

—¿Qué más enseña tu religión?

—Que todas las personas pueden elegir sus actos, que es nuestro deber ayudar siempre que podamos y que no está bien hacer daño a los demás.

—¿Y por eso ayudaste al forajido?

—Sí —respondió Isabella con un suspiro—. Aunque a veces cuesta mucho hacer el bien.

—Tucker dijo que eras una mujer de principios. Te admira mucho.

El rubor cubrió las pálidas mejillas de Sally, que desvió la mirada hacia la ventana que daba al patio trasero, donde Sam y Tucker estaban hablando.

—Necesita cuidar sus modales.

—Tal vez lo único que necesita es una buena mujer.

—Tal vez —concedió Sally—. Pero tendría que ser una mujer muy valiente.

—Creo que tú eres muy valiente.

Sally parpadeó y sonrió tristemente.

—Pero no soy la mujer que él necesita.

Isabella no estaba tan segura.

Capítulo 17

—Esa chica arrastra muchos problemas —dijo Tucker. Apoyó el hombro en el gran olmo que se levantaba detrás del hotel y levantó la mirada hacia la habitación de Isabella.

Sam acabó de liar su cigarro y volvió a guardarse la petaca en el bolsillo.

—No tantos como Desi.

—¿Alguna pista de Ari? —le preguntó Tucker, dándole una calada al cigarro.

—Ninguna. ¿Y tú?

—Tampoco. No sabía que había tantas putas rubias hasta que empecé a buscar una.

—Odio llevarle estas noticias a Desi.

—Le romperán el corazón... ¿Qué vas a hacer con Isabella?

Sam encendió una cerilla en el talón de la bota.

—En cuanto la deje en casa de su madre, iré a por Tejala.

—Demasiado peligroso para un solo hombre. Está loco. Dicen que la sífilis le está corroyendo el cerebro.

Sam encendió el cigarro, dio una calada y apagó la cerilla.

—Alguien tiene que hacerlo. Bella no estará a salvo mientras Tejala siga vivo.

—Estaría a salvo con los Ocho del Infierno.

Sam sacudió la ceniza del cigarro y miró hacia la ventana de la habitación, donde Bella estaba hablando con Sally Mae.

—Eso suponiendo que pueda llevarla con vida hasta los Ocho del Infierno.

—Si estás pensando en llevarla con los Ocho del Infierno, ¿no te estás arriesgando al llevarla a casa de su madre? He oído que quiere casarla con Tejala.

—Me da igual lo que quiera su madre. Isabella nunca se casará con esa escoria.

—¿Y contigo? A mí me parece que eres lo que más desea en el mundo.

—Eso es ahora, pero cuando pase el peligro y arregle las cosas con su madre, lo verá de otro modo.

Tucker masculló una palabrota y tiró su cigarro al aire. La colilla describió un arco rojo en la oscuridad antes de caer al suelo.

—Tú también la deseas, ¿verdad?

—Sí.

—Entonces, ¿por qué le haces elegir otra opción?

—Porque es lo justo.

—Olvida la justicia. Ella te desea. Tú la deseas. Quédate con eso e intenta ser feliz.

—¿Igual que Sally Mae y tú? —le preguntó Sam, mirándolo fijamente.

La expresión de Tucker se ensombreció al instante.

—Eso es distinto —se acercó a la colilla que había tirado y la hundió en la tierra con la bota—. Ella es blanca, yo soy indio. Ella es una cuáquera, yo no. Ella es una pacifista, yo soy un pistolero... Pero entre Isabella y tú tan solo se interpone tu cabezonería.

—Y diez años.

—A veces eres tu peor enemigo, Sam —dijo Tucker, sacudiendo la cabeza.

—Quizá —admitió Sam. Tiró la colilla al suelo y la pisó—. O quizá no quiera despertarme dentro de un año y encontrarme en una cama vacía y con un montón de remordimientos.

—¿Por eso te acostaste con ella?

Sam suspiró. Era imposible ocultarle nada a Tucker.

—No. Eso solo fue un momento de debilidad, nada más.

—No es una debilidad amar a alguien.

—Hay un sueño que me ha estado acosando últimamente.

—¿Sobre Texana? —le preguntó Tucker, refiriéndose al pueblo donde habían crecido. Un pueblo que ya no existía.

—Empieza tres días después de que el ejército se retirara.

—El día que murió tu madre.

—En el sueño voy hacia ella, pero cuando le retiro el pelo de la cara, me encuentro con el rostro de Isabella.

—Maldita sea, Sam. ¿Cuántas veces tengo que decirte que no fue culpa tuya? Era imposible detener la infección.

Cierto, pero tal vez podría haber impedido las

violaciones que provocaron la infección. Si no se hubiera empeñado en volver para recoger la baraja de cartas que su padre le había comprado, ella no habría estado en casa para que la atraparan.

Tucker le puso una mano en el hombro, algo extremadamente raro en él. No era un hombre que demostrase sus emociones ni su afecto.

Sam se recostó contra el tronco y contempló la media luna que iluminaba tenuemente las colinas. El canto de los grillos se elevaba en la noche, acompañado por la ensordecedora música de las cigarras.

—¿De verdad quieres ir a por Tejala? —le preguntó Tucker.

—Mató al padre de Isabella, y a ella casi la ahogó hasta la muerte, la echó de su casa y puso un precio a su cabeza. ¿Te parecen pocas razones?

—¿Quieres que vaya contigo?

—Me vendría bien un poco de compañía —admitió Sam.

—¿Cuándo piensas marcharte?

—Mañana por la tarde, después de dejar a Isabella en casa de su madre, en Montoya.

—Tendrás que volver a pasar por aquí, para ir a la guarida de Tejala.

—He oído que está escondido en Catch Canyon.

—Tengo que reunir algunas cosas aquí, pero... —apuntó hacia el sudoeste—, ¿qué te parece si nos encontramos mañana al anochecer junto al río, a los pies de aquella colina?

—Estupendo —aceptó Sam, y se echó el sombrero hacia atrás—. Y ahora, ¿qué tal si compartimos esa botella que guardas en el granero? —Tucker siempre tenía una botella consigo. No porque fuera un bebedor, sino porque sus rasgos indios le daban más problemas que satisfacciones en los bares y tabernas.

La luz de la ventana se había apagado. Sabía que la bebida no lo ayudaría aquella noche, pero al día siguiente empezaría a hacer las cosas bien.

Isabella había estado seis meses fuera de casa, pero desde lo alto de la colina pudo ver que nada había cambiado.

El rancho Montoya se extendía por el valle, dominado por la hacienda que se levantaba en el centro como la joya especial de su padre.

—Es muy bonito —comentó Sam, deteniéndose junto a ella.

—Mi padre quería cumplir sus sueños. Por desgracia, nunca tuvo un hijo a quien poder legárselos. Solo me tuvo a mí.

—Así que la alianza que tu madre quiere establecer con Tejala no es solo por seguridad.

Isabella asintió. Quería mucho a su madre, pero no era ciega a sus defectos.

—Mi madre tuvo que abandonar su estilo de vida para venir aquí, y fue muy duro para ella. Le encantaban las fiestas glamurosas y su círculo social.

—Para una mujer es muy duro vivir aquí.

—Pero cada vez vienen más familias y se forman comunidades mayores.

—Y supongo que la mujer con las mayores tierras consigue ser la abeja reina.

—Esto es muy importante para ella —confirmó Isabella—. No puede volver a España, porque allí no sería más que una viuda que dependería de la caridad de su familia. Ahora su vida está aquí. Y lo que quiere también.

—Pero necesita conservar el rancho para mantener su posición.

—Sí.

—Es una viuda rica. No debería tener problemas para encontrar marido.

Isabella no fue capaz de mirarlo, y Breeze se movió con inquietud al sentir la tensión en el cuerpo de Sam.

—¿Bella?

Era inútil. Tendría que contarle la verdad.

—El rancho no es para mi madre.

El suspiro de Sam le atravesó el corazón.

—¿Lo has heredado tú todo?

Ella pasó un dedo sobre la costura de los guantes de cuero que Sally le había dado.

—Sí.

—Siempre me pareció que había más razones por las que Tejala quería casarse contigo —le puso los dedos bajo la barbilla—. ¿Por qué no lo hizo cuando tuvo la ocasión?

—Porque el matrimonio no le otorga la propiedad del rancho.

—¿Cómo es eso?

Ella apartó el rostro y suspiró. Entornó la mirada y tensó los hombros.

—Si te lo digo, no te valgas de ello como una excusa para rechazarme, ¿de acuerdo?

—No me digas lo que tengo que hacer.

—Si no aceptas, no te lo diré —declaró ella, cruzándose de brazos.

—Duquesa... son los hombres quienes se ocupan del cortejo y de fijar los límites.

—¡Ja! Yo he estado cortejándote desde que nos conocimos.

Sam esbozó aquella media sonrisa tan irritante.

—¿Eso es lo que crees?

—Sí. Y no se puede decir que te hayas resistido mucho.

—¿Quieres saber por qué?

A Isabella le dio un vuelco el corazón. No se fiaba de aquella sonrisa.

—No.

Él la miró con las cejas arqueadas.

—Entonces quizá quieras responder a mi pregunta original.

—Un hombre decente no recurre al chantaje —espetó ella con su expresión más altiva.

Sam la sujetó por la nuca y la besó con fuerza.

—Nunca he dicho que fuera un hombre decente.

No, no lo había dicho. Tampoco necesitaba decirlo. Sam exhibía su honor en todo lo que hacía. Y por eso ella le debía la verdad.

—El rancho no pasará de manos a no ser que yo acepte al hombre con quien me case.

Él parpadeó de asombro y se apartó lentamente.

—Así que tu padre te dio todo el poder que pudo.

Ella asintió, sintiendo el escozor de las lágrimas al recordar cómo había muerto.

—No se imaginó que las cosas llegarían a este punto. Murió protegiéndome.

—Estoy seguro de que no se lamentó. Tejala debe de estar loco de furia. Y tu padre debe de estar mirándote con orgullo desde el Cielo.

—¿Por qué? —preguntó ella, sorprendida por la referencia al Cielo.

Él le tocó la mejilla con la punta de los dedos.
—Porque eres una mujer increíble.
—Dijiste que era joven.
—Una joven increíble —insistió él con una sonrisa.
—No te entiendo, Sam —dijo ella con el ceño fruncido.
—Así tendrás algo en qué pensar hasta que yo vuelva.

Ella le agarró la mano y lo apretó con fuerza.
—¿Vas a volver?

Él volvió a besarla, pero esa vez lo hizo con toda la ternura que escondía en su interior.
—No lo dudes.
—¿Por qué? —le preguntó. Él miró hacia el rancho, pero ella le clavó las uñas en la mano—. Mírame a mí, Sam, no a lo que poseo. Soy mucho más que todo eso —a diferencia de los demás, que la querían por su riqueza, Sam la rechazaba precisamente por eso. Y lo hacía para protegerla—. Nací con estas posesiones, pero no las necesito.
—No puedes renunciar a todo esto —murmuro él.

No debería presionarlo ahora, pero Sam se disponía a marcharse para librar una batalla que tal vez no pudiera ganar.
—Pídeme lo que ambos queremos, Sam.
—No —respondió con firmeza—. No voy a dejar que te arrepientas si algo sale mal.
—¿En vez de eso vas a dejarme con el vacío de un deseo frustrado?

«Sí», pensó Sam. Porque los deseos solo podían conducir a la desilusión y el desengaño. Volvió a recordar el rostro demacrado de su madre, y las palabras que habían pronunciado sus labios agrietados por las fiebres.

«Todo saldrá bien, Sam. Me pondré mejor enseguida y volveremos al Este con los hermanos de tu padre. Ellos cuidarán de nosotros, y tú podrás jugar con tus primos y tomar todos los caramelos que quieras. Solo tienes que esperar unos días más».

Pero nunca se puso bien. No hubo juegos ni caramelos. Él y los demás casi se murieron de hambre esperando a los hermanos de su padre. Durante muchos años odió a su madre por darle falsas esperanzas. Y a sí mismo por habérselas creído.

Muchos años después descubrió que el telegrama que su madre le había hecho enviar nunca había llegado a su destino. Pero para entonces ya no importaba. Había aprendido a sobrevivir por sí mismo, sin falsas esperanzas, y sin darle falsas esperanzas a nadie.

—Sí —le respondió a Isabella, pasándole el pulgar por la boca. Los labios de Isabella se separaron y le chuparon ligeramente el dedo. Sam se excitó al instante.

Ella era todo lo que siempre había deseado. Si regresaba con vida e Isabella seguía deseándolo, la tomaría sin dudarlo. Pero para eso ella tendría que estar dispuesta a renunciar a todas sus posesiones. Porque él pertenecía a los Ocho del Infierno y no podría quedarse en el rancho Montoya, por muy bonito y próspero que fuera.

—Quédate con esa idea hasta que vuelva —le dijo, sacando el pulgar de su boca.

—No soy yo quien tiene que quedarse con esa idea.

Sam volvió a sonreír. Isabella nunca se rendía.

—Y ahora... ¿qué te parece si les damos un respiro a esos guardias que nos están vigilando y me presentas a tu madre?

Las presentaciones no fueron como Sam había imaginado. Se esperaba un recibimiento arisco, frío y hostil de la madre de Bella. Al fin y al cabo, él era un texano, sin familia y protestante. Por no mencionar que su aspecto era tan lamentable como el de los proscritos a los que perseguía. Pero la señora Montoya le echó un vistazo mientras abrazaba a su hija y rompió a llorar en silencio. Bella intentó apartarse, pero su madre volvió a abrazarla en un desesperado intento por ocultar sus lágrimas. Si Sam hubiera tenido un pañuelo se lo hubiera ofrecido, pero no tenía ninguno.

—Bella, tus modales dejan mucho que desear —dijo Sam, y como era de esperar, Isabella se giró hacia él y frunció el ceño.

—Este no es momento para tus provocaciones, Sam.

Él la agarró de la mano y tiró de ella hacia su costado, dándole a su madre un poco más de tiempo para que se recompusiera.

—¿Y cuándo sería un buen momento?

—¡Cuando no tengas que causar buena impresión!

—¡Bella! —la reprendió la señora Montoya—. Esa no es manera de dirigirse a un hombre.

Isabella se puso roja y miró furiosa a Sam, como si él tuviera la culpa de la reprimenda.

—Lo siento, mamá.

—No soy yo a quien debes pedirle disculpas —estaba muy claro de quién había heredado Bella su carácter autoritario.

—No hay por qué pedir disculpas, señora Montoya. Bella y yo tenemos un acuerdo. Yo la provoco y ella me responde.

—No fue educada para eso —respondió la mujer.

—Tomo nota.

Isabella le echó una mirada cargada de frustración. Sam pensó que, si su madre no hubiera estado presente, ella le habría dado una patada en la espinilla.

—Sam MacGregor, esta es mi madre, Betina Montoya de Agüero.

—Es un placer conocerla, señora.

—El placer es mío —respondió la mujer, habiendo recobrado la compostura—. Especialmente por haberme devuelto a mi hija sana y salva.

—Eso también ha sido un placer.

—¡Sam! —exclamó Isabella con voz ahogada, poniéndose otra vez roja mientras su madre fruncía el ceño.

—Tiene mucho sentido del humor —aclaró él, aunque un poco tarde—. Puede hacer reír a un hombre en los momentos más difíciles.

La señora Montoya le clavó una mirada penetrante y escrutadora.

—Bella, por favor, ve a la cocina y prepara un poco de café para nuestro invitado.

Isabella dudó. Obviamente no quería dejarlo a solas con su madre, temerosa de lo que pudiera decirle si no estaba ella para pararle los pies.

—¿No puede hacerlo Leila?

—La he despedido —dijo su madre, echándola con un gesto impaciente—. Date prisa, antes de que tu ranger piense que no sabemos cómo tratar a un invitado.

Su tono no admitía discusión. Isabella le echó a Sam una última mirada inquieta y se alejó hacia la cocina.

La señora Montoya lo hizo pasar al salón, donde las cortinas burdeos protegían las ventanas del sol del mediodía. O quizá de algo más...

—Es usted demasiado indulgente con ella —dijo Betina, indicándole un sillón frente al sofá.

—Es muy fácil de complacer —respondió él, ganándose otra mirada ceñuda.

—Es muy testaruda, y hace falta mano dura para evitar que se meta en problemas.

—¿Como fugarse en vez de casarse con un monstruo como Tejala?

—¿También la defiende?

—Defenderla también es muy fácil.

—¿Ha tenido relaciones inapropiadas con mi hija, señor MacGregor?

—Diría que no hemos hecho nada incorrecto.

—He oído hablar de su reputación... Dicen que tiene muchas mujeres por ahí.

—Se dicen muchas cosas.

—Esa no es una respuesta.

Sam se recostó en el sillón. Era muy cómodo, pensado para un hombre de su tamaño.

—Seguramente porque no me ha hecho ninguna pregunta concreta.

Betina entornó la mirada y esbozó una breve sonrisa.

—Es usted muy directo, al igual que mi marido.

—Creo que así se ahorra tiempo.

—También él lo creía —miró alrededor y soltó un suspiro de nostalgia—. Le encantaba este lugar. Todo lo que había creado a partir de la nada.

—Bella me dijo que a usted no le gustaba tanto este sitio.

—No fui la mejor madre.

—Aún le queda toda una vida por delante.

—¿Por qué es usted tan amable?

—Bella la quiere, pero no puede ser feliz si yo me interpongo entre usted y ella. Por eso procuro ser generoso.

—¿Pero?

Sam la miró fijamente.

—Si la entrega a Tejala... ajustaré cuentas con usted.

La señora Montoya se echó hacia atrás con los ojos muy abiertos.

—No es tan amable como parece.

—No —confirmó él, colocándose el sombrero en la rodilla—. No lo soy.

—Pero quiere a mi hija.

—Eso no voy a hablarlo con usted.

—¿Porque no la quiere?

—Porque Bella se merece que lo hable primero con ella.

—Ajá —dijo Betina, alisando una arruga en el sofá—. Mi hija tiene muchos problemas.

—Voy a encargarme de solucionarlos.

—¿Matando a Tejala?

—Sí.

Se oyeron unos pasos en el pasillo, y la señora Montoya miró hacia la puerta.

—El problema no desaparecerá con la muerte de Tejala —dijo en voz baja y apremiante—. Habrá otros hombres que codicien lo que ella posee.

—Lo sé.

—Haría falta un hombre fuerte para conservar este rancho y pasárselo a sus hijos, pero ella haría que mereciera la pena el esfuerzo.

Isabella casi había llegado al salón.

—¿Me está ofreciendo a su hija a cambio de su seguridad?

—Sí.

—¡Joder!

La señora Montoya dio un respingo hacia atrás, con el rostro completamente blanco. En ese momento entró Bella en el salón, observó la escena y soltó una palabrota que debía de haber aprendido de Sam. Las tazas de café se estremecieron en la bandeja, y Sam se levantó para quitársela de las manos, antes de que la dejara caer al suelo.

—Me has ofrecido a él, ¿verdad? —le preguntó Isabella a su madre—. Como si fuera una vaca con la que obtener un beneficio.

—Bella... —empezó a decirle Sam, pero ella pasó a su lado y se dirigió a Betina, que no dijo nada ni hizo ademán de levantarse.

—Lo que ofrece es el rancho, como si yo no importase —su dolor era más evidente a cada sílaba—. «Puede quedarse con este fabuloso rancho, pero mi despreciable hija va incluida en el lote».

—¡Bella! —exclamó su madre con voz ahogada.

—Ya es suficiente —intervino Sam, dejando la bandeja en la mesa.

—No, no es suficiente —espetó ella, volviéndose

hacia él—. Primero fue el primo Agüero, luego Tejala, ahora tú, y mañana será cualquier otro. ¿Cuándo importará mi opinión?

Sam la agarró del brazo y la miró a los ojos.

—He dicho que ya es suficiente.

—¡Suéltame! —Isabella se revolvió con todas sus fuerzas, golpeándolo con los puños en los hombros y las costillas. Estaba furiosa, y profundamente dolida.

—Ya basta, Bella.

—Yo soy más que todo esto, Sam —dijo ella, apoyando la frente en su pecho.

—Lo sé.

—Quería que me vieras como algo más —señaló el salón y su elegante mobiliario.

—Bella, me enamoré de ti cuando creía que no tenías donde caerte muerta.

Ella se quedó rígida, pero no levantó la cabeza.

—Dilo otra vez... Repite lo primero que has dicho.

Él sonrió. No se podía decir que hubiera sido una declaración muy romántica.

—Primero mírame.

—No.

—¿Por qué no?

—Porque si te miro, despertaré de este sueño y no podré soportarlo.

—¿Tan pobres son tus sueños que imaginan este escenario para una proposición?

Ella levantó la cabeza bruscamente.

—¿Proposición? No he oído ninguna proposición.

—Y no vas a oírla hasta que yo vuelva.

Ella apoyó la barbilla en su pecho, ofreciendo aquella irresistible combinación de sensualidad, regocijo y fuerza femenina.

—Y me dirás palabras de amor —no era una pregunta. Era una orden, como siempre.

—Sí —dijo Sam, sonriendo—. Te las diré.

Se las diría delante de su madre, antes de marcharse para quizá no volver jamás. Le diría palabras de amor y le daría esperanza.

—Y nada de remordimientos, Sam —le dijo ella, frunciendo el ceño al ver su expresión—. No quiero oírlas con remordimientos.

Sam le echó la cabeza hacia atrás y le separó los labios con el pulgar. Oyó cómo su madre carraspeaba y controló un poco sus intenciones, dándole un beso casto y suave en vez de dejar salir su pasión salvaje.

—Te quiero, Bella Montoya.

Isabella le pasó las manos por el cuello y le clavó las uñas eróticamente.

—¿Esto no es un sueño?

—No, duquesa. No lo es.

—Bien —murmuró ella, y se puso de puntillas para apretarse íntimamente contra él.

Sam esperó, pero Isabella no le repitió las mismas palabras. Los segundos pasaron y fue cada vez más consciente de la presencia de su madre y del silencio de Bella. Se apartó y ella le sonrió, pero sin decir nada.

—¿Hay algo que quieras decirme? —le preguntó él.

—Cuando vuelvas y me digas todo lo que quiero oír, yo te diré lo que quieres oír.

—¿Me estás chantajeando, Bella?

—Sí.

Y lo hacía sin el menor escrúpulo ni vergüenza.

Capítulo 18

—Has elegido a un hombre muy duro

Isabella apartó la vista de la ventana y miró a su madre.

—He elegido a un buen hombre.

—No dejará que te salgas siempre con la tuya.

—Siempre me deja que me salga con la mía.

—Porque quiere complacerte, pero si te quedas con él, te controlará por completo.

Aquella posibilidad no enojó a Bella tanto como debería. Volvió a mirar por la ventana, hacia la colina por la que Sam había desaparecido.

—Lo intentará.

—A los hombres no les gustan las mujeres que se consideran iguales a ellos.

De repente, Isabella comprendió el problema que había tenido su madre en su matrimonio. Era una mujer fuerte e inteligente, y podía ser una amenaza para un hombre que luchaba para salir adelante.

—Él no es como papá.

Su madre suspiró y se acercó a ella. Eran de la misma estatura, pero Isabella nunca se había dado cuenta de aquel detalle.

—En muchos aspectos todos los hombres son iguales. Quieren tener el control absoluto.

Sam no era así. Era posesivo, pero no quería ejercer todo el control sobre ella. Él no había crecido en el Viejo Continente, y no esperaba que una mujer lo obedeciera.

—Sam no.

Apartó la otra cortina y miró al exterior. El silencio se prolongó incómodamente, hasta que su madre volvió a hablar en un débil y triste susurro.

—No estaba intentando venderte a él.

Isabella no podía mirarla. El dolor que sentía era demasiado fuerte.

—Entonces, ¿qué estabas haciendo?

Por el rabillo del ojo Isabella vio cómo su madre se lamía los labios.

—Conseguirte lo que querías.

—¿Qué?

—Es obvio que lo deseabas. Pero él se resistía. Un hombre tendría que ser idiota para no querer este rancho.

—O ser de los Ocho del Infierno.

—¿Qué quieres decir?

—Quiero decir que es un hombre al que no se puede sobornar.

—¿Será capaz de renunciar a tu herencia?

—No la quiere.

—Todo hombre la quiere.

Isabella no sabía cómo explicarle a su madre la

lealtad que ardía en Sam. Él no venía de una sociedad que valoraba la posición social por encima de todo, y donde el matrimonio solo se veía como un instrumento de prestigio y poder.

—Es un hombre íntegro —se aferró a la cortina y se mordió el labio—. Si me elige a mí, seré una mujer muy afortunada.

—¿Por qué no iba a elegirte? —preguntó su madre con el ceño fruncido—. Eres joven, hermosa e inteligente. Una Montoya. Es él quien debe estar agradecido —hubo otro largo silencio, hasta que su madre lo rompió con una voz tan tensa como su expresión—. Si te vas con él, estarás sola.

—Cuando me vaya con él, tendré a Sam.

—¿Y cuando se canse de ti o se avergüence porque no eres de piel clara como las mujeres que frecuenta? ¿Qué harás entonces? No tendrás familia que te proteja.

—Mamá, tienes que saber que a Sam no le importan las normas sociales.

—¿Tan bien lo conoces, o es que el amor te ciega?

—Lo conozco muy bien —respondió ella sin dudarlo.

—¿Es digno de ser un Montoya? —le preguntó su madre, mirándola fijamente.

—Sí.

—¿Y no te valdría cualquier otro? No conoces al sobrino de Javier Álvarez. Es un hombre muy apuesto y solo es un año mayor que...

—No me conformaré con otro —la interrumpió Isabella, pero entonces vio la sonrisa burlona de su madre.

Hacía mucho que no se reía con ella, y no pudo evitar el impulso de darle un abrazo.

—Te quiero, mamá.

Su madre se quedó muy rígida por un instante, pero entonces le devolvió el abrazo.

—Creía que lo habías olvidado.

—Los últimos años han sido muy confusos. Sobre todo cuando me entregaste a un monstruo.

—Yo no te entregué a Tejala. Mi única intención era ganar tiempo, pero tú no lo creíste y te fugaste, y eso lo complicó todo.

—¿Lo sabía papá? —preguntó Isabella, echándose hacia atrás.

—No estaba de acuerdo con el plan —dijo su madre, sin soltarle los brazos—. Pero dime, ¿por qué Sam no se ha quedado contigo?

—Cree que soy demasiado joven, y que si sucumbiera a sus sentimientos se estaría aprovechando de mí y privándome del futuro que merezco.

Betina sacudió la cabeza y suspiró, retirando las manos.

—Eso es lo que pasa cuando los hombres se ponen a pensar. Lo confunden todo —se volvió hacia la ventana y miró al exterior. Isabella buscaba a Sam, aunque solo hacía unas horas que se había marchado, pero no sabía qué estaba buscando su madre—. ¿Cuál es tu plan? —le preguntó, girándose otra vez hacia ella.

—Si me abandona, lo seguiré.

—¿Y después?

Isabella se ruborizó. No podía compartir con su madre la otra parte del plan.

Pero Betina no necesitaba que se lo dijera.

—Estás pensando en seducirlo —adivinó con una naturalidad sorprendente.

—Sí.

—¿No lo has hecho ya? —le preguntó su madre, arqueando las cejas.

—Sí, pero no me ha dejado embarazada.

—¿Estarías dispuesta a atraparlo con un hijo que él no desea? ¿Por qué?

—Porque sí lo desea —estaba completamente segura—. Sam se preocupa de todas las personas que conoce. Con ellas sustituye a la familia que no se atreve a tener. Puede enfrentarse a la muerte sin miedo, pero no soporta hacer daño a sus seres queridos.

—¿Y por qué teme hacerte daño?

—No por él, pues estaría dispuesto a morir por mí, sino por la clase de vida a la que me conduciría —juntó las manos—. Quiere que esté protegida dentro de un cascarón.

—Te volverías loca.

Isabella sonrió y se frotó los brazos mientras una nube cubría el sol, dejando la habitación sumida en sombras.

—Espero que él mismo se dé cuenta.

—Podría ser una espera muy larga, y no tienes mucha paciencia.

—Para esto sí tengo paciencia suficiente —podría esperar a Sam toda su vida.

—¿Tanto lo quieres?

—Es el único hombre al que amaré en mi vida.

—Hablas como una niña —se burló su madre.

Isabella volvió a mirar por la ventana, hacia el sendero que Sam había tomado para alejarse de su vida, dispuesto a sacrificarse por ella.

—No. Hablo como una mujer que sabe lo que quiere.

Entonces frunció el ceño al ver aparecer un jinete en la colina, seguido de otro. No asimiló lo que estaba viendo hasta que se oyeron tres disparos seguidos.

Disparos de advertencia. Su madre la agarró del brazo y tiró de ella bruscamente.

—Apártate de la ventana.

Isabella miró por encima del hombro. Los jinetes descendían por la colina, levantando una nube tan oscura y amenazadora como la que acababa de cubrir el sol. Alguien hizo sonar la campana delante del barracón principal. Se oyeron gritos en el patio. Puertas chocando con las paredes. Botas corriendo sobre los suelos de madera.

—¿Qué pasa?

Su madre miró rápidamente por la ventana y se dirigió hacia el armario de las pistolas.

—Tejala viene a por ti.

—Algo va mal.

Las palabras de Tucker confirmaron el mal presentimiento que acompañaba a Sam durante los últimos quince minutos. Se estaban acercando a la guarida de Tejala y nadie los había detenido ni les había salido al paso. El silencio no era normal.

Se apartó el sombrero de la frente y miró las huellas perpendiculares a la dirección por la que ellos se acercaban.

—Todos parecen alejarse de la guarida.

—Tal vez Tejala esté buscando otro escondite. Demasiada gente conocía este.

Una de las razones por las que Tejala conseguía

burlar a la ley era porque nunca se quedaba en un mismo lugar el tiempo suficiente.

—Tal vez —agarró un puñado de tierra y la arrojó sobre la huella de un casco.

—¿Crees que han ido a por Isabella?

—No creo que Tejala se vaya de esta región sin ella.

Tucker escupió las briznas de hierba que estaba masticando.

—¿Por qué tiene tanto interés en ella?

—Porque solo a través de Bella podrá hacerse con el rancho Montoya. Pero ella tiene que dar su aprobación al matrimonio.

Tucker se acercó a él para examinar la tierra.

—¿A quién demonios se le ocurrió imponer esas condiciones?

—A su padre.

Siguieron un sendero despejado hasta un montón de rocas. El polvo y los escombros estaban esparcidos junto a la piedra de mayor tamaño y sobre las más pequeñas, lo que sugería que alguien había intentado cubrir sus huellas. Y la única razón para que alguien cubriera sus huellas era porque había dejado atrás algo de valor.

—Interesante —Sam observó las rocas de cerca. El desprendimiento era más alto que él, pero no vio ninguna abertura. Dio un paso atrás y entornó la mirada hacia el sol mientras Tucker se movía hacia la derecha. Entonces se dio cuenta de que los escombros se esparcían hacia arriba en una línea recta—. Tucker... Creo que hay que subir.

—Eso parece —dijo Tucker, sacando su enorme machete.

Sam dejó escapar un bufido y sacó su cuchillo de tamaño normal.

—¿Por qué no gritas para ahuyentar a las serpientes que tanto te asustan?

—Que no me gusten las serpientes no significa que me asusten —replicó Tucker.

A pesar de la tensión, Sam no pudo evitar una sonrisa.

—En ese caso, tú primero.

Tucker sujetó el machete con los dientes y empezó a escalar. Sam lo siguió de cerca, también con el cuchillo en la boca. A él tampoco le gustaban las serpientes, pero tenía muchos menos motivos para tenerles miedo. Ser arrojado a un nido de serpientes y abandonado a la muerte dejaba una marca imborrable en cualquier hombre.

Tucker llegó a lo alto y soltó un silbido.

—¿Has encontrado algo?

—Un bonito agujero.

Sam se aupó sobre el último peñasco y vio la entrada de una cueva, lo bastante grande para que un hombre pudiera pasar.

—¿Crees que habrá algo dentro? —preguntó Tucker.

—Solo hay un modo de averiguarlo —dijo Sam, sacando sus cerillas. Miró a Tucker y percibió su inquietud. Lógico. En una cueva las probabilidades de encontrar serpientes eran mucho más altas—. Yo entraré. Tú quédate vigilando.

—Ni pensarlo.

—Eres un cabezota, Tucker McCade.

Sam encendió una cerilla y los dos se adentraron unos pasos en la cueva. Entonces la cerilla iluminó la pared del fondo y Sam masculló en voz alta al ver las cajas de dinamita apiladas contra la roca. En el suelo había una caja abierta llena de heno.

—¡Apaga esa maldita cerilla! —le ordenó Tucker, echándose hacia atrás.

Sam sacudió la cerilla y él también dio un paso atrás. La cueva quedó sumida en una oscuridad total, al tiempo que un extraño ruido resonaba en las paredes. Parecía una especie de cascabel. Oyó el gemido ahogado de Tucker y encendió rápidamente otra cerilla. La amenaza de las serpientes era mayor que la dinamita.

A la tenue luz de la llama, vio que Tucker estaba mirando justo detrás de él.

—No te muevas.

El repiqueteo se hizo más fuerte. Sam vio cómo el sudor cubría la frente de Tucker, pero cuando el indio enfundó el machete y sacó el puñal las manos no le temblaban. Lenta y cuidadosamente se desplazó hacia un lado, colocando el puñal en posición.

La serpiente no se asustó, y su espeluznante sonido se hizo más frenético.

—Cuando te diga «salta», corre hacia tu izquierda —le ordenó Tucker.

—Descuida. Me saldrán alas en los pies.

Tucker entornó la mirada.

—¿Preparado?

La cerilla se consumía rápidamente, y casi le quemaba la punta de los dedos.

—Cuando tú digas.

—¡Salta!

Sam dio un salto y el puñal pasó silbando junto a su cabeza.

Placer salvaje

La cerilla se apagó, se oyó un sonido sordo y amortiguado y la vibración adquirió un ritmo discordante. Sam encendió rápidamente otra cerilla y vio el cuerpo de la serpiente cortado por la mitad. No lo sorprendió. Tucker nunca fallaba.

Recuperó el puñal antes de que Tucker se viera obligado a hacerlo y pisó la cabeza de la serpiente.

—Al menos ya tenemos la cena resuelta.

—No lo creo —murmuró Tucker.

Sam vio una antorcha apoyada en la pared y la encendió con la cerilla.

El hedor del queroseno siguió al estallido de las llamas. La levantó y contó las cajas de dinamita. Diez en total. Suficiente para volar una montaña. Suficiente para causarles serios problemas a un pelotón de soldados... o a Tejala, pensó con una sonrisa.

—¿Estás pensando lo mismo que yo? —le preguntó a Tucker, tocando una caja.

—Seguramente —respondió él. Apartó a Sam y levantó la caja para dirigirse hacia la salida—. Debemos de estar locos.

—¿Y qué hay de malo en ello?

—No tenemos tiempo para discutirlo —respondió Tucker.

Sam se quedó algo atrás, sosteniendo la antorcha. Nueve cajas de dinamita podían causar muchos daños. Matar a muchos hombres. Herir a mucha gente inocente.

—¿Tucker?

—¿Qué?

Por los ruidos que llegaban del exterior, Tucker ya estaba descendiendo por la otra cara del montículo. Sam arrojó la antorcha al heno que estaba esparcido por el suelo.

—¡Corre!

Llegaron al rancho Montoya en un tiempo récord, a pesar de la dinamita atada al lomo del caballo de Sam. Pero al alcanzar la cima vieron que no habían sido lo bastante rápidos. El rancho era un caos. Los hombres iban de un lado para otro del patio, ensillando los caballos, profiriendo maldiciones y gritando órdenes. Las carretas estaban volcadas como barreras improvisadas. Las cortinas se agitaban en las ventanas rotas, y la puerta principal colgaba de sus bisagras.

Sintiendo cómo se le encogía el estómago, Sam bajó la loma a galope tendido sin importarle el riesgo. Necesitaba ver a Bella y saber que estaba bien.

Un ruido metálico resonó en sus oídos mientras Breeze cubría la distancia a una velocidad endiablada. Un hombre apareció a su derecha y lo apuntó con su arma. Sam abrió fuego con su Colt, pero en el último segundo Tucker le golpeó el brazo para desviar el disparo y se interpuso entre él y su objetivo.

Oyó que Tucker le gritaba algo, pero no lo entendió. Solo fue consciente de que los hombres se dispersaban a su paso y que no había nada entre él y la puerta. Breeze se detuvo de golpe, pero Sam aprovechó la inercia para impulsarse hacia delante y aterrizar en el porche.

—¡Bella! —gritó, entrando en la casa.

Nadie le respondió. Atravesó el salón y vio fragmentos de cristal sobre el reluciente suelo de madera. La puerta de un armario de armas medio vacío estaba abierta, y había una mancha oscura en el cojín del sofá. Sam la tocó y confirmó su sospecha. Sangre.

—¡Bella!

Esa vez recibió respuesta. El roce de un zapato en la madera y el chirrido de una bisagra. Volvió a desenfundar su Colt y corrió en la dirección del ruido. Al girar una esquina casi chocó con una mujer menuda y rolliza. La mujer chilló y retrocedió.

—¿Dónde está Bella? —le preguntó Sam, agarrándola del brazo. La mujer se llevó la mano al pecho y movió los labios—. ¿Dónde está Bella? —repitió, zarandeándola.

—¿Sam?

Soltó a la mujer y entró en la habitación. Betina yacía en la cama, con un vendaje ensangrentado alrededor del pecho y una expresión tan austera como sus largos cabellos negros contra las sábanas blancas. Sam le agarró el pelo y la miró a los ojos.

—¿Dónde está?

Ella se lamió los labios resecos, pero no apartó la mirada.

—Se la ha llevado —respondió con voz ronca y débil.

—¿Quién? —ya lo sabía, pero necesitaba oírlo. Tenía que oír cómo le había fallado a Bella y lo vanas que habían sido sus promesas.

—Tejala.

—¿La has traicionado?

—No.

En sus ojos se reflejaba el dolor y la ira, pero no el miedo.

—Te creo —dijo Sam. La soltó y se dio la vuelta, pero ella lo agarró de la manga.

—Tienes que ir por ella.

—Sí.

—Él la violará.

—Lo sé —dijo Sam, aturdido por el impacto de las palabras.

—No se lo digas hasta que la traigas de vuelta.

—¿Decirle qué?

—Que ya no la quieres por esposa. Le destrozaría el corazón.

Ciego de ira, Sam agarró a Betina por los hombros y la sacudió con fuerza.

—¿Se lo has dicho? —gritó—. ¿Le has dicho que no la querría si él la tocaba?

Una mujer estaba gritando. Se oyeron unas botas por el pasillo y unas manos lo agarraron por los hombros. Pero él solo podía ver el rostro de Betina y la verdad.

«No viviré con la huella de sus manos en mi piel».

—Por Dios, Sam. Suéltala.

Más manos lo agarraron por la cintura y tiraron de él hacia atrás. Sam cerró los ojos y no intentó resistirse. Solo podía pensar en la determinación de Bella por acabar con su vida antes que ser deshonrada.

«No lo hagas, duquesa. No lo hagas». La súplica resonó en su cabeza, sin respuesta.

Cuando abrió los ojos, vio a dos hombres del rancho junto a Tucker, dispuestos a saltar sobre él si se volvía loco otra vez.

—La rescataremos —dijo Tucker.

—Cuando lo hagamos, no volverá aquí —espetó él, mirando asqueado a la madre de Bella.

—Esta es su casa —jadeó Betina, aferrándose el hombro dolorido—. Su hogar.

—Su hogar está conmigo —declaró, y salió antes de que la ira volviera a dominarlo.

Cuando salió, se encontró a varios hombres esperándolo a la luz del crepúsculo. Estaban armados hasta los dientes, con las monturas preparadas e impacientes por ponerse en marcha. La dinamita yacía junto al porche. Dos hombres atendían a Breeze y al caballo de Tucker, desensillados, y sus cosas habían sido trasladadas a dos monturas descansadas.

—¿Qué significa esto? —preguntó Sam.

Uno de los hombres se acercó. Tenía un rasguño en el hombro y sangre en la manga.

—Vamos contigo.

—No —no arriesgaría la vida de Isabella con un puñado de desconocidos.

—Es nuestra patrona y nos la han arrebatado. Nuestro deber es traerla a casa.

—No va a volver aquí —llevó la mano hasta su pistola—. Y ahora apartaos de mi camino.

El hombre no se dejó intimidar y señaló a otro hombre con canas en las sienes.

—Ese es Miguel. Lleva veinte años con los Montoya. Fue quien le enseñó a montar a Isabella —señaló a un adolescente—. Ese es Guillermo, su compañero de juegos. Una vez, cuando tenía seis años, Isabella se cayó al río y él la sacó del agua —señaló a tres hombres altos, delgados y de mirada severa—. Esos son mis hermanos. Nuestro trabajo siempre ha sido proteger a Isabella.

—¿Y tú quién eres?

—Zacarías López.

—Bien, Zacarías, pues déjame decirte que habéis hecho una chapuza.

—Eso no es justo, Sam —intervino Tucker, pero Sam lo ignoró y agarró la dinamita para atarla al caballo. El animal resopló y pateó el suelo.

—Tranquilo, chico —dijo una voz tras él. Y al volverse vio a Miguel sosteniendo una cuerda. Tranquilo y decidido, no la soltó cuando Sam la agarró—. Hay hombres que han muerto hoy por proteger a Isabella, y seguramente mueran más antes de que la recuperemos. No nos importa morir y estamos dispuestos a sacrificarnos por ella. Es una Montoya. Es de la familia. Nada va a impedir que la rescatemos.

La firmeza del hombre parecía inquebrantable.

—¿Y después? —preguntó Sam.

—Después, Isabella decidirá por sí misma adónde quiere ir.

Aunque Isabella no quisiera ir con él, Sam valoraba aquella muestra de lealtad.

—De acuerdo.

Miguel soltó la cuerda y un murmullo de satisfacción recorrió el grupo.

—¿Alguien sabe en qué dirección se la ha llevado Tejala? —preguntó Sam.

En ese momento se oyó un ruido detrás de los caballos. Un chico de unos ocho años estaba pateando furiosamente los costados de un burro que marchaba al trote. En cuanto el chico vio a Zacarías, empezó a gritar en español. Sam no entendió lo que decía, pero vio cómo su camisa estaba manchada de sangre. Los hermanos López corrieron hacia él y lo desmontaron del burro para tenderlo en el porche.

—¿Quién es? —preguntó mientras Zacarías le rasgaba la camisa. Tenía un agujero de bala en el costado izquierdo, pero parecía que la bala no había alcanzado ningún órgano.

—Mi hermano pequeño, Jorge —respondió Zacarías, acariciándole la frente. El chico intentaba decirle algo entre frenéticos jadeos—. Siguió a Tejala en ese burro.

—¿Y por qué no lo detuviste? —le preguntó Sam, arqueando las cejas.

—No lo sabíamos —levantó la mirada y sus ojos ardieron de odio—. Tejala pagará por esto.

Al oír el nombre de Tejala, el chico agarró el brazo de Sam y le clavó las uñas ensangrentadas. Hablaba demasiado rápido para entenderlo, pero entendió una cosa. «Montoya». El chico sabía algo de Bella.

—¿Qué ha dicho? —le preguntó a Zacarías.

—Dice que tienes que darte prisa antes de que Tejala le haga daño.

—¿Dónde están? —preguntó frenéticamente, y el chico apuntó hacia el cañón.

—En las cuevas —dijo Zacarías—. Deben de haberse escondido allí para pasar la noche.

—¿Cómo está Isabella? —le preguntó al chico, y Zacarías le tradujo la respuesta.

—Dice que Tejala la golpeó y se la llevó a una de las cuevas —el chico dijo algo más, y Zacarías dudó un momento antes de traducir—. Dice que todos los hombres se rieron cuando Isabella se puso a chillar y a luchar. Estaba muy furiosa y agarró un cuchillo.

A Sam se le congeló el corazón.

—Dice que se oyeron gritos en el interior de la cueva y... —Zacarías bajó la mirada.

—¿Qué?

Tucker se acercó y le puso una mano en el hombro.

—Déjalo, Sam.

—¿Qué más ha dicho el chico? —insistió Sam.

Zacarías sacudió la cabeza y fue Tucker quien respondió por él.

—Ha dicho que Isabella gritó tu nombre y que después no se oyó nada más.

Capítulo 19

Sam se deslizaba por el saliente del precipicio, sintiendo la dinamita que llevaba en el cinturón. Parecía segura, pero no quería arriesgarse rozándola contra la pared rocosa. Según Jorge, Tejala tenía a Bella en la tercera cueva a la derecha, y según Zacarías, las cuevas se introducían en la montaña en una intrincada red de pasadizos y galerías intercomunicadas. Si alguien encendía un fuego en el interior, nadie se percataría en el exterior.

Si Jorge no hubiera arriesgado su vida para seguir a la banda de Tejala, Sam no habría sabido dónde buscar. Siempre estaría en deuda con el chico por su valor y coraje.

Miró detrás de él. Otras sombras le pisaban los talones, sin que se oyera el menor ruido. El padre de Isabella podía haber cometido muchos errores, pero había acertado al contratar a aquellos hombres. Movidos por la venganza y el deber, constituían un grupo letal.

Levantó una mano para indicarles que se detuvieran. Delante de él podía ver al grupo comandado por Tucker, acercándose por el otro lado. Los francotiradores también habían tomado posición, aunque no eran visibles.

Una nube ocultó la luna, sumiéndolos en la más completa oscuridad. Sam maldijo en silencio. El saliente era demasiado estrecho para poder atravesarlo sin luz. Habían empleado dos horas en escalar la montaña, pero solo tardarían unos segundos en llegar abajo si daban un paso en falso.

Afortunadamente, la luna volvió a aparecer entre las nubes. Sam sacó el cuchillo de su bota y les indicó a los demás que iba a avanzar. Tucker levantó la mano en señal de respuesta.

Aquella era la parte más peligrosa. Tenía que pasar por delante de las dos primeras cuevas sin ser descubierto. Avanzó sin hacer el menor ruido, evitando los puntos oscuros del suelo que podían ser guijarros, y alcanzó el borde de la primera cueva. No salía ningún ruido del interior, pero eso no significaba que no hubiera nadie esperando para dispararle. Levantó la mirada hacia el cielo y en esa ocasión maldijo el resplandor de la luna, que lo convertía en un blanco demasiado fácil. Tucker se estaba aproximando por el otro lado, y tras él había una fila de hombres dispuestos a ocupar su lugar. La única persona que saldría viva de aquellas cuevas sería Bella.

Memorizó los pasos que tendría que dar por el saliente y esperó a que la luna volviera a ocultarse. Una nube la cubrió a medias y Sam aprovechó la penumbra para atravesar la entrada. Echó un rápido vistazo al pasar y vio a dos hombres sentados en el interior, jugando a las cartas. Estos levantaron la mirada, pero Sam ya se había ocultado en las sombras al otro lado de la entrada. La nube se apartó y Sam les hizo una señal a los otros para indicarles que había dos hombres dentro.

Tuvo que esperar más tiempo para superar la segunda cueva. La impaciencia lo carcomía por dentro mientras una nube casi transparente se aproximaba a la luna. No tenía toda la noche. Cada segundo era precioso. La tercera cueva estaba a seis metros por delante. Si corría hacia ella podría alcanzarla en pocos segundos. Muerto, pero llegaría. Apretó el cuchillo y respiró hondo. Su cadáver no le serviría de nada a Bella. Ella lo necesitaba vivo. Necesitaba que cumpliera su promesa.

La siguiente nube también era demasiado ligera, y detrás ya no venía nada más denso. Tenía que tomar una decisión. O esperaba a que aparecieran nuevas nubes o hacía lo que tenía que hacer. Un hombre alto salió de la tercera cueva y se desabrochó la bragueta. Se echó a reír y dijo algo por encima del hombro. Agazapado en una grieta de la pared, Sam clavó la vista en su yugular. El cuchillo ardió en su palma. Se imaginó a aquel bellaco violando a Bella, y luego cómo disfrutaría él hundiéndole la hoja en el cuello.

El hombre giró la cabeza y sonrió. Sam no pudo contenerse más y se levantó, sin apartar la vista de su objetivo.

Oyó un grito tras él mientras echaba a correr. Lo ignoró y siguió concentrado exclusivamente en su venganza. El hombre se giró y Sam pudo ver su expresión de horror y cómo su pelo grasiento le caía sobre el ojo mientras se llevaba la mano a la pistola. La adrenalina le recorrió las venas y el pulso resonó en sus oídos.

El revólver del hombre salió rápidamente de su funda y apuntó hacia delante. Sam se lanzó con todas sus fuerzas, sin importarle la bala que estaba a punto de recibir. Solo podía ver la sonrisa en la cara de aquel rufián, solo podía oír su risa lasciva. Con un rugido salvaje agarró al hombre por la nuca y tiró de él al tiempo que le clavaba el cuchillo. La hoja atravesó el músculo y el tejido como si fueran de mantequilla.

Una explosión los sacudió a ambos. Sam se agarró al hombre y sacó el cuchillo para clavárselo otra vez. La sangre manó de su boca, salpicando el rostro de Sam, y el hombre se derrumbó como un peso muerto. Sam lo soltó y respiró agitadamente, parpadeando con fuerza mientras su vista volvía a aclararse.

—Maldita sea, Sam —algo lo golpeó en el estómago y lo derribó hacia atrás. Las balas silbaron sobre su cabeza. Intentó levantarse, pero Tucker lo sujetó contra el suelo—. Este no es momento para que pierdas la cabeza.

—Apártate de mí —espetó Sam, escupiendo la tierra de la boca.

—No hasta que te concentres en lo que estamos haciendo —gruñó Tucker mientras iba cesando el tiroteo en el interior de la cueva.

Sam lo apartó con un codazo y agarró su Colt del suelo.

—Sé muy bien lo que estoy haciendo.

Placer salvaje

Había dos hombres dentro de la cueva, agachados detrás de unas rocas. Sam esperó, convencido de que harían alguna estupidez. Los hombres siempre la hacían cuando se creían en superioridad numérica, y solo habían visto a dos hombres afuera.

No tuvo que esperar mucho. Al grito de «¡Ahora!» se pusieron en pie, y Sam les metió una bala entre los ojos a cada uno. Sus armas se dispararon, y Sam entró en la cueva antes de que sus cuerpos hubieran caído al suelo.

—¡Demonios, Sam! —exclamó Tucker—. ¿Acaso quieres que te maten?

—No —lo único que quería era encontrar a Bella.

Tucker gruñó y presionó la espalda contra la pared.

—Bueno, pues intenta ser menos temerario cuando lleves dinamita en el cinturón.

Se había olvidado de la dinamita. Bajó la mirada y comprobó que los cartuchos seguían en su cinturón.

La cueva se desviaba hacia la derecha, y un resplandor asomaba por la esquina. Al otro lado se podía oír una respiración dificultosa y los ruidos de un forcejeo.

Sam se lanzó hacia delante, pero Tucker lo sujetó del brazo. Tenía que pensar. Si era Bella la que estaba allí, podía hacer que la mataran si arremetía a ciegas.

—Maldita seas, puta. Muérdeme otra vez y te romperé los dientes —dijo un hombre.

—Tócame otra vez y te mataré —era Bella, aunque las palabras se oían distorsionadas. Sam cerró los ojos y respiró aliviado. Estaba viva y seguía luchando.

Se oyó el impacto de un puño en la carne y un pequeño grito.

—Tu madre te entregó a mí.

—No lo hizo —la voz de Bella sonaba temblorosa, pero combativa—. Te engañó.

—Esas cuerdas sugieren lo contrario.

—Mi Sam te matará.

Su Sam iba a castrarlo primero.

—Tu Sam no querrá ni oler mis sobras.

Bella no respondió. Sam avanzó palmo a palmo por la pared y aferró la pistola con fuerza. Tucker se agachó y asintió, y Sam echó un rápido vistazo por la esquina.

Lo que vio le produjo náuseas. Bella estaba atada por los tobillos y las muñecas en el suelo, con los brazos y piernas abiertas. Un hombre obeso con los pantalones colgándole de las caderas estaba sentado a horcajadas sobre su pecho. En una mano tenía una pistola, y la otra la tenía oculta delante de su cuerpo. No era difícil imaginar lo que estaba haciendo, ni por qué Bella hablaba con voz ahogada. Aquel bastardo la estaba aplastando con su peso.

Fuera de la caverna la lucha cobraba intensidad. Los disparos indicaban que los francotiradores de Montoya estaban haciendo su trabajo, manteniendo ocupados a los esbirros de Tejala hasta que Bella estuviera libre. Sam dio un paso adelante, pero se tambaleó y volvió a apoyarse en la pared. Se llevó la mano al costado y la retiró manchada de sangre.

Tucker lo vio y articuló una maldición, pero Sam negó con la cabeza y se limpió la mano en los pantalones. No podía prestarle atención a su herida en aquel momento.

Placer salvaje

Entonces oyó amartillar una pistola y el estómago se le revolvió. Tejala estaba forzando a Bella con la amenaza de la muerte. Pero no funcionaría. No era la muerte lo que más temía Bella.

—Abre la boca, puta, y veremos cómo te burlas de mi polla.

Tucker arqueó una ceja. Sam respiró hondo y contuvo el aire. La cueva seguía dándole vueltas. No le había advertido a Isabella que no se riera de los atributos masculinos, pero la advertencia tampoco hubiera servido de nada. La prudencia no era la mayor virtud de Bella. Volvió a parpadear y respiró hondo. Esperó un poco hasta que cesaron los mareos, le hizo una señal a Tucker y lo rodeó para torcer la esquina.

La furia lo invadió al instante. Bella tirada bajo un hombre inmenso, luchando contra las ataduras y los golpes.

—¿Oyes esos disparos? —le preguntó Tejala, intentando llegar a su objetivo—. Tu Sam ha caído en mi trampa —avanzó con un pequeño salto sobre el pecho de Bella, que expulsó el aire en un agónico gemido—. Lo único que tienes ahora es mi polla. Chúpamela bien y puede que no te entregue a mis hombres.

Tres pasos más. Sam solo necesitaba tres pasos para alcanzar a Tejala. Se concentró en avanzar sin hacer ruido y sin disparar. Una bala sería demasiado fácil para ese bastardo. Demasiado rápido. Un paso.

—¡Sam! —chilló Bella. Al principio pensó que lo había visto, hasta que su grito se transformó en una exclamación de angustia y enmudeció cuando Tejala volvió a botar en su pecho de camino a su boca.

Dos pasos.

—No vendrá a por ti, puta. Y aunque viniera, moriría en la trampa.

Sam rodeó con el brazo el cuello de Tejala.

—Su Sam siempre vendrá por ella —le murmuró al oído—. Siempre —sintió el dolor en los músculos mientras tiraba a Tejala hacia atrás. La herida del abdomen lo abrasaba y la sangre le manaba por la cadera. Tejala se tambaleó y casi los derribó a ambos con su peso, pero Sam lo sujetó y entonces vio por primera vez a Bella.

Creía estar preparado para todo, pero nada podría haberlo preparado para ver su labio partido y sangrando, sus hermosos ojos amoratados e hinchados, las marcas de los dedos de aquel bastardo en su garganta...

—¿Sam? —susurró Bella mientras intentaba incorporarse. No podía verlo.

—Estoy aquí, duquesa.

—¡No! —ella se echó hacia atrás y tiró de sus brazos atados, intentando retorcerse—. No, por favor, no me mires.

—Sí, que mire —dijo Tejala. Sam le puso una zancadilla y apretó su cuello con fuerza. Los jadeos de su presa se convirtieron en resuellos agónicos.

No le importaba estrangularlo. Lo único que le importaba era Bella.

—Eres lo más hermoso que he visto nunca —le dijo.

Bella siguió luchando por liberarse. La sangre asomaba por los bordes de sus ataduras. Tucker se quitó la camisa para cubrirla y le presionó los hombros contra el suelo.

—Cálmate, pequeña.

—¿Tucker?
—Sí.

Desde donde estaba, Sam pudo ver la desolación que cubría su rostro.

—¡No dejes que me vea así!

Tucker miró a Sam y este asintió, dándole permiso para proceder como fuera necesario.

—Ahora no puede verte —la tranquilizó Tucker, cortándole las ligaduras.

—Pero me ha visto, ¿verdad? —preguntó ella, haciendo un ovillo con su cuerpo—. Me ha visto con ese hombre, sucia y...

—No te preocupes por Sam —la interrumpió Tucker, metiéndole el brazo en la manga—. Está muy ocupado matando a Tejala.

Sam se sorprendió al oírlo. Estaba matando a Tejala y ni siquiera disfrutaba con ello. Aflojó ligeramente su agarre e intentó dominar su rabia asesina. Quería matar a Tejala, pero necesitaba aún más abrazar a Bella.

—¡Tucker! —Sam empujó a Tejala hacia Tucker, que lo sujetó con facilidad y le presionó la hoja del machete contra el cuello. Tejala se quedó inmóvil, respirando con esfuerzo y con su miembro colgando flácidamente entre las piernas.

Sam se arrodilló junto a Bella, ignorando el horrible dolor del abdomen. Le puso una mano en la cabeza y le apartó el pelo con cuidado para poder ver su rostro de perfil.

—¿Duquesa?
—¡No me mires!

Haría algo más que mirarla.

Se inclinó hacia ella, casi desmayándose por el

dolor, y la besó suavemente en el único punto ileso de su mandíbula.

—Bella... mi Bella, ¿crees que unas cuantas magulladuras pueden afearte?

Ella tembló violentamente y se apretó el puño contra la boca, abriéndose el corte.

—Ya no soy tuya.

—Siempre serás mía, duquesa.

—No como antes. Me arrancó la ropa y...

Él deslizó el brazo bajo sus hombros y no la dejó acabar.

—Igual que antes.

Los ruidos que procedían del exterior se intensificaron. Los hombres de Tejala parecían cada vez más desesperados, seguramente escasos de munición. Pero los hombres de Montoya tampoco tenían balas de sobra.

—¿Puedes levantarte?

—Claro —respondió ella, e intentó hacerlo por su propio pie. La camisa de Tucker cayó hasta sus rodillas y ella se tambaleó cuando sus tobillos la sostuvieron. Sam la agarró del brazo y no la soltó cuando recuperó el equilibrio. Parecía increíblemente frágil.

—Está sangrando, Sam —observó Tucker.

Bella se aferró la camisa y sollozó, y Sam siguió la mirada de Tucker. La sangre goteaba por la cara interna de la rodilla hasta su pantorrilla.

La soltó y avanzó hacia Tejala.

—¿La has violado?

Tejala le escupió.

—Esa zorra sabe follar. Gritó como una loca al correrse de gusto.

—¡No! No ha... —gritó ella.

—No te metas en esto, Bella.

—Pronto llevará un hijo mío en su vientre.

—¡Miente! —exclamó Isabella, y se abalanzó hacia él con los ojos llenos de lágrimas. Sam se giró y la agarró antes de que cayera al suelo—. Miente, miente...

—Lo sé.

—Dile cómo suplicaste que me corriera, Isabella. Dile cómo...

—Haz que se calle —le dijo Sam a Tucker.

El machete efectuó un tajo limpio y rápido. Tejala soltó un alarido y se llevó las manos a sus partes íntimas.

—¿Sam? —gritó Bella, mirando a ambos lados—. ¿Qué ha pasado?

—Nada importante —dijo Tucker, tirando a Tejala al suelo.

Sam tomó a Bella en sus brazos. Le habría gustado ser él quien tuviera el machete.

—Nos vamos de aquí, duquesa.

—¿Qué quieres hacer con él? —preguntó Tucker, mirando a Tejala.

—Déjalo que se desangre hasta la muerte —murmuró Sam. Quería arrancarle los ojos y sacarle las tripas, pero no había tiempo.

En ese momento se oyeron voces y pasos. Muchos pasos que se acercaban deprisa.

—¡Son mis hombres, ranger! —gritó Tejala—. ¡No tienes escapatoria! ¿Me oyes, ranger? Ella nunca será tuya. ¡Será mía mientras viva!

—Está realmente loco —dijo Tucker con un suspiro.

—Sí —afirmó Sam.

Pero Tejala tenía razón. Isabella sentía que le había arrebatado una parte de ella para siempre.

—¿Por qué no le disparas? —le preguntó ella. Se retorció contra él y Sam estuvo a punto de caer cuando le golpeó la herida. Se apoyó en la pared y respiró hondo para intentar recuperar el equilibrio.

—Lo haría con gusto, pero creo que la dinamita será más efectiva.

—¿Tenemos dinamita?

—En mi cinturón.

Ella metió la mano entre ambos y agarró un cartucho.

—¡Es dinamita! —gritó de horror.

—No es peligrosa a menos que se encienda —le aseguró él, y Tucker se apresuró a quitarle el cartucho a Bella antes de que pudiera arrojarlo.

—Es peligroso volar este lugar.

—Por eso voy a hacerlo.

Bella le clavó las uñas en la nuca.

—No quiero que lo hagas, Sam.

—Ni siquiera sabes lo que voy a hacer.

—Por el tono de Tucker, no debe de ser algo bueno.

El ruido de las pisadas indicaba que los hombres estaban a punto de caer sobre ellos.

—Mírame, duquesa.

Ella echó la cabeza hacia atrás y puso una mueca de dolor al fruncir el ceño.

—Estás muy borroso —le dijo, tocándole la mejilla con la punta de los dedos.

—Eso tiene fácil arreglo —la besó con un cuidado extremo, apenas rozándole los labios—. Te quiero, Bella. No lo olvides nunca.

—¡No me lo digas así!

Era la única forma que tenía. Aquella tal vez fuera su última oportunidad para hacerlo.

—Sácala de aquí —le ordenó a Tucker, poniéndole a Bella en los brazos.

—¿Qué demonios estás haciendo? —preguntó Tucker con el ceño fruncido.

Sam le quitó el cartucho de la mano y sonrió, parpadeando contra el mareo.

—Voy a limpiar la cueva de alimañas.

—¡Sam! —gritó Bella.

Sam la ignoró.

—No dejes que haga ninguna estupidez, Tucker.

—Eso es cosa tuya —protestó Tucker.

—Tienes veinte segundos para salir de aquí. Avisa a los otros cuando salgas.

Bella se debatió entre los brazos de Tucker, luchando por soltarse y llegar hasta Sam.

—¡No quiero que hagas este sacrificio, Sam! —le gritó.

Pero él sí quería hacerlo. Quería que Bella viviera. Quería que fuera feliz y formara una familia. Y para ello tenía que matar a Tejala y detener a sus hombres.

Tucker sujetó a Bella contra su pecho y miró a Sam con expresión solemne.

—Recuerda que tienes que ser rápido.

Sam asintió y sacó una cerilla.

—Y tú recuerda que tienes que cuidar a Bella.

Cuando Sam volvió a la caverna Tejala se había puesto en pie y se abrochaba los pantalones con una tranquilidad espeluznante, como si sus genitales no estuvieran en el suelo y no estuviera sangrando. Por el túnel del fondo llegaban los primeros refuerzos. Sam encendió la cerilla y la acercó a la mecha.

—Bienvenidos a la fiesta, chicos.

Los hombres se detuvieron tan bruscamente que los que venían detrás los empujaron al interior del antro. Sam arrojó el primer cartucho, haciéndolos huir despavoridos. La dinamita rodó hacia ellos por el suelo de piedra, emitiendo un siseo mortal.

—¿Qué estáis haciendo? —chilló Tejala, como si no fueran a explotar en pedazos en cuestión de segundos—. ¡Disparadle!

Estaba realmente loco. Un par de hombres sacaron sus armas, y Sam encendió el segundo cartucho.

—Este tiene la mecha muy corta, chicos.

Lo arrojó sin preocuparse por la puntería. Estaba demasiado mareado para apuntar, y además, con la dinamita no había necesidad de ser certero. Le quedaba un cartucho. Lo encendió y miró los pantalones de Tejala. Sería un buen lugar para dejarlo caer.

«No quiero que hagas este sacrificio, Sam».

Se balanceó y maldijo para sus adentros. Él tampoco quería hacerlo. Miró a Tejala a los ojos y arrojó el cartucho, dejando que el destino decidiera.

—Me están esperando ahí fuera —dijo, y se giró sobre sus talones para echar a correr. Sabía que no había esperanza, pero lo intentó de todos modos.

El aire fresco lo sacudió en el rostro. Los músculos le dolían por la frenética carrera. La cueva explotó tras él. Hizo un último y desesperado esfuerzo y se lanzó hacia la noche.

Placer salvaje

La onda expansiva lo golpeó en la espalda, arrojándolo por los aires. Cayó al suelo y la inercia lo hizo rodar hasta el borde del precipicio. Clavó las uñas en el suelo, pero solo pudo arañar la piedra. Pronto estaría suspendido en el vacío.

Oyó un grito. Una voz de hombre.

—¡Isabella!

Y entonces unas manos pequeñas y fuertes lo agarraron por el brazo e intentaron frenar la rodadura. Pero su cuerpo seguía deslizándose hacia la inevitable caída.

—Santa María, madre de Dios...

—¡Bella! —Santo Dios. Era Bella quien lo agarraba, con la cabeza gacha y el cuello estirado—. ¡Suéltalo!

—¡No molestes! —espetó ella en un gruñido ronco, antes de seguir rezando entre jadeos—. Ruega por nosotros... pecadores... ahora...

El peso de Sam la arrastraba con él hacia el fondo del barranco.

El pecho de Bella apareció sobre el borde del saliente. Pronto sería demasiado tarde. Sam metió la punta de la bota en una grieta, intentando aliviar el peso de sus brazos. ¿Dónde estaba Tucker?

—Suéltame, Bella.

—¡No! —siguió rezando mientras sus dedos empezaban a resbalar—. Y en la hora de nuestra muerte...

Sam retorció el brazo y se soltó de la mano derecha de Bella. Ella se lanzó hacia delante y volvió a clavarle las uñas. Dios. Un centímetro más y no podría frenar su propia caída.

—No puedes salvarme, Bella —le dijo con suavidad, intentando que entrara en razón.

Ella levantó la cabeza y sus ojos brillaron entre los párpados hinchados.

—Sí puedo.

Su cuerpo dio un tirón y un brazo apareció sobre los suyos. Una mano grande y oscura agarró el antebrazo de Sam, justo por debajo de la mano de Bella. Sam reconoció enseguida las cicatrices en los nudillos.

—Zacarías, llévatela de aquí —ordenó Tucker.

Bella giró la cabeza hacia el ranchero.

—Si me tocas, te capo —lo amenazó, pero Zacarías no se dejó impresionar.

—Lo siento, patrona, pero voy a subirla aunque les tengo mucho aprecio a mis partes —les gritó una orden a los que estaban arriba y un montón de manos los subieron al saliente.

Entre los gritos y órdenes se oían los disparos de los francotiradores, que seguían despejando la zona. Sam pisó suelo firme y se apoyó contra la pared de piedra. Bella se aferró a él con todas sus fuerzas, como si aún estuviera suspendido en el precipicio. A Sam no le importó. Que se aferrara cuanto quisiera.

Zacarías se derrumbó junto a él, y Sam necesitó todas sus energías para girar la cabeza.

—Gracias —le dijo.

—No me las des a mí —respondió Zacarías con una débil sonrisa—. Es la patrona quien te quiere.

—Y tu trabajo es…

—Darle a la patrona lo que quiere.

Capítulo 20

Isabella observaba a Sam, sentado contra un árbol mientras masticaba un muslo de pollo. Habían pasado dos semanas desde que Sam la devolviera a casa. Las heridas de ambos habían sanado, pero él aún no le había dejado claro lo que quería de ella. Parecía muy satisfecho abrazándola por las noches cuando la acosaban las pesadillas, echando una mano en el rancho y manteniéndola a salvo, incluso de las emociones.

Pero ella necesitaba a Sam, su pasión, su autoridad, sus caricias. Necesitaba que él se ocupara de todo y volviera a tocarla como si nada hubiera pasado. Le había explicado que Tejala no la había violado, que la sangre era de su menstruación y que eso la había salvado, pero ¿suponía alguna diferencia para un hombre tan orgulloso como Sam?

—Tu madre puede ser un poco difícil para vivir con ella, pero sabe cómo preparar un pollo, ¿eh?

Estaban a solas junto al río, hacía un día precioso, ¿y Sam quería hablar de las habilidades culinarias de su madre?

—Es muy buena cocinera —una respuesta breve y concisa que no invitaba a seguir. Pensó en agarrar otro pedazo de pollo para tener algo que hacer, pero estaba tan nerviosa que seguramente lo vomitaría—. Ha sido una sorpresa que el señor Álvarez viniera hoy de visita.

—Corre el rumor de que se siente atraído por tu madre —dijo Sam.

Solo los separaban unos centímetros, pero parecía una distancia insalvable. Por unos segundos Isabella fue incapaz de respirar, y mucho menos de hablar. Las aguas del arroyo se deslizaban sobre los guijarros y los pájaros cantaban en las ramas, pero dentro de ella el tiempo se había detenido.

—Creo que el señor Álvarez siente algo más que atracción. Creo que está enamorado de mi madre —como ella lo estaba de Sam.

—Entonces debería hacer algo al respecto.

—Creo que está esperando a que ella le dé una señal.

—Duquesa, tu madre está buscando a un hombre, no a una mascota —sonrió ligeramente y se limpió las manos y la boca con un trapo mojado—. Hay mujeres que no quieren tomar decisiones en lo que respecta a sus relaciones... Les gusta que sus hombres se hagan cargo, fijen los límites y las pongan a prueba.

Las imágenes del pene de Sam tanteando los límites de su sexo se encendieron en la cabeza de Isabella. Cerró los ojos y recordó la sensación de calor extremo. Los pezones se le endurecieron como pequeños guijarros y tragó saliva.

—Algunas mujeres prefieren cederle el control a un hombre en la cama —siguió Sam.

¿Seguían hablando de su madre? Su sexo empezó a palpitar de expectación.

«Tócame», le rogó en silencio. «Tócame con tus manos y con tus palabras».

—Algunas mujeres encuentran un placer incomparable en la sumisión.

Isabella aguantó la respiración. No, ya no estaban hablando de su madre.

—¿Y cómo se siente un hombre cuando su mujer se ha sometido a él?

—Como si hubiera recibido una respuesta a sus oraciones.

Ella no podía seguir fingiendo. Abrió los ojos y vio a Sam observándola con una expresión cuidadosamente contenida. Pero sus ojos despedían llamas de pasión.

—¿Eres tú uno de esos hombres, Sam? ¿Necesitas que tu mujer se someta a ti?

—Sí —respondió sin dudarlo.

Isabella deseó tener la misma seguridad. Se lamió los labios y miró las manos de ambos. Estaban casi unidas, y sin embargo muy distantes. Las emociones batallaban en su interior. La indecisión, la esperanza, el miedo, la excitación...

—Y si yo fuera una de esas mujeres pero no pudiera decirlo por muchos temores, ¿cómo podría hacerte saber que necesito tu ayuda para superarlos?

Él alargó la mano, muy lentamente, como si temiera que ella fuese a huir, y le acarició un lado del cuello. Le puso el pulgar bajo la barbilla y le hizo levantar el rostro.

—Tendrías que decir «Te amo, Sam».

Los ojos de Isabella se llenaron de lágrimas.

—¿Así de fácil?

—Así de fácil.

—¿Aunque el mundo piense que otro hombre me ha violado?

—El resto del mundo no importa.

—Los demás hombres se reirían de él —murmuró ella, dejando escapar una lágrima—. Se compadecerían de él por haber elegido a esa mujer. Dirían cosas...

Él le atrapó la lágrima con el pulgar y la hizo desaparecer.

—Nadie dirá nada de mi esposa.

A Isabella le dio un vuelco el corazón. ¿Había dicho «esposa»?

—Nadie espera que te cases conmigo ahora.

Él inclinó la cabeza y le rozó los labios con los suyos.

—¿Bella?

—¿Qué?

—Di las palabras —le ordenó con una voz exquisitamente tierna y suave.

Ella apretó los puños, cerró los ojos y respiró hondo.

—Te amo, Sam. Tanto que no sé qué hacer. Si tú... —él la hizo callar con un beso.

—Con amarme es suficiente.

—Pero ¿y si...?

—Es suficiente —repitió. Volvió a besarla con más intensidad y ella se abrazó a sus hombros para abandonarse a la oleada de sensualidad. Aquello era lo que necesitaba para enterrar definitivamente sus miedos—. ¿Ha sido tan difícil? —le preguntó Sam al retirarse y besarla en los párpados.

—Sí —respondió ella, apoyando la mejilla en su pecho.

—¿Por qué?

—Porque no quiero decepcionarte.

—Tú, Bella, eres lo que siempre he deseado —le dijo él. Se la colocó en su regazo y empezó a desabrocharle la camisa. Al abrirla, ahogó un gemido al descubrir el corsé de color rosa que realzaba sus pechos y que apenas ocultaba los pezones. Una prenda para excitar, más que para vestir—. Me gusta…

—Me lo he puesto para ti.

—¿Por qué?

Ella se ruborizó y arqueó la espalda, ofreciéndole sus frutos carnosos.

—Porque sabía que te gustaría cómo me queda…

—En ese caso, te estoy muy agradecido —los lazos frontales del corsé no ofrecieron más resistencia que los botones de la blusa, y Sam no tardó en estar lamiendo sus pechos y mordiendo sus pezones erectos.

Un grito de placer brotó de la garganta de Isabella y se perdió entre las hojas que los protegían del sol. Sam bajó una mano hasta su falda para abrirla y desatar los lazos de las enaguas.

—¿De quién es la boca que te está devorando, Bella?

—Tuya —respondió ella con un hilo de voz.

Sam introdujo la mano y le apretó el clítoris, desatándole otra oleada de tórrido placer.

—¿De quién es la mano que te está tocando?

—Tuya.

—¿Y para quién vas a correrte, duquesa?

—Para ti. Solo para ti.

—Pues córrete para mí, Bella —le ordenó mientras le frotaba el sexo y le succionaba los pezones, no con violencia ni pasión desatada, sino con suavidad exquisita. Y con un amor que cerraba todas las heridas—. Solo para mí.

Y ella se corrió para él, con la misma devastadora ternura que él le regalaba. Pronunciando su nombre, aferrándose a él, confiándole su vida y su salvación. Porque aquel era Sam. El único hombre que podría tocarla. El único hombre cuyo tacto le alcanzaba el corazón. El único hombre que importaba.

Cuando los últimos espasmos se apagaron, Sam seguía abrazándola. El arroyo seguía fluyendo, los pájaros seguían trinando en los árboles y las nubes seguían flotando en el cielo. No había vuelta atrás. Ella era la mujer de Sam.

—¿Podemos quedarnos así para siempre? —le preguntó, extendiendo la palma sobre la camisa de algodón que cubría el pecho de Sam y que le impedía saborear su piel.

—Si para siempre son las próximas cuatro horas, sí —bromeó él. Las arrugas le rodeaban los ojos y la boca. Aún no se había recuperado del todo de su herida.

—Has estado trabajando mucho en el rancho. Zacarías habla muy bien de ti y de Tucker.

—Tu padre contrató buenos hombres. Zacarías me explicó que su familia ha servido a la tuya durante casi un siglo.

—Será muy duro para ellos cuando me marche

—dijo ella, mordiéndose el labio. Llevaban una semana evitando aquel tema, aunque su madre había dejado muy claro que esperaba que Sam se convirtiera en el siguiente señor Montoya.

—Se lo dije a tu madre y a Zacarías. Pertenezco a los Ocho del Infierno.

—¿No podrías ser de los Ocho del Infierno aquí?

—No es lo mismo, Bella.

Podía sentir su conflicto interno. Sabía que Sam podría ser feliz allí, pero no tenía ninguna razón para quedarse. Sam veía el rancho como una propiedad de Isabella, y él no podía asumir un papel de patrón que no le correspondía.

—No entiendo por qué lo mío no puede ser tuyo —dijo ella.

—Porque un hombre tiene que mantener a su mujer, no al contrario.

El orgullo. Siempre se interponía su orgullo. Isabella deslizó la mano hasta el bulto de sus pantalones.

—Eres lo bastante hombre para mantenerme sea donde sea y seguir siendo de los Ocho del Infierno, Sam —le acarició la erección a través del tejido.

—Lo discutiremos más tarde —murmuró él. Le agarró la mano y se arrodilló junto a ella.

—¿No podemos acordar simplemente que eres el señor Montoya?

—No, porque ahora voy a hacerte mía.

—Siempre he sido tuya.

—Pero como pareces haberlo olvidado, voy a tener que refrescarte la memoria.

Empezó a desnudarla con rapidez y destreza, y una vez más Isabella se sintió invadida por un conflicto de emociones. El deseo y la excitación se mezclaban con el miedo y la vergüenza, ya que la última vez que estuvo desnuda frente a un hombre fue con Tejala.

Pero entonces Sam la tumbó de espaldas sobre la manta, se colocó sobre ella y le introdujo el miembro entre los húmedos y elásticos pliegues de su sexo hinchado y palpitante. Su cuerpo lo recibió impaciente, aunque la enormidad de Sam le hizo tensar los músculos y gemir de dolor.

—Confía en mí, duquesa —le susurró él, acariciándole la mejilla.

Ella respiró temblorosamente y fue relajando los músculos uno a uno. Él empujó hasta el fondo y ella lo aceptó con una sumisión total y absoluta que trascendía del plano meramente físico. Gimió, jadeó, gritó y recibió hasta la última de sus frenéticas embestidas con un caudal cremoso y una sucesión de temblores a cada cual más intenso.

—¿Estás bien? —le preguntó él. A veces se contraía de tal modo que Sam se preguntaba cómo podía absorberlo por completo.

—¡Sí!

—Bien —retiró el pene y gimió por el erótico roce contra las paredes de su sexo. Nadie lo había hecho sentirse como Bella, nadie más podía colmarlo de goce y felicidad—. Voy a hacerte el amor, Bella —le susurró al oído—. Como he querido hacerlo desde el día que te conocí.

Sam sintió cómo lo recorría un ligero temblor y volvió a penetrarla, lenta y suavemente, ignorando los impulsos que lo acuciaban a montarla de un modo salvaje. Su Bella conocía su lado animal, pero aún tenía que conocer mejor a esa parte de él que la veía como una joya preciosa y delicada. A esa parte de él que quería adorarla, respetarla y amarla. Una mujer como ella era especial y merecía un hombre fuerte y seguro para conservarla. Él iba a ser ese hombre para ella. Con el suave ritmo que le confirió a su penetración le demostró que nunca más volvería a dejarla marchar, y cuando ella se estremeció por el orgasmo y gritó su nombre, él se aseguró de abrazarla y besarle las lágrimas de pasión y felicidad que humedecían sus párpados. Finalmente, cuando ella abrió los ojos y lo miró, él descargó en su interior hasta la última gota de su semilla, llenando para siempre el vacío que arrastraban sus traumas.

Los dos quedaron exhaustos e inmóviles. Un petirrojo cantaba sobre sus cabezas y el sol se filtraba entre las hojas, calentando la espalda de Sam. Bella suspiró y lo rodeó con sus brazos.

—Te quiero, Sam.

Él le mordió el lóbulo de la oreja y movió el pene dentro de ella, deleitándose con el íntimo beso de sus músculos internos.

—Y yo a ti.

—¿Lo suficiente para que nos quedemos aquí y construyamos un hogar para nuestros hijos?

Sam sonrió. Isabella nunca se rendía. Y la oferta era tentadora. El rancho Montoya era grande y próspero, pero aquella era la gente de Bella, no la suya, y él no creía que pudiera vivir de la caridad de su esposa. Pero no quería hablar de eso ahora, después de haber compartido con Bella el mejor orgasmo de su vida.

—¿Qué te parece si te prometo pensarlo?

—De acuerdo.

Capítulo 21

Jorge los detuvo antes de que pudieran entrar en el rancho. El chico iba vestido con su mejor traje de domingo y su pelo aún chorreaba agua. A su lado estaba Kell, que se había convertido en el compañero inseparable del muchacho desde que Tucker lo llevó al rancho. Jorge tenía el rostro pálido y la mirada inquieta. Estaba más delgado de lo que debería, pero sus hermanos se estaban encargando de que recuperara la salud.

—¿Qué puedo hacer por ti, Jorge? —le preguntó Sam, deteniendo a Breeze.

El chico hizo una ligera reverencia y movió los pies en la tierra, visiblemente incómodo.

—Tengo que hablar de un asunto de hombres —dijo finalmente.

Sam reprimió una sonrisa por la actitud del chico y el gemido indignado de Bella.

—Vaya, parece algo serio... —desmontó y le tendió

las riendas a Bella para que se llevara a Breeze—. ¿Damos un paseo?

Jorge asintió y los dos empezaron a caminar. Sam estaba cansado y hambriento, y el chico no mostraba ninguna disposición a hablar.

—¿Qué ocurre, Jorge? —lo animó Sam.

—Me gustaría hablar de la deuda que tiene conmigo.

Su impecable lenguaje insinuaba que el chico había ensayado su discurso.

—Adelante.

—La señora Isabella lo quiere a usted mucho.

—Sí.

—Y nosotros la queremos mucho a ella.

—Sí —repitió Sam, aunque tenía la incómoda sensación de que no iba a poder saldar su deuda con un cargamento de golosinas.

—Usted me dijo que podía pedirle lo que quisiera a los Ocho del Infierno.

—Sí, así es.

—Quiero que los Ocho del Infierno lo dejen marcharse.

—¿Por qué?

—Para que pueda tener un hogar.

Por Dios... ¿hasta los niños pequeños creían que era un alma errante y solitaria?

—¿Aquí?

—Este es un buen lugar —respondió Jorge, levantando el mentón—. Es divertido y la comida es buena —entornó los ojos y sacó su as de la manga—. Y aquí está la patrona.

—Podría llevarme a Bella conmigo.

Jorge sacudió enérgicamente la cabeza.

—Aquí la patrona es respetada. Nadie le escupe.
—¿Alguien te ha escupido a ti? —le preguntó Sam, mirándolo fijamente.

El chico asintió, muy serio.

—Zacarías se enfadó mucho.

Lógico. Y Sam estaba seguro de que Zacarías se lo haría pagar muy caro a quienquiera que le escupiese a su hermano.

—La patrona no sabe qué es que la odien —siguió el chico—. Todo el mundo la quiere.

—Cierto.

—Usted también la quiere.

Sam sonrió.

—Eso no es ningún secreto.

—He oído hablar a mis hermanos. No lo odian a usted.

—Es bueno saberlo.

—Si no fuera un buen hombre, lo matarían.

Sam no tenía la menor duda al respecto.

—Porque su trabajo es proteger a Isabella.

—Sí, y también porque la quieren —se encogió de hombros—. Es muy fácil querer a la patrona.

Más les valdría que fuera un amor platónico, pensó Sam para sí mismo.

—¿Adónde quieres llegar con todo esto?

—Si usted quiere a la patrona, no se la llevará a un lugar donde la gente le escupa —los ojos le brillaron con la misma determinación que a su hermano—. No me gustaría que le escupieran.

Se oyeron unas risas procedentes del establo. Bella estaba saliendo de espaldas, hablando con alguien que seguía dentro. Parecía estar en su ambiente. En su casa.

—A mí tampoco me gustaría.
—Entonces, ¿se quedará?
Sam odiaba defraudar a un chico tan valiente y decidido.
—Esta no es mi casa.
—Usted no tiene casa.
Pensó en los Ocho del Infierno. En todo el trabajo que había hecho. En sus sueños.
—Estoy construyendo una.
—Ya hemos construido una para usted.
—No es mía.
El chico frunció el ceño, confuso.
—Pero usted es el elegido de la patrona. Hemos guardado el rancho para usted. El padre de la patrona siempre le decía que eligiera a un hombre fuerte, porque juntos, ella y su marido, tenían que construir el futuro.

Sam no había pensado en ello. El padre de Bella había tenido un sueño para las generaciones futuras. Había sabido que Bella tendría que casarse para conservar el rancho, y había preparado el camino con su gente para que un desconocido encontrara su lugar entre ellos. Y había preparado a Bella. Sam se levantó el sombrero sobre la frente. Ojalá hubiera conocido al padre de Bella para que también lo hubiera preparado a él.

El rancho Montoya abarcaba una inmensa extensión en un territorio lleno de peligros. Sería un desafío continuo defenderlo contra las amenazas, y haría falta mucho trabajo para que siguiera creciendo. Un destello de excitación prendió en su interior.

—Siempre me han gustado los desafíos.

—No basta con que le gusten. Tiene que aceptarlos —replicó Jorge. Era una frase tan madura que seguramente se la había oído a su madre o a algún adulto.

Bella estaba en el porche, mirándolo con una sonrisa temblorosa. Y entonces la verdad golpeó a Sam con fuerza. No bastaba con amar a Bella y desear que fuera feliz. Tenía que hacerlo realidad. Aunque para ello tuviera que sacrificar su orgullo.

—Sabias palabras —dijo.

—Me hizo una promesa —le recordó Jorge—. Me dijo que podía pedir lo que fuera.

—Sí, es verdad.

—¿Mantendrá su palabra?

—Bueno, no voy a dejar los Ocho del Infierno. Les hice un juramento de fidelidad, pero... —añadió rápidamente, pero no lo bastante para evitar la mueca de desolación de Jorge—. Pero no veo por qué no puedo añadir a los Montoya a mi familia.

—¿Eso quiere decir que se quedará? —le preguntó el chico, súbitamente esperanzado.

—Sí, eso quiere decir que me quedaré —apenas lo había dicho cuando Jorge salió corriendo y chillando de alborozo, con Kell pisándole los talones.

Sam sacudió la cabeza mientras todos miraban hacia él. La sonrisa de Bella se esfumó mientras escuchaba hablar a Jorge, pero enseguida volvió a iluminar su rostro y echó a correr hacia Sam. Estaba a dos metros de él cuando se arrojó a sus brazos.

—¿Es cierto, Sam? —enterró el rostro en su cuello y apretó desesperadamente los labios contra su piel—. ¿Te quedarás y construirás un sueño conmigo?

Él la besó en lo alto de la cabeza.

—Ese maldito crío se me ha adelantado.

Bella echó la cabeza hacia atrás y le ofreció su boca.

—¿Te importa mucho? —le preguntó, pero no se refería a la indiscreción de Jorge.

—No me importa en absoluto —admitió él, aceptando la dulce invitación de sus labios—. Es un buen lugar, Bella. Será un buen sueño.

—¿Un buen regalo para nuestros hijos?

—Sí —respondió Sam con una amplia sonrisa, pensando en el carácter que heredarían los hijos de Bella.

—Creo que antes de tener hijos deberías curtirte un poco —le dijo ella sin disimular su expresión de picardía.

—¿Por qué? —preguntó él, sintiendo cómo empezaba a tener una erección.

El mohín de Bella fue tan falso como sincera su felicidad.

—Me has decepcionado.

—¿Cómo?

—Zacarías estaba convencido de que... le darías unos azotes en el trasero por atreverse a hablar contigo con semejante descaro.

Como si Zacarías permitiera que alguien tocara a su hermano y siguiera con vida.

—¿Y?

Las piernas de Bella se deslizaron por la cara externa de sus muslos, y sus pechos se presionaron contra su abdomen, a escasos centímetros de su erección.

—Iba a ofrecerme a ocupar yo su lugar.

TÍTULOS DE LA COLECCIÓN

MEGAN HART
Dentro y fuera de la cama

SARAH McCARTY
Placer salvaje

NANCY MADORE
Cuentos para el placer

JINA BACARR
Placer en París

KAYLA PERRIN
Tres mujeres y un destino

MEGAN HART
Tentada

SARAH McCARTY
La llamada del deseo

AMANDA McINTYRE
Diario de una doncella

www.ingramcontent.com/pod-product-compliance
Lightning Source LLC
LaVergne TN
LVHW091622070526
838199LV00044B/895